涵芬书坊

〔爱尔兰〕乔治·摩尔 著

孙宜学 译

Conversations in Ebury Street

埃伯利街谈话录

乔治·摩尔谈文学与艺术

商务印书馆
The Commercial Press

G. E. Moore

CONVERSATIONS IN EBURY STREET

Boni&Liveright, New York, 1924

根据美国博尼&利弗莱特出版社1924年版译出

涵芬楼文化出品

译　　序

乔治·摩尔（1852—1933）是个天生的作家，也是个富于想象力的作家。他天生不会按照别人给他安排好的道路循规蹈矩地走下去，他是不受任何成规的羁束，按照自己的意愿自由发展自己的天才，天生和整个时代不合拍。实际上，摩尔所缺少的是对一切约定俗成的东西的接受能力，而就是这种缺乏成就了他这样一个独行不羁的天才。他有一颗处女般的心，一颗优美绝伦的心，他生命的能量来自生生不息的大自然。他主张一切都应返回自然，自然才是艺术的源泉，自然才是最伟大的艺术，若没有艺术，没有源于自然的情感的源泉，人不会变得更美好。正是基于这种信念，他不无绝望地喊道："眼下的时代是个没有艺术的时代，因为机器正在取代阿波罗的伟大天才，也就是说机械文明正日益取代艺术的灵感。"他对艺术的看法也很独特，他认为艺术不取决于和谐与对称，而来自触觉，没有触觉，就没有绘画艺术、文学、音乐；艺术不在脑子里，而在手上。他的意思，是说人只有先与自然接触，与鲜活有力的自然生命接触，才能触到艺术的真正源泉，才会创作出真正的文学艺术作品。正是因此，他向往文艺复兴时期，向往当时天才们的无拘无束的创作活力；他也向往拉斐尔前派，向往米莱、米勒、罗塞蒂对艺术的独特理解。他不无自豪地宣称：虽然目前自然与艺术的和谐暂时消失了，但不久这种和谐就会出现。

对摩尔的人生观、艺术观影响最大的是他在巴黎学画的十年（1872—1882），这十年间，他广泛结交巴黎文人名士，与马拉美最为相知。巴黎十年学画，用他自己的话说，在作画上一事无成，在文学上却初露锋芒。期间，他出版了两本诗集：《情欲之花》(*Flowers of Passion*, 1878）和《异教徒诗集》(*Pagan Poems*, 1881）；随后他又发表了一系列的诗、剧、评论，以及自传《一个青年的自白》(*Confessions of a Young Man*, 1888）。十年学画的经历和知识，使摩尔获益匪浅。之后他不但凭依这些知识做过报纸专栏的艺术评论家，而且还在1893年出版过《现代绘画》(*Modern Painting*）一书。

英国发动对布尔人的战争后，摩尔为表抗议，离开英国返回爱尔兰。摩尔从小接受的是天主教教育，当他返回爱尔兰时却变成了清教徒，并投身于爱尔兰的文艺复兴运动，其突出的成就是筹建了爱尔兰国家剧院。

1894年，摩尔回到伦敦，陆续出版了两部小说集《独身者》(*Celibates*, 1895）和《处女地》(*The Untilled Field*, 1903），小说《伊夫琳·英尼斯》(*Evelyn Innes*, 1898）及其续篇《修女特雷莎》(*Sister Theresa*, 1901）和回忆随笔《回忆印象派画家》(*Reminiscences of the Impressionist Painters*, 1906），《致敬和告

别》三部曲（*Hail and Farewell*，1911—1914，包括"欢迎""欢呼""再见"），以耶稣为题材的小说《克里思溪》（*Brook Kerith*，1916）。他的作品还包括短篇小说集《说书人的假期》（*A Story—Teller's Holiday*，1918），小说《爱洛伊丝和阿伯拉尔》（*Heloise and Abelard*，1921），剧本《创造不朽者》（*The Making of an Immortal*，1927），以及《埃伯利街谈话录》（*Conversations in Ebury Street*，1924）。

摩尔创作的高峰时期，也正是法国以左拉为代表的自然主义文学日盛的时期，摩尔幸逢其盛，也受到很大影响，特别是自然主义文学所提倡的，以不动声色的平实笔触展露生活中的脓疮和悲哀的写法，尤其投合摩尔的口味，所以他一口气写了七部明显受到左拉影响的小说，包括《现代情人》（*A Modern Lover*，1883）、《哑剧演员的妻子》（*A Mummer's Wife*，1885）、《麦斯林一剧》（*A Drama in Muslin*，1886）、《纯属意外》（*A Mere Accident*，1887）、《春日》（*Spring Days*，1888）、《迈克·弗莱彻》（*Mike Fletcher*，1889），以及《空喜一场》（*Vain Fortune*，1891）。而他被公认的一部最优秀的作品，1894年出版的《伊丝特·沃特斯》（*Ester Waters*），也是自然主义小说。但摩尔并不纯粹是自然主义作家，其艺术观主要是唯美主义的，而在某种程度上，他还可以说是英美意识流小说的开拓者和实践者之一。他在谈到自己的创作时曾说："我追逐自己的思绪，犹如孩子追逐蝴蝶。"他的作品中常常出现主人公大段大段的内心独白，甚至以单调的内心独白贯穿全书，只是偶尔有几段间接叙述穿插其间。可惜的是，现在人们谈到意识流流派时只知道普鲁斯特、乔伊斯、伍尔夫，而忽略了摩尔这个开拓者的功绩，这对摩尔是不公平的。

《埃伯利街谈话录》是乔治·摩尔唯一一部随笔集，也是其晚年重要的著作之一，是摩尔一生思想观、文学观、人生观的总结。全书从19—20世纪的著名作家，如巴尔扎克、魏尔伦、波德莱尔等谈起，对以英国、法国为主的重要作家，如莎士比亚、哈代、乔治·艾略特、雨果进行了"娓娓道来"的评述，对当时的各种文学、艺术思潮和流派进行了褒赏和批判，不乏真知灼见和警醒之语，格言频出，言简意赅，切中时弊和"文弊"，在他锐利而深刻的言论面前，人们对19世纪文学和艺术的一些惯常看法毫无疑问会受到挑战和冲击。全书的另一部分重要内容谈的是18—19世纪的各种艺术流派和代表艺术家的代表作品，他以自己在巴黎十年学画的经历，对历史上以及当时的艺术风格及发展前景进行了大胆而独特的分析和批判，并据此表达了自己对艺术与人生、艺术与灵感、艺术与情感等各方面关系的看法。

摩尔在20世纪初与英国唯美主义文学思潮一起被翻译介绍到中国，在中英文学交流史上具有不可磨灭的地位，对中国现代文学的发展也产生了独特的影响，特别是他的唯美主义思想。但乔治·摩尔对中国作家的影响并不是很大，实际上，在中国新文学的第一个十年期间，摩尔几乎是个无人问津的英国作家。直到20年代末30年代初，他才受到某些中国作家的青睐，尤其以邵洵美为主的"狮吼社"对他的介绍最多，其中又以邵洵美最勤奋。出于崇拜之情，邵洵美在主持《狮吼》和《金屋月刊》两个刊物期间，对乔治·摩尔进行了迄今为止最为集中、系统的介绍。1928年8月16日，在《狮吼》半月刊复活号上，邵洵美发表了《纯粹的诗》一文，对乔治·摩尔的纯诗理论做了详细介绍。稍后，邵洵美又翻译了他的短篇小说《信》(1928年11月《狮吼》第9期)；回忆录《我的死了的生活的回忆》(片断)(1929年1月《金屋月刊》第2期)，1929年5月，他又在金屋书店出版了中译本；小说《和尚情史》(1929年2月《金屋月刊》第2期)；在1930年6月出版的《金屋月刊》第1卷第9、10期合刊号上，邵洵美还发表了《乔治·摩尔》(*George Moore*)一文。除了邵洵美外，曾虚白、费鉴照等也都对乔治·摩尔有所介绍，但乔治·摩尔能为中国人所认识，主要得力于邵洵美。

但随后，乔治·摩尔被视为颓废作家，慢慢从中国人的视野中消失了。直到21世纪初，他的作品才又陆陆续续被翻译成中文，但从研究总体上看乏善可陈，他的实际文学成就和他在中国所受到的重视程度并不成正比，在中国人写的外国文学史教材中，大多对摩尔只字未提，倒是翻译过来的外国人写的文学史教材略为点到，但也只是生平创作简介而已。造成这种冷落的主要原因之一，是因为摩尔的作品在一定程度上是英国乃至欧洲文学艺术的百科全书，从他的任何一部作品看，似乎都相对平淡；但从整体看，又浩瀚无际，无从着手，从而造成中国摩尔研究的一个误区：浅显地研究味同嚼蜡，深入地研究又没有很好的切口，导致具体研究无法深入，系统研究又难以集中于某一具有内在逻辑一致性的主题。另外，摩尔涉猎广泛，他不属于任何一种文学流派，但又涉及当时的一切流派；他是一个作家，但又对绘画、历史、哲学有深入的研究。这种"乔治·摩尔现象"本身就是一个很值得挖掘的研究课题，研究清楚了，对了解19世纪和20世纪英国文学艺术的全貌，对全面了解中英、中欧文学关系的内在情感逻辑和理论逻辑，都有"庖丁之刀"的功效。只要我们坚持努力，总有一天，我们能逐步认清其全貌、其所处时代文学艺术的全貌，从而还原其历史地位，还原他那个时代的文学艺术生活实景。

摩尔是一个被忽视的天才，在某些方面甚至可以使詹姆斯与叶芝相形失色。在中外文学交流愈来愈成熟全面的今天，应该是我们重新介绍和研究他的时候了。

孙宜学

2023年8月6日，上海酷暑

目　录

3	第一章	陌生人的来信
32	第二章	英语在消失
41	第三章	巴尔扎克
77	第四章	巴尔扎克与莎士比亚
103	第五章	乔治·艾略特
124	第六章	哈　代
136	第七章	伯爵夫人与雕像之恋
153	第八章	画家肖像（一）
161	第九章	画家肖像（二）
171	第十章	画家肖像（三）
192	第十一章	画家肖像（四）
198	第十二章	画家肖像（五）
204	第十三章	魏尔伦
217	第十四章	兰波与波德莱尔

227	第十五章	文学的热度
246	第十六章	纯　　诗
278	第十七章	安妮·勃朗特
294	第十八章	三位女演员
318	第十九章	环法旅行计划
340	第二十章	祖父的肖像

埃伯利街谈话录

乔治·摩尔谈文学与艺术

第一章
陌生人的来信

一个陌生人的来信会奇怪地将我们骗住，令我们想都想不到，它激起了我们的好奇心——理智的或动物式的好奇心——我所知道的只是：它的刺激不同于任何一个坐在我们身边的男人或女人所能唤起的刺激，而如果信的字迹很美，则另当别论，那样我们就会被吸引到写字桌旁回信，告诉他我们的趣味偏嗜于爱伦·坡和马拉美的趣味，而不是弗朗索瓦·科佩的，因为他的趣味在我们看来似乎总是像僧侣般做作，几乎可以说是对14世纪的模仿。但我说赫斯本德先生的信就不是模仿，他的手迹就像其他那些人的一样自然漂亮：整个篇幅十分完美——毫无疑问，他很能理清思路，并且人们很容易发现，这是他思想的一部分：我一遍又一遍地反复看他这封从闻名遐迩的伊利诺伊州的温内特卡寄来的信，想从其遣词造句、句子的起承转合，甚至从其标点停顿中看出他是一个什么样的人；当信从我的手中滑落时，我呆看着炉火，仿佛在脑海中看见了一个年轻人，因为信显然是一个年轻人写来的。但他是富还是贫？我不禁自问，他是具有坚定意志，还是容易被左右？后一个问题引起了我的顾虑，唯恐我不经意的一句话会让他知道，他所保存的《克里思溪》羊皮纸副本，在任何一家图书馆里都将是一件珍品，以后还会成为国家收藏品，我应该劝他暂时先放下手头的工作，把那份重要的稿子送到埃伯利街121号，那所房子我不知作何用处，实际上正准备作为收藏馆用。

我把笔放到墨水里蘸了蘸，在手里握了很长时间，心想：若告诉赫斯本德，说我这第八封信仅隐含着对他手迹的赞美，这是无礼的，那为什么还要说呢？我自问。我试了各种形容词，随后拿了张电报单，写道："请勿在意我的第八封信。"如果这封信原本并未引起他的注意，那这份电报发过去，他会不会反而对原来忽视的话给予过分关注呢？在我看来，这种判断也许正确，既然这样，我就既不写信也不发电报了。终于，我收到一封来自温内特卡的信，我急切地读着其中关于《克里思溪》羊皮卷手稿的附注，我开始觉得赫斯本德先生是个聪明人，与我信中语气不一致的三言两语可能不会误导他。毫无疑问，他是一个以文为生的人，我说。沉思一会儿之后，我深信他至少写过一部书——即使他没写很多书——这份确信使我文思奔涌，在记事本上挥起笔来，一篇小说似乎更像一卷诗，而一首抒情诗则更像一部史诗。我想赫斯本德先生可能会给我他在墨西哥和科罗拉多州的游记，但他给我的却是关于矿井的书；我翻了其中几页，讲的是矿工在到达煤层之前，必须通过不同的位置并经过一段很长的路。看完这些内容后，我把书放在一旁，陷入沉思。对于一个在地下500

英尺[1]处寻找一本书的人来说,他身上的文学情结一定很深。我曾读到过一篇九死一生的故事,但不太记得了,也不太记得我写给赫斯本德先生对其赠书表示感谢的信,而且我也一点都不记得他似乎在爱尔兰海岸边写给我的信,他曾去那里驱逐德国潜艇。

几年过去了,他杳无音信,随后,我收到了一封寄自杰明街的信,我想不到赫斯本德先生会住在杰明街。我坐在那里发愣,直到女仆提醒我,送信人正等着我的回信。不管赫斯本德先生来自哪里,我都想知道为什么他在取得哈佛大学的学位之后却下到一座矿井里,我说。我的好奇心应该尽快得到满足,我匆匆写了一份请柬,邀请他在午茶时间来拜访我。4点半时,我站在窗前等着这个勇敢的年轻人,然而,当看到一辆出租车离开大街直接向我门前驶来时,我却退回屋内。我用几分钟时间想了想他在矿井的探索是否属于一种文学探索,就像罗伯特·路易斯·史蒂文森的《骑驴漫游记》中那样的探索,或者如果——

"先生,赫斯本德先生到了。"女仆禀告。

赫斯本德先生走了进来,这打断了我对他几封信的回忆(并非纯粹矿工式的信),他充满敬畏地向我走来,就像我第一次穿过梅丹那个堆满障碍物的工作室,发现左拉跪坐着在读沙发的说明那样。我问赫斯本德先生旅程是否平静顺利,但话一出口我就想起来了:他在冬天曾乘美国鱼雷舰巡航爱尔兰海域,对他而言,旅程是平静还是艰难,都是一样的。因为他并不在意天

---

[1] 1英尺约为0.3米。——译者(本书注释均为译者注,后不另注)

气，我就将谈论的话题转到他所住的酒店上来，但他对伦敦的酒店并没有什么评价，因为他今天早上才刚抵达。因此他所做的第一件事就是给我写信！当我问起这几个小时他在伦敦是怎样度过的时，他说他把很多时间都用在寻找佩皮斯受洗礼的教堂上了。"它在马克·莱恩街，"他说，"我们还围着英国博物馆绕了一圈。"啊，难怪那辆停在门口的出租车看上去有点风尘仆仆。"但你找到教堂了吗？"我问。接着我了解到，佩皮斯的塑像安置在托架上，俯瞰着他和妻子坐过的长椅。"你想象了很多事情，摩尔先生，但我怀疑是否你能想象得到伦敦对我意味着什么。我看过的书，至少其中的四分之三，是有关伦敦的，或者是在伦敦写的，我将有两星期待在伦敦，这段时间我会尽可能去观察它。我希望你给我看看你保存的照片，好吗？"

我们走过餐厅，来到楼上的客厅。"这就是奥比松地毯！"他说。一开始我没听出他在说什么，但稍过片刻，我记起来了，我曾在一本书里介绍过这种地毯；谈过马奈[1]和莫奈[2]后，我们回到餐厅，开始聊我的书，直到赫斯本德先生开始不安，觉得自己待得太久了，于是我就恳求他不要这样想。他就又待了半小时，我们谈得非常投机，以至于我都忘了煤矿的事，直到赫斯本德先

---

[1] 爱德华·马奈（Edouard Manet，1832—1883），法国画家，革新传统绘画技法，对印象派产生过影响，画风色彩鲜明，明暗对比强烈，尤善表现外光及肖像，主要作品有《左拉像》《奥林匹亚》等。

[2] 克劳德·莫奈（Claude Monet，1840—1926），法国画家，印象派创始人和代表人物，常在户外作画，探索光影与空气的表现效果，代表作品有《睡莲》《鲁昂大教堂》《帆船》等。

生站到我的门槛上了，我才又想起这回事。"赫斯本德先生，"我说，"我常常想问你——在信里提这个问题似乎不太体面，而面对面地问则没有什么不好的——你为什么花费十个月的时间到500英尺的地下去挖煤？""没什么不好问的，"赫斯本德先生回答，"我在哈佛大学已经学习了能学的一切，但这些知识似乎不能让我贴近生活。如果我住在欧洲，我应该像你一样去了巴黎，但是在美国，除了进煤矿实在没有其他什么事让我去做。"在我看来，这似乎是一个极妙的回答。在门口送他走之后，我回到书房后还在继续想这件事，我自忖他不可能给出一个更好的答案了，因为这对一个男人有益，但对一个读了世界上所有的书，然而错过了生活的人却毫无益处。但是他没有错过生活，无论他去何方，他都能找到它，明天在威斯敏斯特修道院，后天在圣保罗大教堂和伦敦塔；我希望他不会忘了去汉普敦宫。我非常急于知道伦敦给他留下何种印象，于是写信请他来吃晚餐。

"你已经大饱眼福了一星期，"我说，"希望伦敦没有什么使你失望。"

"只有两样东西例外。"他回答。

"什么使你失望了？"我感到意外。

"令我失望的，"他回答，"一是埃尔金的大理石雕塑，二是泰特画廊里西克特为你画的肖像。"他对图像的这种奇怪联想——一方面是忒修斯的雕像，另一方面则是西克特的肖像画——使我惊讶，我激动地谈起希腊人文主义，说虽然亚述和巴比伦雕刻表现了东方的专制政治，然而希腊人有——但在我结束陈腐的辩解之前，赫斯本德先生打断了我："西克特完全没有抓住你的神韵，如果一幅肖像画不像坐着的模特，那它就不是一幅肖像画。"

"西克特画的水平，"我说，"有时候能与马奈相媲美。但由于他并不主要是一个肖像画家——"

"肖像画得不像模特。"赫斯本德先生继续说。

我只好稍微提高音量，坚持让他听到我的话："虽然安格尔[1]的肖像画通常很像他的模特，但它们缺少画室里所说的那种品质，这使我们往往满怀失望的感情，看不下去，但西克特的画的品质，或者说优点，总是让我们流连忘返。"

"我认为肖像画应该要像本人。"赫斯本德先生小声嘀咕说，这让我稍有一点儿厌烦，于是换了一个简单的话题，以摆脱这种情绪，同时也是因为我急切地想知道这个年轻人的其他奇遇。他先用十个月的时间品尝了矿山的各种酸甜苦辣，接着前往德克萨斯放牧牛群，然后又离开了生活的这第二源泉，去追寻第三个源泉——他的妻子。从对他性格的一些了解，我可以断定，他已经找到了其心灵与肉体的渴望，并使两者结合了起来。我倾听他赞扬自己的妻子，为了她，他放弃了自己心爱的流浪生涯，安心于经营一些有利可图的生意。

"你的生意还能让你有时间追求文学事业吗？"我问，我随

---

1 让·安格尔（Jean Ingres，1780—1867），法国画家，古典主义画派的最后代表，其画法工致，重视线条造型，他对素描有独特贡献，尤擅长肖像画，名作有《浴女》《泉》等。

即听到了肯定的回答并感到愉快。但也有一个坏处——他的生意总是在早晨7点把他从床上拉起来。"没有人比我更会享受睡眠，"赫斯本德先生说，"但打盹儿比大睡一场更好。"

"翻个身，"我说，"将你的梦紧紧抱在胸前。"

"我的妻子和孩子就是我的梦想。"他回答。

"我很欣赏你的回答，"我说，"虽然我从不曾有妻子。"

"伦敦的魅力之一是我可以直到9点才起床。"赫斯本德先生喃喃道，好像在自言自语，忘了我的存在。

"在伦敦，你醒后，躺在床上时，你的梦想是什么？"我急切地问。我想尽可能在两次拜访中了解赫斯本德先生。

"我梦想，"他说，"另一个世界如这一个世界一样快乐，当然，如果真是如此，我们就不必害怕死亡了。"

"又一个保罗！"我对自己说，并大声说，"啊，坟墓，你的胜利在何处？啊，死亡，你的苦痛在何处？"

听到我的朗诵，赫斯本德先生的脸上弥漫着真诚的、快乐的光芒，这使我的思绪忍不住飘荡起来，在一瞬间，我仿佛置身于一个沾满露水的山坡，在一个沐浴着阳光灿烂的清晨，旁边一个年轻人正为他的挚友吹响号角，这幅画面的意义是：生活是一个完美的礼物，我们有责任自己享受它，并帮助别人也享受它；如果赫斯本德先生任凭我的思绪奔涌，一个年轻人的想法也许将在我心里扎根，并在适当的时间绽放繁荣。

无论如何，读者们都不应该根据这些话认为：赫斯本德先生停留太久会使我生厌，也不要因为他不能读懂我的心意而责怪他，因为挑剔一个客人是愚蠢的行为，因为他不是预言家，更因为赫斯本德先生是来听我谈文学的，所以他自然应该不时打断我，问一问我正在写什么书，对我来说，我只能放弃对他的梦想，将话题转到《论单一严格性》，说这本书稿已修订过，已经交给出版商且已经出版，除此之外，我也不可能再做其他什么事了。我觉得这种对话方式很平庸且毫无味道，我承认，为了使这段对话生动，我在写这本新书的时候，就像是在写某种以前从来没写过的东西，也由于这个原因，我相信这本书将会同我近十年所出的每一本书一样，深受公众青睐。"那么，"赫斯本德先生问，"你乐于写这最后一部作品吗？""是的，除了我上面说过的理由外，另外一个原因是，我认为这将是我最后一本书了。"

"但你不是要一直写作吗？"

"我恐怕自己已经写得太多了，一个写了很多书的人只会增高自己的墓碑。但是，我坚持了下来，如果一个人不写作，那他就会丧失鉴赏能力，也不懂得从钓鱼和园艺中体会到什么乐趣。岁月中有许多苦痛啊。展现在你面前的生活像是充满前景，但当我的书出版时，我则别无所求，只期待能有一个画廊（当地一家有可能交给我照管的画廊），或是学习法语，并用这种语言写一本书，但是事情还没有结束，赫斯本德先生，因为一打开《印象与观点》——"

"你最好的作品之一。"赫斯本德先生插话说。

"是的，我总是很乐意拿起这本书。读完几页之后，"我说，"我的脑海里就会积聚起另一本散文著作，一本很值得推荐给我的美国读者的书。"

"你的新书将会采用什么标题呢?"赫斯本德先生问。

我回答说:"我正考虑将之命名为《谈话录》,或《谈话与观点》,或甚至就叫《埃伯利街谈话录》。"

"有什么特点吗?"他问。

"我会尽量让它更像《宣言》,成为我和朋友们的谈话系列的一种。"

"但你不会遗漏论巴尔扎克的文章吧?"

"不会完全忽略,"我答道,"但要去掉原先那篇,就是将《人间喜剧》比作一座紫罗兰城市和以一名站在山巅的游客开头的文章。"

"我也曾喜欢过这样的开头。"赫斯本德先生说。

"如果你再读一遍,我就会怀疑自己是否还会喜欢这个开头。"我回答,并且陷入了沉思。

他的问题将我从沉思中唤醒,他问我是否还想过其他的开头。我回答说:"有,是马修·阿诺德的一句诗,但并不是十四行诗中的最后一行。"他说:"约翰·埃格林顿是受人爱戴的强者之一,他仍然每天坚持从特雷努尔步行到国家图书馆,不管发生什么,他都决心始终恪守天职,全面而透彻地审视这个世界。"

"你还记得我的《致敬和告别》中的人物,这让我倍感骄傲。"我答道。

我们一直在讨论一些记者们喜爱用的词句,直到我发觉天色已晚,为了不使客人注意到壁炉架上的闹钟,我把话题转到阿

第一章 陌生人的来信

诺德身上，因为阿诺德毕竟是文学家，虽然他写的那些话让约翰·埃格林顿，甚至一个时代的人一度陷入迷途。他在某个地方说过，对艺术作品来说，有两样东西是必需的，那就是人物和时代。如果阿诺德的话可信，而时代又十分必需，那么，在我看来，我们根本不可能看到艺术时代的尽头。这种理论会使一种人反感，即那种只是因为来世与他现在所生活于其中的时代不同而害怕死亡的人。

"你得回答我——我想斗胆建议，"我的客人又插话了，"阿诺德相信必需的时刻还会出现。"

"在某些人看来，死亡是不存在的，"我回答，"但一代又一代，无穷无尽，重复出现，或许促生《人间喜剧》的时代在亿万年以后还会再一次出现；或者说，可能死人不再复生。蒙斯霍斯相信生物个体有永恒的睡眠：太阳催生着花园里的锦葵，让它们一年又一年地开花结果；但我们，伟大、万能或充满智慧的人类，一旦辞世，将会安静地长眠于地下，这是一次无限漫长的、永无止境的、永不会再苏醒的睡眠。这是一句译自希腊语的精彩诗句，就像锦葵本身一样美丽，它的美比万物皆有轮回这一教条更让我们亲近，轮回是万物的自然法则，不管是伟大的还是弱小的，是星星还是锦葵，一切都得回归统一，都将重新散布于时空之间，接着又将重新回归统一。如此永远循环不已。爱伦·坡就有一个奇妙的梦想，就是世界上没有死亡的存在，我们只是与自己分离了数亿万年而已。"

我们从爱伦·坡又回到了巴尔扎克，因为我们可以在巴尔扎克身上找到一切,甚至找到爱伦·坡。巴尔扎克属于旧时代,因为直至滑铁卢战役后,旧世界才永远消失在我们身后。要想理解我们自那以后已经跨越了多长的距离,我们只有去英国南部军港,去看一看纳尔逊级战列舰,或者说,如果它已被送走拆卸,那就看看它的画。船上的桅杆和甲板告诉我们,它是一艘古时的军舰,却是一艘无畏级战列舰——但我不想费心谈这一点。

"但是,"赫斯本德先生说,"虽然外部世界在改变,但人们不会随之发生改变。"

"他们的本能不会变,这一点毋庸置疑,"我说,"但是,他们对善恶存在的信仰在不同的世纪截然不同,只有不迷信的人才会这样说。"

"但迷信灭亡了吗?"我的客人这样问我。

我回答说:"在'迷信'故事里,森林里住着西莱尼和半人半羊的农牧神,大海里有海王,天上有宙斯,这种迷信与我们生活中的那种迷信——比如从来不在下午1点坐在午餐桌前,看见两只喜鹊时就一定要转三次身,等等——相比,主要是一种精神影响。"围绕这些词,我们还谈到了其他许多事。我滔滔不绝地说着,好像在履行自己的职责一般,因为赫斯本德先生来就是听我说话的。我坚持认为,穴居人在他开始崇拜之前就已出现了,我这不是为了取悦他(科学家确实给我们泼了一盆冷水),而是因为相信洞穴中所画的动物可能已经灭绝了,这样就会得出推论说:洞穴人等同于现代野蛮人;这种推断是错误的,因为,在史前绘画中,其中一个最有名的人物就是一个带着小孩的女人,这

第一章 陌生人的来信

表明，这个艺术家就像伦勃朗一样，也被妇女携带小孩的奇怪方式所吸引。

赫斯本德先生说："我看出你在回避使用'美'这个字。"我回答他说，美与生活中的其他许多东西一样是无法被定义的。

"你是否承认，"他继续问道，"伦勃朗在带着孩子的女人身上感觉到的美与洞穴人所感觉到的美都是一种道德美感呢？"

我回答说："上帝都禁止我否定洞穴人有对生与死的神秘感知。"

"托尔斯泰也不会否定这一点。"赫斯本德先生说，我还没来得及回答，他又问我是更喜欢《战争与和平》还是《安娜·卡列尼娜》。

"为了回答你的问题，我的思路可能得远离我新书的第一章；你知道，赫斯本德先生，是你要我回答这个问题的。"赫斯本德先生同意了。

然而，我们的话题不能太快脱离托尔斯泰，我继续说："我不允许将他置之不理。"

"我很抱歉打断你的话，"赫斯本德插话说，"你是不是会说人伟大与否仅仅取决于他最好的作品？"

我说："当然不是，我并不这样认为，因为人的作品仅仅是他的一个方面。托尔斯泰总是以一个道德家的形象出现，他使自己和整个世界都受神学与伦理道德的折磨，而到了最后人们才发现，他既不是基督徒也不是异教徒，而只是一个天才。人们总是以承认这一点为遗憾，因为我们总是喜欢把天才看作一个快乐的人和没有烦恼的人,他们对这个世界上美好的事物充满景仰,以至于必须得将它们揭示出来,给那些没有眼睛看、没有耳朵听的人去感受。生命的快乐属于荷马,忒奥克里托斯[1],维吉尔的灵感,莎士比亚,巴尔扎克和瓦格纳。如果一个天才的画像不能总是表现出一副快乐的面孔,那么这是画家与雕塑家的错误。然而,我们有一张托尔斯泰的照片,而照相机是不会说谎的,照片上的托尔斯泰就像一只被关在笼子里的野兽,在对着栅栏门发怒,并且试图摆脱自己身上的兽性,他逐渐变得无法被家人和本人忍受,最终离开家庭,死在了路边车站的候车厅里。他的灵魂飞逝,因为虽然他很久以前就已经认识到没有人可以忍受他,但在他生命的最后一天这一点变得特别清晰,这种认识清晰无比,结果使他不得不在一种行为中寻找表达。他不得不逃脱,逃脱自己、逃脱家人、逃脱孩子,而最糟糕的是,他逃脱了他曾经宣扬过的礼教、道德、伦理等一切。当他躺在候车厅时,他一定感到自己未出生或许更好。我很抱歉又谈起了托尔斯泰;我再不谈他了。让我们开始新的话题吧。"

"但在我们开始新的话题之前,"赫斯本德先生说,"让我们先谈谈他对艺术的定义。"

"你不赞成他的定义吗?"我问并继续说,"在请教了所有权威之后,他认为艺术是人与人之间彼此交流自身感觉的一种手

---

[1] 忒奥克里托斯(Theocritus,约公元前310—前250),古希腊诗人,创始田园诗,其诗作对罗马诗人维吉尔及后来的田园文学产生很大影响。

段。这多像托尔斯泰,却又多么令人不愉快!这是找个借口,让别人去做他不愿意做之事。我们马上会怀疑这种定义本质上是一种不令人愉快的定义,但我们仍然相信它是真理,在我们检验它之前,它看起来的确像真理。托尔斯泰一定曾反复考虑过这一点,他的思想非常敏捷,所以他不可能看不出自己的定义是错误的,因为若这种定义是正确的,那么,任何踩在他人脚趾上的人都是在创造艺术作品了。如果有人要求屠格涅夫对艺术进行定义(我希望有人这样要求他),他可能会回答说:'艺术是人们用来解释自然的定则。'除此之外我不能想象他会有别的回答。为了发展这种定义,使其变得清楚明白,他可能还会补充说:'在文明产生后的数千年间,被隔离在不同群体中的人得以发明了很多准则。不时会有一粒种子漂洋过海来到一片新的土地上,在不同的气候条件下开出不同的花。拉丁文化来自希腊文化;据说罗马的雕塑是希腊雕塑家的作品。'——这可能是真的;谁能说明其中的真伪呢?尽管如此,可以肯定的是,在3世纪或4世纪的时候,艺术从地球上消失了,一些理论家认为,这是因为南方的野蛮人进入了意大利,而其他人则会争辩说,如果要产生艺术,那么一定有相当长的一段时间是艺术的真空时代。我们应该关心的不是艺术从世界上消失的原因,而是艺术的确是在3世纪消失的——而在随后近千年时间里没有再次出现这一事实。"

"历史不会不断重复自身吗?"赫斯本德先生问。

我回答说:"只有当环境相同时,历史才会重复自身,若13世纪的环境与4世纪的环境没有很大的差别,如果艺术不回归,那才叫怪呢。"

"基督教世界与异教徒世界没有太大的差异。"赫斯本德先生插话说。

"中世纪的世界并不比古代的世界大多少,"我回答说,"只是人类所知的行星的一部分。但今天我们不再相信神的存在,我们身边的世界也不比一个纸盒式的世界大多少,每个人都在向他人看齐:在克里思丁亚那[1]画的肖像画与在利马画的肖像画没有任何区别。古代社会的环境与现代世界的环境,一直到100年前,都基本是相同的。一直到1850年,我们都始终生活在一个个孤立的社会中,每个城市都有自己的社会制度、习俗和语言。一直到1850年,在这些岛上都还使用着许多不同的方言。我还记得在村子的道路上能听到织布机的嗡嗡声,主妇们在农舍里纺纱;我在梅奥[2]的房子的走廊尽头放着一座老爷钟,是18世纪末期在卡斯尔巴制造的,其确切日期我记不清楚了,但可以肯定的是,自1895年以来,卡斯尔巴就再也没有制造过老爷钟了。也就是差不多在那个时候,摩尔府不再生产啤酒了;在我的童年时代,酿酒坊还在,但我们喝的啤酒则产自巴林罗布,而现在巴林罗布的啤酒都是产自都柏林了。1780年,梅奥的建筑师和木匠建造了摩尔府,站在山上俯瞰这些岛状的古堡,我想,无论是在爱尔兰还是在英格兰,在尽受了百年的冲刷和忽视之后,都没有哪个城堡还

---

[1] 挪威首都奥斯陆的旧称。
[2] 爱尔兰西北部的一个郡。

第一章 陌生人的来信

能像摩尔府那样依然焕发着活力。在我童年时,梅奥的泥水匠、木匠和铁匠较之那些建造摩尔府的人都要逊色些。我记得有一个梅奥的木匠设计并制造了一个别致漂亮的衣橱;他既不会读书也不会写字,但是如果梅奥一个可以阅读报纸的农民能成为出色的木匠,那倒会让人觉得奇怪了;也就是因此,我可以肯定,无论是对于地主还是对于农民而言,20世纪的梅奥都要比19世纪前叶的梅奥更加荒凉。"

我探询式地向地毯另一端望去,唯恐这个壮实、满面红光、蓝眼睛、黑头发、正对着我坐在摇椅里的美国年轻人会对我的演讲感到厌烦,因为从这番演讲里,他开始看不到他原先从某些书中发现并欣赏的人了。我想找一件可以赢回他信任的逸事;我记起了一件让我难忘的事,讲起来一定非常吸引人,就是我到都柏林的城市艺术学校寻找奥彭那一天发生的事。我告诉来访的客人说,当我发现自己不是和三个、四个,或十几个、二十几个、三十几个学生(我习惯于这些数字)在一个研究室里,而是在一个拥挤得像蜂房一样的研究室里时,我非常惊奇。上百个甚至更多的年轻人身着牧师服,像蜜蜂一样忙碌着,每个人都弯着腰对着一块笨重的湿陶,用它们来重现梨子和苹果的自然形态。

"先生,你不可以随意走动,就站在我带你来的地方。"守门人真是给了我一个好建议,我就像一头牲畜一样站着,生怕自己的一个小动作就会碰坏某个人的模型工具;当我看到奥彭在狭窄的通道中挤来挤去的时候,真不知道是不是爱尔兰要从研究神学转移到研究雕塑学了。奥彭脸上的微笑告诉我,他已经完全猜到我惊讶的原因了。

"从哪里来了那么多人来学铸造模型呢？这里至少有一百人。他们又是从哪里得到来都柏林学习的费用呢？"我问道。

"政府不给钱，谁来出钱呢？"奥彭说。

"出钱让他们来，又为了什么呢？"

"为了得到文凭！这些文凭将允许他们去教书。"

"所以人们来这里并不是为了学习艺术，而是为了学习如何去教艺术。"我说，"就是说教师不得不先接受教育！"

"是的。"他答道，"而且，在任何地方都是这样。"

"但是告诉我，奥彭，为什么这些学生都穿得像牧师一样？"

"因为他们全部来自基督教兄弟学校。"他答道。

"那些发明了这种体制的人，到底是如何理解艺术的呢？"我又问。

"关于这个，你应该去问问你的朋友——T. P. 吉尔先生。"奥彭回答说。

我还听说，在每个大城镇都建立了一所城市艺术学校，因为根据最新的民主政策，每个人都必须被赋予这种权利，无论他自己是否想要。"必须承认，"奥彭继续说道，"一个人带着某种天赋降临到这个世界上，而另一个人却没有这种天赋，这就等于说，自由党没有办法去校正这些天生的不平等。"

"但是如果这种情况得到了认可，那么支持自由党的选民队伍将变成什么了？"我吃惊地说，因为我从不怀疑常人的低能。

"普通人并不是天生低能，"奥彭说，"但如果他没有天赋，

第一章 陌生人的来信

他就不能去反对这种体制。他深受这种体制的奴役,以致他除了学校传授的东西之外,就再也不相信其他任何东西了。教育部长的观点是:照管好这些平庸之辈就是他的天职。他甚至会说:让我们来创造平庸之辈吧。"

"妙!实在是妙!"我回答,并开始给他讲起我从朋友汤克斯那里听来的故事,他是斯莱德学院的教授。故事讲的是费希尔先生或他的部门是如何对待一个艺术家的。汤克斯是一个艺术家,以画画为生,但在战后,他的生活却陷入了困境,于是他去申请在当地的一家小学当老师,请你记住,他曾是一名以画画谋生的画家。他希望任教的那所学校的校长曾经在各种各样的画展上看到过他的作品,但是,当汤克斯去见费希尔先生或他的部门时,我不清楚具体是哪一个,他却被告知:是的,你画的画的确非常好——我们面前就有这些画的图片——但是你仍必须到肯辛顿去通过一门教育学的课程。"教育学——那是什么?"我问他,我从来没有听过这个词。汤克斯解释给我听后,我对他说:"那么,如果有一所学校想要开始教年轻的女士写小说,而我去申请这个职位,那么我是不是也应该去学学如何教她们写小说?""你肯定要去学!因为这是费希尔先生的惯用方法。"汤克斯说。"费希尔先生也承认他的体制并不完美,"汤克斯继续说,"他也希望可以改善它。""但也有人指责他,"我对汤克斯说,"这些批评家敢说我们正在追求一种错误的教育体制。但是没有人会承认所有的教育都是毫无用处的,甚至比无用更严重,是有害的,是一种毒药,并且这种毒药将一代一代继续下去,一直到最后在英格兰再也没有什么值得称道的手工业和艺术。"

"赫斯本德先生，似乎每一个时代都可以用一个词语来表示：13世纪可以用忠诚来表示，这是组织化的'拿破仑帝国时代'；20世纪可以说是教育的世纪，导致了文学的复兴。用我自己的话说，我愿意欢迎神学的复兴，而且，如果某些该涉及的问题没有被考虑到，男人和女人就会生活于本能之中。"

"你认为，"我的客人对我说，"人们在智力方面没有什么进步吗？"

"你也不认为他有进步，赫斯本德先生，除了那些对世界历史——如希腊历史——一无所知的人之外，其他人也都会认为没有。费希尔先生知道义务教育并不是雅典的法律，还知道聪明并不是因为教育，如果他相信一个年轻人在16岁之前可以一直待在学校，还请来剑桥大学的数学学位甲等及格者或牛津大学的优等生来教育他们，那是因为他不知道生命到底是什么，或者说他对义务教育的信仰来源于钱。钱使有知识的人不知道很多穷人非常清楚的事，每个工人都意识到：一个14岁辍学的男孩可以开始学习经商。但是如果他一直在学校待到16岁，那他很可能成为流浪一族中的一员。16岁的男孩开始观察周围、思考问题，并且看到了对他来说犁田、耕种、运送干草、收割谷物，或者牧羊是没有前途的，他犹豫着要回到自己原来的地方。如果他是一个城镇男孩，那么做管道工对他来说没有什么诱惑力，做瓦工更是如此，因为污水管太深而屋顶又太高；如果你强迫他，说：'好，如果你不想做，那你靠什么谋生？'我猜他的答案是'靠父母'。新体制允许男孩们在学校里一直待到16岁，并且还允许那些成绩优秀的男孩一直待到18岁，因为在老师眼里，成绩好的男孩是那些能通过考试的学生。在我生命中的某个阶段，在我的朋友和认识的人中，在牛津取得过第一名的人，我记得能数出20个，现在回过头来看看他们，他们确实是一群很令人遗憾的群体。其中一些人靠自己的亲戚生活；还有一些人每年只有250英镑到300英镑的微薄收入，在装修好的公寓内勉强维生；另有一些人转向新闻业，为报纸写文章，为《世界报》奔波；还有一些人被赶进了《泰晤士报》的办公室；剩下的人则进了寺院的僧舍，快乐地在老贝利接受所谓的一杯羹。我记得这些老朋友并不愚蠢，而只是陈腐过时。"

"教育，"赫斯本德先生说，"必须来自内部，而不是来自外部，一切有价值的都靠自我教育。"

我很遗憾没多听一会儿，但说话的冲动激励着我，使我继续沿着以下这些话题说下去："我们关心的不是那些为了父母才进大学，劳神费心学习那些自己本来不想学的东西的人，他们的父母会对他们说：'约翰，你要拿第一。'牛津生产了一些精神受损的人，这些人缺少像我一样坚决去抵抗教育的勇气；但我可怜的是那些初级学校里的学生，因为就是在这些学校里，他们的自然本能被转变了。"

"这是为一个方形的洞做一个圆栓。"赫斯本德先生说。

我回答说："然而，不管是谁，只需用五分钟想一下大多人的命运就是修理地球这个问题，就都应该清楚这点了。"

"这是没有任何政府能改变的一条永恒法则。"赫斯本德先生说。

我回答说:"农村变成城市,但是城市从没有变回农村,变成农村的城市会成为农民嘲笑的对象。几个月以前,一个农村女孩给一家日报写信说,她发现秃鼻乌鸦的叫声令人讨厌,但是一想到冬天的白天很短,她可以4点回来喝茶和吃煎饼,在一个舒适的农舍中参加音乐舞会,她就得到了安慰。这封信使我想起路易十六的凡尔赛宫晚上留给奶牛住的故事。我经常想知道,当费希尔先生从自己的教育梦中醒来时,他是否问过自己:当牧羊人不再提着灯笼去放牧、种田的人不再种地时,世界怎样得到自己赖以生存的食物?"

"如果我能活着见到欧洲没有蔬菜,我也不会感到惊奇,"赫斯本德先生说,"你可以从海外得到牛肉和谷物,但是将不会有芦笋。"

听到这些挖苦的话,我笑了,然后继续道:"不难想象,当费希尔先生思考自己的教育计划时,有时会看到阿特拉斯山脉的农民,说他是伦敦人,生于斯,长于斯,从没有离开过那里,这种解释是不够的,因为在其旅行途中,他不可能看不到筑篱笆和挖沟的农民;但每一个有知识的人都常常只看出版物,只有在书中读到农村,他们才能欣赏农村,并且很可能费希尔先生就是他们中的一个。"

"如果他理解自己在书上读到的东西,那就好了,"赫斯本德先生说,"因为我能看出你一心要启蒙他。"

我产生了一种要指责赫斯本德先生的幽默的冲动,但记起了他是我的客人。我说:"虽然在美国没有篱笆和沟渠,赫斯本德先生,但肯定有煤矿,你或许是世界上那种受过教育的人,即可以根据自己的自由意志采矿的人。因此,请告诉我,请你们这些有过第一手手工劳动经验的人——我不是在讲双关语——告诉我教育和手工劳动是不是和谐的。"

当我的客人打断我时,我正准备再次以这些话题开始谈话:高高在上的法律。我听着,没有怨言,却已经觉得有点多了。

"你听听我说或许不错,"赫斯本德先生说,"我希望你不要介意。"

"恰恰相反,"我回答说,"你可以解释一下这个问题,即义务教育是否——"

我正要接着往下说,赫斯本德先生又开始说起来,然后又突然停止了,似乎是因为刚才打断我而惭愧。我等着他说下去。"我要说的是,"他重复说,"亚里士多德认为人生而为奴是很自然的。""我没有读过亚里士多德,"我回答道,"但我愿意相信,一种曾指引过一个又一个世纪的智慧在今天会受到蔑视——为了能与20世纪保持一致。这就是进步!"我凝视着赫斯本德先生的面孔,继续说:"一本书实际上就可以写完我们取得的所有进步,但无论这本书写得有多好,也无法开启我们生存于其中的这个盲目的世纪的眼睛。"我谈到布朗、琼斯和鲁滨孙:"他们对奴隶制这个词的概念,就是一个手抱婴儿的黑人妇女在横穿一条冰封的河流,从一块浮冰跳到另一块浮冰;或者是一个被大猎犬追赶的黑人；或是因为不服从主人而被绑在树上遭鞭打的黑人。当然，大多数人的命运都是脸朝黄土背朝天；自然希望布朗、琼斯和鲁滨孙去挖掘，而教育部长就不能改变自然颁布的法令。我们与亚里士多德观点一致，甚至《圣经》也这样认为：'人类应该靠眉毛上的汗水来生存。'这是多么愚蠢，多么愚蠢呀！因为，按照亚里士多德的理解，奴隶制一词的意思是：一些人天生就是要劳力的，而另一些人则是天生要劳心的，而且他可能还要加一句：'人只有在完成了自然交给他的工作后才能得到幸福。'最邪恶的奴隶制是用来执行我们本能之外的任务的。一只在摄政街上击鼓的野兔是所有奇观中最可怜的一种。我曾见过一次，并把可怜的野兔引入到——"

"引入到《伊夫琳·英尼斯》中了。"赫斯本德先生接话说。

"是的，现在我把演出者比作教育部长，他每天驱使着男人和女人们脱离他们的本能，脱离他们的自然，脱离他们的天才，创造着一切邪恶中最邪恶的奴隶制，毫不怀疑自由的职业并不能吸引每个人。所以不难理解：被自然选择为牧羊人的人却在给人治病，被自然赋予了管理才能的人却在画画。所有人类都在受苦，其中最大的受害者是那个可怜的小女孩，她一边数着威斯敏斯特艺术学校的人数，一边在厨房里梦想着失去的幸福。"

过了一会儿——在这期间，赫斯本德先生非常好心地等着我集中一下自己的想法——我说："我们已经放弃了自己的双手，并且发明了机器，将我们原本可以用手做得非常好的事情弄得一塌糊涂；这种事情已经发展到登峰造极的地步，甚至可以说，通过义务教育，我们会清除掉原始的本能，重塑人类。教育部中的每个人都知道，他不能教育自己，但他相信自己能教育其他人。一个善意的种族是人的种族，同时却是愚昧得无可救药的种族，而且会越变越糟。你刚才提到了亚里士多德；我很想知道他怎样看待现代信仰：即不去一家办公室坐在高凳上不停记录的人，以及不和妻子一去海边度假两周的人都是奴隶。我认为，我在自己的思想深处可以看到亚里士多德正看着办公室里的高凳，看了一段时间之后，他的声音在我耳边响起：'但人的体形不同，难道你们没有不同的型号吗？'我想我能听到费希尔先生的回答：'现在的尺寸并不适合每一个臀部，但我们希望不同的臀部可以适应凳子。'亚里士多德咕哝道：'这一定是个柏拉图主义者。'我一直害怕他的影响，现在发现，在过了两千多年以后，这种影响仍不可抗拒。真是太惊人了！然后亚里士多德可能会问：'是义务教育，还是义务奴隶制？——到底是哪一个？为什么一个值得赞赏，而另一个则令人厌恶呢？'"

赫斯本德先生说："年轻一代中有很多人极不喜欢强加给他们的教育。你可能会说，摩尔先生，他们受自己本能的驱使要逃避这种教育，而宁愿选择自我教育的方式，并且感到自己可以做得更好。"

"但他们的父母除了伊顿和哈罗[1]之外什么也听不进去。"我插嘴道，"在那之后，男孩子们一定要去哈佛或者剑桥，因为已

---

1 指伊顿公学和哈罗公学，二者均为英国著名的私立男子学校，以培养精英而闻名。

经赚够钱的父母们会这样分辩说：'我们因为缺乏教育，被耽误了很多年，我们的孩子不应该输在起跑线上，应从我们结束的地方开始。'人类的愿望和信仰真是可悲呀！然而我们没有人能摆脱这些。我的第一个出版商，不，不是第一个，是第二个，沃尔特·司各特先生，刚开始是个泥水匠；他的工作是搭脚手架和在纽卡斯尔帮忙建铁路。但是他当泥水匠没多久就成了一个有钱人，一个大承造商，他那时已经将承担海德公园的隧道工程当成日常工作的一部分了。"

"但他怎么成为出版商了呢？"赫斯本德先生问。

"某种糟糕的债务，"我回答说，"他认为这会让他的孩子们开心，他们已经上了哈佛或剑桥，比他更了解文学作品。他将出版视作一种娱乐，他所经营的出版业就像一处松鸡保护区；他有时获利，有时赔钱，赔钱时，他就偿还债务。晚年他去了埃及，对金字塔的建造产生了浓厚的兴趣。'毫无疑问，那是一项巨大的事业，'他对我说，'但我自己也可以完成这项工作；然而，我所做不到的，是那些用岩石雕刻出的墓碑。''但是，今天，借助于我们的现代设备，用岩石雕刻墓碑就一定比三千年前容易吗？''毋庸置疑，毋庸置疑，'他回答说，'但我看到的墓碑都被油漆过，看起来就像昨天刚刚建成的那样鲜艳；除非埃及人有电灯，否则我不知道它是怎样建成的。'"

"他那在牛津或剑桥接受教育的儿子们怎么样了？"赫斯本德先生问。

我回答说："我从来没有见过他们，但我相信，他们和其他英国绅士没什么两样。"

"告诉我,"我继续说道,但突然改变了话题,从哲学转到实践真理上来,"在美国,所有的体力劳动都是移民在做,真是如此吗?我相信仆人问题是个很急迫的问题,是吗?"

"我们的仆人来自爱尔兰、意大利和瑞典,"赫斯本德先生说,"这也正是移民法为什么特别严格的原因,我们的劳动力至少有70%来自中欧。第一代移民工作勤奋,第二代就差一些,第三代就把自己看成美国人,并且渴望那些自由职业了,而如你所说,这种职业并非对每个人都有吸引力。"

我问他是不是没见过采矿的美国人,他回答说:"在我工作的矿场里,美国人占了25%。"他谈到一些毫无生产能力的猎人,他们有时来自马里兰州的蓝岭山脉。他说这些人不打猎或不采矿时,就受雇加入到邻里之间的世仇和战争之中,引起战争的原因我已经不记得了,因为自第一次开火已经太久了。迪克知道自己遇到吉姆时一定会向他射击,而吉姆知道的也不会比迪克更多,但对他来说,知道自己必须先扣动扳机就足够了。我的注意力被蓝岭山脉的这些亡命之徒以及帮助他们的女人之间的精彩故事吸引住了——一个反抗社会、毅然决然的强盗的情人,如何日复一日地把食物送到她爱人的山洞里而不被发现,而且要不是他需要一双逃跑时必需的靴子的话,她就可以成功地帮助他逃脱公正的制裁了;正是因为她买了一双比她丈夫的脚或大或小的鞋子,才引起警察的怀疑。于是她被跟踪了,强盗也被捕了,但是我已经忘了他是否逃脱了绞刑。

但我正漫游在对我那令人愉快的客人的回忆之中。（难道每一种回忆都是时断时续的？）我所记得的，是晚上谈话之后，赫斯本德先生给我讲了许多他在煤矿时的故事，主要谈的是黑人的幼稚，没有远见。他说："我记得有一个黑人，他带着一个星期的工钱去商店，用两基尼买了一双皮靴。星期天，他穿上了这双靴子；星期一，他穿着这双靴子进了矿井；到了星期三，这双靴子就不能穿了。黑人不但没有远见，而且他们对钱也没有概念。一个黑人和他的妻子帮我照看办公室，我每月付给他100美元，但他每次在下一次领薪水时就都身无分文了。有一天他对我说："老板，我想买辆摩托车。"我回答说："但你把摩托车放在哪里呢？你不能放在办公室里。""不，不，可以建一个车库，老板。"他如此这般地告诉我。按他的描述，这要花掉几千美元，而他从来没见过这些钱，或者说他根本不能理解这些钱意味着什么。一个黑人可以做到的最高职位，就是在邮车上做一名服务员。

"当黑人的数量超过白人时，你不怕他们造反吗？"我问赫斯本德先生。

"成功的反叛是要有组织的。"他回答说。

后来我们提到了海地岛，赫斯本德先生给我讲了每个学生都知道但我不知道的事。海地岛以前属于法国，法国的革命派派了一个代表团来商谈黑人自由的问题，但这样做的第一个结果是白人被屠杀，接着是黑人之间的屠杀。他说："其中有一个黑人，属于中等阶级，建造了一座宫殿（遗址仍在），但他就在自己的城堡中被杀害了；现在，在六艘美国军舰的帮助下，他们实现了自治。"

赫斯本德先生所讲的幼稚黑人的逸事让我们的谈话更加生动了,我们真不愿意天又变黑了,我问他是否可以分辨出地平线处的微光。他说,这个世界将继续以危险的速度发展,最后会变得就像野蛮的中世纪一样倾覆,甚至谈到这个话题时,他的声音里仍不失令人愉快的乐观主义。"就像你所预言的,摩尔先生,饥荒将导致出现一个更小但更漂亮的星球。"对我来说,我似乎不敢冒险让赫斯本德先生的声音中那令人愉快的乐观主义消失,所以我忍住没谈孩子们从我们门前潮涌而过的凄凉景象,而是谈起了我在巴黎的生活,美术学院、卡巴内尔、马奈、蒙马特区,讲了我与70年代聚居于托托尼的那些人之间的逸事,像一个愚蠢的仆人那样讲了我对一大群印象主义者——现在减少为两个人,莫奈和玛丽·卡萨特——的最后一次拜访。

赫斯本德先生听着巴黎的故事,就像所有的美国人那样听着,直到他开始记起他在伦敦的日子已经屈指可数,而且他绝不能错过一个长眠的夜晚。"鬼知道什么时候才有机会再睡十个小时呀!"他说,"我想我曾经告诉过你,我7点以前必须起床?"

"是的,我记得,"我回答道,"现在快半夜了,但是不要因为我而离开;我是早晨睡觉,休息好后才起床。"

赫斯本德先生犹豫了,似乎心里仍有什么话要讲,而我也想知道他想说什么。当我为他打开前门后,他说:"我们已经聊了许多事,然而却没提到我的书稿。"

"你知道,我现在有事,但抄完这整本书恐怕会花去我太多时间，但如果你喜欢其中的一章——我亲爱的赫斯本德先生，你的信就足够了。"

再次与他道别后，我回到我的奥布森地毯上和七弦琴形的时钟旁，觉得自己若谈得少一点，并使赫斯本德先生对自己更有信心可能会更好。但是，即使再多的自信，也比不上他这第一次自白能让我更多地了解他，他的第一次自白是：离开哈佛大学之后，他到一个煤矿去寻找——寻找什么呢？任何人都会怀疑的最后一样东西——生活，原始的、根本的生活。我寻找过，但没有找到，他说他去矿场寻找的就是原始的生活。他没有谈到什么逃脱习俗和偏见的事——那他说了什么呢？我问自己，我搅动着火苗，却回想不起他说过什么话。然而，我可以肯定他说过这些话：如果我去了欧洲，就可能已经像你一样了，去了法国，住在蒙马特区，但是身在美国，除了下矿井外我却无事可做。多么可敬啊！多么令人发自内心敬佩啊！在这些话里，我们彻底看清了这个人，我们估量他，我们评价他。在微弱的火光前，我坐了很长时间，思量着赫斯本德先生的海上旅行，想着他怎样到了纽约。从椅子上起身时，我停顿了一下，这样我可以更好地考虑这个问题——他是在纽约睡一晚还是赶一趟火车直接去芝加哥。答案是：他太急于再次见到自己的妻子了，所以他不能在纽约等下去，他会去赶火车。

第二章
英语在消失

火苗现在烧得正旺，可能还将持续一个小时，让这样美丽的火焰孤独燃烧，似乎可羞可耻。我坐在圈手椅里，尽情享受着炉火的温暖，同时愉快地相信自己已经给赫斯本德讲了很多有趣的事，他将把这些故事带到海外，不时在报纸或杂志上的文章里关注它们，或者口述它们，他对待我的方式就好像我是一座花园，他手里拿着水壶，在花丛间走来走去，把甜蜜的清新带给我所有的鲜花，我的郁金香、勿忘我、木樨草以及一些伦敦名贵花木。他似乎已经理解了一切，已经同情——但是，上帝啊！我忘了给他谈谈英语了，在字典里很丰富，而在口语中却很薄弱的英语。一次悲哀的场景实际上是一种语言的死床，就是这个原因驱使我20年前离开英国去寻找一种小而原始的、没被新闻界玷污过的语言。或者说是对布尔战争的憎恨促使我到爱尔兰帮助爱尔兰语言的复兴，爱尔兰人拥有这种语言却做不成任何事情，我说不准是因为这个民族缺乏天才，还是因为这种语言本身有什么缺点。除我自己之外，我怀疑是否还能找到别人来回答这么深奥的问题；我也说不清是什么主要动机促使我离开自己的朋友，离开自己知道的、感觉到的、听到的和看到的一切,去和自己一无所知的盖尔人为伍。

总有人告诉我,说我是个最冲动的人,我也认为确是如此,然而我也是一个很有耐心的人,我对文学的耐心就像一个母亲对待孩子那样。为了发现盖尔人艺术中的不当之处,我花了大约18个月的时间——我想我在其他地方已经说过——写作《处女地》(写这本书就是为了给盖尔人提供一些他们可以模仿,并且他们孩子的孩子也能模仿的短篇故事——因为我认为在大约100年后,爱尔兰也许将再次成为一个说盖尔语的国家)是怎样夺去了我对盖尔人的信仰。然而,我们很少见到一个人在失去信仰之后还要继续实践这种信仰,在许多年里,我依然用不断减弱的声音呼喊着:盖尔语是盖尔人的!直到有一天晚上,我拜访过约翰·埃格林顿的小房子——那种老式的训练房,现在俯瞰着一个女修道院的花园——回到家时,我突然想到,已经死亡的盖尔语毫无复兴的希望了,也许劝说盖尔人复兴伊丽莎白时代的英语还更有价值些,因为盖尔人对语言本身不感兴趣,他们渴望说盖尔语仅仅是因为这能使他们有别于英格兰人。我对约翰·埃格林顿说:第二人称单数将会有很大的帮助。甚至盖尔人也能将thou和thee分开来学;thou和thee将成为盖尔语的旗帜,以后将被英语作家采用。

叶芝的工作就是把人们引到错误的轨道上,他警告我不要使用第二人称单数。在《克里思溪》的前50页,我试着限制自己少用悲惨的你(you),这不是一个词,而是字母表中的一个字母,至少在发音上是;但去除yous不仅仅意味着语法上的变化,而是每句话都不得不重写;对动词的重新安排有时很困难,但和韵律的应用有一样的优点,那就是规律性。而且,我不得不记住苏塞克斯的农民,在60年代末,我对他们非常了解。在70年代的高地语中,有许多的thouing(你)和theeing(你),除此之外没有其他语句有价值。佩斯,《观察家》的编辑,一次写信给我说,他很高兴第二人称单数不再使用了,因为它的使用标志着阶级的差别。在我看来,这是一种肤浅得奇怪的观点,我常常想知道,《观察家》的超验世界的编辑是否属于一个宇宙部落,与我们吃着同样的饭,穿着同样的衣服,说着同样的语言。我宁愿认为他给我的信是在不假思索的情况下写的,而且他已经开始理解生活的快乐——如果生活中真有什么快乐的话——存在于差别而不是相似之中。

再回到我年轻时在苏塞克斯高地听到的语言形式。高地上的人从没人说over there(在那里),而是一直说over yonder(在那边),就我所见,当有人在我所住的街上向我打听他需要的方向后回答说:是的,over yonder,随即又纠正自己说:over there,他会感到惭愧,唯恐暴露出自己的农村血统,这真使我感到悲哀。我就对他说:"先生,你开始时说的英语很棒,但转念一想,你又回到了那种在报纸上写的、在卧室里说的浅显且过时的语言。"我们变得太"好"(nice)了。sick(患病)的意思是ailing(烦恼),但为了避免那个古老的词puke(呕吐),我们说sick。"从卡莱到多佛我一路上都在puke(呕吐)",这样说话多么高贵啊!只要是在我渺小的力量范围之内,我就尽力使伦敦的卧室习惯belly（腹部）这个词，并且相信用belly代替stomach（胃）并不存在什么真正的道德问题；听到某位女士把她的狗说成一个lady（女士），我总是打断她："夫人，我想你在说你的母狗。"我的权力微不足道，但我一直试图运用它。ewe是一个用法混乱的词，而因为牧羊人一直将母羊说成yoe，也许拼上一个w会更好。我们写成q-u-a-y-s（码头），却说成k-e-y-s（钥匙）。为什么要把a变成e？在现代英语中有太多的e。尤其是我们为什么不说lilac（紫丁香）呢？我一有机会就这样说。在yaller（黄色）这个词前我仍在犹豫，希望下次能获得更大的勇气。hither（这）和thither（那）这两个词只用于下面的短语之中：going hither and thither（到处走）；然而，说成"come hither（来这儿），go thither（去那儿）"该多好啊！为什么the which不再使用了呢？这是一个既优雅又实用的惯用词。的确，我们正在丢失我们的词语，而且，更糟糕的是，我们在丢失所有思想的单纯。一个农村妇女不会说："I'll go upstairs and try to find it（我上楼试着找找看）"；她会说："I'll go upstairs and have a look round（我上楼四处看看）"；她不会说："I'll refrain from looking at so-and-so（我忍住没看某某）"；她会说："I'll keep from looking at so-and-so（我不去看某某）"。在上层阶级所说的现代伦敦语言中，错误的观念正在流行。社会总是被shaken to the roots（根本动摇），罗列所有那些语法错句、冗语和潜入到我们语言中的法语，不但很有意思，而且很有启发，这些语言现在正在市场、乡村、农田里，从源头上掩盖、毒害着我们朴素的英语。

第二章　英语在消失

我希望我已告诉过赫斯本德先生，有一天，当我在英国北部和一个朋友一起打猎时，我却开始忘记如何射击了，朋友问我为什么注意力集中不起来，我回答说："我正在想你的猎场看守人说的一句美妙的英语。"他问："但你的写作目标不是要写上流社会的语言吗？"我像一条被踩到尾巴的狗一样大叫道："根本不是这样！我的目的是尽可能把我自己与上流社会说的语言分开。"为了向他解释我这话是什么意思，我想从口袋里装的钱中找出一枚古币，并找到了一枚表面几乎已磨光了的古币，我说："这枚六便士硬币象征了这个社会所说的语言。"我的朋友，作为一个有品位的人，也被他的猎场看守人所说的美妙、朴素的语言转变过来了。吃过晚饭后，他给我讲了很多他在农村和山林里听到的美丽语言，他以前曾嘲笑这些语言，认为它们都很粗俗，但在他内心深处，他知道自己的想法不对。

我可能也已给赫斯本德先生讲了，我在听完歌剧后，与费希尔先生一起回来，在经过格林公园时对他说过的事，有很多。的确，在斯特兰德大街[1]的奔波使我浪费了许多机会。我还向他谈到我们在丘纳德夫人的包厢里遇到的女士们，但在圣詹姆斯公园的月光下，我在一种不可抗拒的冲动的促动下告诉费希尔，他的自由教育计划将导致英国语言的毁灭。我说，农民是语言的源泉。语言的农村形式几乎总是美的，而我们大街上产生的语言却总是丑恶的。费希尔先生明显被我的忠告打动了，他并不否认教

---

1 在伦敦的中西部，与泰晤士河平行，以其酒店和戏院著称。

育可能会减少手工劳动，但他希望他们已接收的那些不适合接受教育的人会回到矿井和农田中去。我对他为自己的学校所做的辩护表示出兴趣，因为这并不会得出结论说：因为一个人是部长，所以他就是傻瓜；他个人的想法可能与索伦[1]一致，但他的行为却与公众意见一致。他像查尔斯二世一样，当有人指责查尔斯二世既没说过一句蠢话，也没做过一件聪明事时，他的回答是："我的话是我自己的，我的行为却是我的部长的。"费希尔先生知道，我们每个人来到世上自带的智力不同，有人可以接受教育，就像某种有刃的钢一样，这些人能找到自己天生需要的教育；其他人则徒劳地在罐子中摸索着，这些人是大多数。费希尔先生知道这一点，但他后面有公众的意见，作为教育部长，当我告诉他，我更愿看到他成为国防部长时，他是不会同意我的话的。因为作为国防部长，你不需要在每个乡村都建立兵营，而将接替你的教育部长职位的人不会曲解你"教育可以发展人的大脑"的理论；他会满足于古老的信念，我们仍是上帝造我们时那样。在我们经过白金汉宫之后，我对他说：学识和文学并无重叠之处，学识常常会突出天才，但缺乏学识从不会遏制天才，忒奥克里托斯和彭斯就是很好的例子。在绘画艺术方面，我说，天才也受到了限制，那些没有受过教育的人总要超过那些受过教育的人。我们拥有的两个最好的画家：马克·费希尔和威尔逊·斯蒂尔都是自

---

[1] 索伦（Solon，约公元前640—前558），古雅典政治家、诗人，公元前594年当选执政官后进行经济和政治改革，解救贫困、修改宪法、制定新法典，他善写哀歌，其诗作仅有片段存世。

学成才的。

"你能关闭肯辛顿和威斯敏斯特那些学校吗?"费希尔先生问。

我回答道:"去禁止人们教书是不可能的,但是我不会在这种比例的基础上再增加艺术学校了。因为若这样做,就会使艺术的自然进程倒退,而且会导致家庭佣人的供给产生严重短缺。艺术要求的就是独立;每一种想促进艺术发展的意图都是对艺术的阻碍。"我或许还曾诚心与费希尔先生谈过他的学校课程,我相信其中包括一些用法语教的课程。

我很难想象还有什么比法语课程更无用的了,因为学习一门外语是一生的工作,但即使是那些拥有某种语言天赋的人都不能完美地学好法语。有一部分人能学会法语语法并能应用,但这些人经常掌握不了法语的成语;另外一些人能很容易掌握成语却忽视了语法的学习。所以这两种人都有缺陷。的确有极少数人能完全彻底地学好法语,并能随心所欲运用法语;但这种人只是知道法语,如此而已,这些人在我们眼里就如同木乃伊;这种人不但没用,而且还有害,因为对法语的了解只要达到能看懂报纸的地步,就足以对我们的英语起到破坏作用。在某些季节,蝗虫会降落到某一个国家并且吃尽所有的叶子。法语在最近几年也以相同的方式降临到英语的领域,并"吃掉"了一些英语词汇。灰松鼠吃掉了红松鼠,résumé(法语,"概要")不仅已经"吃掉"了summary(英语,"概要"),而且已经消化掉了。很难想象为什么résumé已经取代了英语单词,或者说为什么一个女士在谈到另一个女士时会很高兴地用elle est si raffiné（法语，"她如此高雅"）这样的说法；或者说为什么记者要用petite（法语，"小的"）来代替small（英语，"小的"），除非这样用的记者想当然地认为petite这个词意味着dainty（英语，"精致、优雅"）。我经常想去收集那些罢黜掉同意义的英语词的法语：比如用nuance（法语，"色调"）代替shade（英语，"幽暗、阴影"），用naïveté（法语，"天真"）代替innocency（英语，"天真"）；用camouflage（法语，"伪装、掩盖"）代替disguise（英语，"掩盖"）。éclat（法语，"碎片"）和démarche（法语，"步伐"）这些单词都能用不同的英语来翻译。但是每个人，尤其是那些无所事事的人，都急于省下时间参加社交演讲，用的都只不过是标签式的英语和法语。阿斯克威思爵士曾给《每日电讯报》写过一封不超过十行字的信，他在信中用了compagnon de voyage（法语，"旅伴"）这个词，他显然对自己的法语知识十分满意，以至于忍不住在同一封信中两次用了这个词；同样，当他笔下出现camoufage这个词时，他的手也停不下来。40年前，当我从法国回来时，我发现intrigue（英语，"阴谋"）不是一个英语动词，于是我再也没那样用过这个单词。但现在人说话不超过五分钟就会将intrigue用作一个动词，并且，如果有人在给报纸写文章或说话时忘记说"it intrigue me to learn..."（英语，"这激起了我学习……的兴趣"），他会觉得自己不光彩。直到我满怀怒火写信给报社总编，告诉他 modiste这个词是指妇女服装商而不是女裁缝时，他才把这个词从报纸上去掉；也不知有多少次，我用匿名或署名的方式写信给报社总编，

第二章 英语在消失

恳求他告诉投稿者 wanton 这个词不是"邪恶"之意,而且,用 the wanton destruction of French property by the Germans(英语,"德国人对法国财产肆意破坏")代替 the systematic destruction(英语,"系统破坏")也属于蹩脚英语。还有什么 wanton curls(英语,"浓密的卷发"),wanton breezes(英语,"恣意的微风")等——但我做的一切都徒劳无功。报纸有自己的专业语言,对我来说,只要能在自己的作品中不用法语单词就足够了。我为什么希望这些单词从报纸上消失呢?是因为我也像其他人那样不公正?还是因为我们的语言在吸收任何法语单词时,都不能不失去自己的本质特点?从德语中借词在我看来似乎不该受到太多指责,我会使英语德语化。

火光在渐渐熄灭,中间装有黄色大理石和楔形木头饰板的法国钟敲响了午夜1点的钟声,我该上床睡觉了。

第三章
巴尔扎克

我一直在沉思离去客人的品性,当醒过来时,我问自己:"现在该怎样处理这令人不快的文章呢?"我拿起《印象与观点》,刚翻了几页,就猛地把书放在了一边,文章的开头令我不安:在一个紫罗兰色的傍晚,看到了一座城市,一个旅行者艰难地穿过一个又一个郊区,最后来到了《欧也妮·葛朗台》,这是《人间喜剧》中的某部小说的题目,而就在前几天,我还以为标题是《迷失的幻象》,这十有八九是受了巴尔扎克为吕西安定做的衣服的迷惑;但甚至在我尚未成年时,我就想到了英国读者的阅读方式是浏览细小的片段,而不是宏大的场面。很可能是这样;但是,就像鲸鱼一样,我必须"吐出"这个巴尔扎克,而"吞下"另一个巴尔扎克,继续着我的翻译,虽然这也许更糟——翻过几页后,我找到了应作为这篇文章开头的地方!这里的开头并不唐突,就我来说,能始终避免公然的肤浅风格就够了。我的思绪从被我在《山谷》中有点玩世不恭地描述成一匹伟大战马的人身上一掠而过:他缓慢地从路尽头的尘土中出现,但他一旦骑上战马,人们就能听到他的声音在远方像雷声一样响起来;这绝不是一个奇妙的比喻，在一部可以取代《印象与观点》的书中，我不应该想到去用这个比喻——我在引用这个比喻时根本不知道自己为什么引用；人们不可能对涌入自己脑海里的每一种想法、每一种回忆都负责——我的思绪依然在飘荡，从伟大的图拉尼安一直飘到左拉，飘到我去梅丹拜访他的日子，一直到我坐在主人休息的沙发旁的那至关重要的一个小时，我满足于他的荣耀，当时还几乎是个孩子的我，努力使自己迎合于他，说着任何我认为会取悦他的话，并且总能非常成功地说到点子上，但当我附和主人，说他那篇论巴尔扎克的文章不算完全成功时，主人的脸上却笼罩上一片阴云。我太紧张了，如果我读过亨利·詹姆斯论巴尔扎克的文章，我可能已经在不知不觉中告诉他，后者的文章要比他的好，而且好很多。我没这样说，我的无知救了我；在亚历克西斯到来之前，我已经得到主人一定的尊重了。

回到埃伯利街前很久，我就开始认为，所有论巴尔扎克的文章都很糟糕，或许放弃《印象与观点》而另写一部新的小说会显得更明智。但我刚开始享受从我这本都是鸡零狗碎的旧书中解脱出来的喜悦，我马上就想到图书馆的版本一定包含一册评论卷。我已经开始厌恶随笔文章，看着眼前的文章，我开始形成一个想法，那就是就一个严肃的主题写一篇长文章——如教育的虚荣心或其他什么更恰当的题目，而不是集中精力于目前的工作：设法完成一卷批评文章来代替《印象与观点》。虽然义务教育的潮流已经到来，并倾覆了人的天生智慧，但这件事必须得做，我自言自语地说。这卷评论集必须尽快出版，因为我已经签约要出版20卷，读过我的书的人都期待着听我谈谈巴尔扎克。于是我开始懊悔自己花费时间谈论什么费希尔先生；赫斯本德先生或许也会更乐于听我说：虽然并不是每位批评家都是因他们所不理解的东西才为后人铭记，但圣伯夫就是因为不能理解巴尔扎克的天才而使他成为数代人的笑柄，而"扔到公众脸上的颜料罐"则是罗斯金保留下来的最好的散文片段。如果左拉没在一篇文章中指出——大家公认为不恰当——报纸杂志的撰稿者忽略了吕西安每日在食品店消费的意义，并指出，正是通过强调这一点，巴尔扎克给小说引入了一种新要素——金钱的价值，那么关于雅南[1]，我还应该知道些什么呢？

对一篇文章而言，巴尔扎克是过于博大高深了，我为什么想到要引导读者通过细小的片段，进入这个由两千个男人和女人及孩子组成的群体中去，这就是原因。在每一个转折点，我们都会遇到新的面孔；数以百计的人物灵魂如同在旋涡中一般一圈一圈地旋转着、漂浮着，到处是高利贷者，他们控制着属于自己的区域，栩栩如生。我们发现了各式各样的男人与女人：在田间劳作、在小酒馆喝酒的农民，出没于大街和宫殿的妓女，被无耻的女人诈骗的老人，而前者反过来又成为那些无耻的年轻人的受害者。巴尔扎克是一个伟大的收获者，他收获的是一束束灵魂：在爱情幻想中空耗天资的诗人，将天赋浪费在妙语警句中，以及忙于应酬饭局的人。当我们一卷接一卷读下去时，我们的惊奇也随

---

[1] 指法国批评家于勒·雅南（Jules Janin，1804—1874）。

之不断增加，因为我们在其中遇到了很多暗示，这些暗示充满着对超人的视力问题、催眠术和自我暗示——现代科学将这些都归于天生能力——等问题的前瞻性洞察；是的，《人间喜剧》中包括了爱尔兰土地战争的一切事件——《农民》中的法警谋杀案，与我们读到过的在爱尔兰发生的许多这样的谋杀几乎没有什么差别，将军的抵抗可能包含在了博伊科特上尉的回忆录里，且几乎原封未动。

有人也许会问，巴尔扎克晚上6点睡觉，12点起床写作，一直写到次日晚上6点——18小时一轮换——这样的人如何能找到时间去体验他书中描述的生活，去研究并详细讲述两千多个男人与女人的灵魂秘密，并且不只是一周，而是一连一个月都忍受着这种生活。每当论巴尔扎克的某本书或某篇文章出版，这个问题都会被人问起，无论何时，只要巴尔扎克的名字在文学界被人提及，就会有人说他一定穿上了男仆的衣服，否则他不可能描述圣日耳曼城区的沙龙。一个比较优秀的思想家在回答这一问题时说：巴尔扎克从一开始就知道生活是如何进行的，根本不需要去观察。只有在艺术方面他才会犯错；艺术是不能预言的，我们不得不承认，巴尔扎克常常表现为一个知识肤浅的人，而这一点在《贝姨》中表现得最为明显。这部他花了6星期——18小时一轮换——写成的书中，包含了一些不朽的灵魂，这些灵魂在每一个时代和国家都在不断重新出现，只有一些微不足道的、疏忽性的改变——于洛男爵和他的妻子在一起，后者无意间听到自己的丈夫对一个女仆说：他的妻子死后，她就可以做男爵夫人了；马尔内夫夫人也出现在这本书中。《人间喜剧》中的人物很少是虚构的社会人物，他们都多多少少被巴尔扎克精心描绘过，几乎总是某个伟大幻象的真实化身。他的笔指挥着自己的人物；各种幻想充塞着他的大脑，他在自己孤独的阁楼上将这些都一一记了下来，眼前放着一杯未加糖的咖啡。他就是这样写作的，因为只有以这样的方式才能写出《人间喜剧》，即使我已是在第一千次讲这个故事，我的目的也只不过是想说明白我为什么要将这篇文章分成短小的片段。我为什么要匆匆忙忙去写关于巴尔扎克的文章呢？因为任何人都无法使读者对无法探究的葛朗台——他的妻子、女儿、仆人，《加尔贡之家》中酗酒但勇敢的士兵、吕西安、高老头、卡纳利斯——有哪怕最微弱的理解。

我首先谈谈《卡迪央王妃的秘密》：在七月灾难中，许多依赖于宫廷的贵族的财产被一扫而空，卡迪央王妃很聪明，她将由于自己的奢侈而造成的破产，归咎于这场政治危机。她在16岁时嫁给了自己母亲的情人，莫弗里涅斯公爵——她成为"莫弗里涅斯公爵夫人"，也成了所有时尚女王中的女王。现在，她离开了那个花花世界，在一个只有五间房的公寓里，一门心思照顾儿子、教育儿子。当公爵夫人向达特兹讲述自己的一生时，她这样谈到杜克塞尔公爵夫人：

> 我从不因为公爵夫人比可怜的黛安娜更爱莫弗里涅斯先生而怨恨她，这就是原因。我的母亲很少来看我；她已经完全忘了我；在女人之间，她对我的行为在某种程度上可以称

作邪恶；在母女之间，就只能称为可怕。那些像杜克塞尔公爵夫人一样生活的母亲，都把自己的女儿养在远离自己的地方，直到我结婚前两个星期，我才得以进入社会。你可以猜到我是无知的；我什么也不懂；我的智慧不足以去怀疑这是已经安排好的圈套。我拥有不菲的财产。莫弗里涅斯先生浑身是债，我当时的生活经验却是太少了，即使我现在知道了债务缠身的滋味，我甚至也无法警觉面前的危险。我的财产使公爵有了钱，并安抚了他的债权人。我嫁给他的时候，他38岁，但因为这些年我就像在过军旅生活，所以他的年龄应该加倍算。啊！他不止76岁了。我母亲70岁时依然很爱美，我发现自己夹在两个嫉妒者之间了。我那十年是怎样过的呀！啊！天知道这样一个可怜的、被人怀疑、受到一个嫉妒女儿的母亲监视的小女人是怎么活过来的！上帝呀！你这种写剧本的人也永远写不出如此黑暗、如此残酷的事。噢，我的朋友，你们男人无法猜到，我和一个幸运的老男人，一个习惯了被世界上的女人崇拜的男人是如何生活的，他在家里找不到熏香和香炉，对一切都麻木不仁，对一切都嫉妒。当莫弗里涅斯公爵完全属于我一个人的时候，我本渴望做个好女人，但是，我得到的却是粗暴的对待、苦闷的情绪、无力的反复无常、愚蠢的孩子气、自满的虚荣，与我生活在一起的就是这样一个成为世界上最无聊的挽歌的男人，一个待我像小孩的男人，一个每日以侮辱我的自尊，玩弄我，证明我在一切方面都无知为乐的男人。

在这个伟大的男人耳边,公爵夫人就这样低语着,而他坐在她脚边,就像一个第一天入教的新教徒在聆听传道者的布道一样。

我理解,这出巴黎生活场景的主角们,其中一个是公爵夫人,她已经挥霍了许多财产。她和她的那些情人知道所有的感官快乐,只除了爱,她的会客室是她的圣殿,她的仪式就是她爱的信心。另一个主角是个天才男人,他只是从理论上了解这个世界,他像巴尔扎克一样了解这个世界,也像巴尔扎克一样孩子气,正是因为这样,达特兹才被选中。爱斯帕尔侯爵夫人和公爵夫人是朋友,她们坐在一起抱怨没有真正爱过诸多情人中的任何一个时,爱斯帕尔侯爵夫人说,有时傻子之间会更相爱。

但是,对此(也就是说,相信说话人),公爵夫人的回答却是:即使傻瓜也不完全可信。爱斯帕尔侯爵夫人笑着说,你是对的。傻瓜和能干的男人都不是我们应该寻求的对象。要解决这样的问题,就需要一个天才男人。天才只有孩子一般的忠诚和信仰,对爱抱有宗教般的感情,对爱盲目。看看卡纳利斯和乔利厄公爵夫人。如果你和我已经与天才相遇,我们就会过于全神贯注,过于轻浮,过于头脑发昏,过于沉湎于其他事情。但是,公爵夫人喊到:在体验到真正爱情的快乐之前,她绝不会离开这个世界。爱斯帕尔侯爵夫人说:点起爱火没什么,困难在于去体验它。我看到许多女人,她们只是激情的借口,而不是同时既是因又是果。

这些人到中年的人在客厅里见面,谈着爱情的本质,故事的行动就是由此展开的。渐渐地，公爵夫人开始对孤独的生活和母亲的责任感到厌倦了，她渴望一种新感情，于是她选择了丹尼尔·达特兹；拉斯蒂涅和德·脱拉意受命将他从自己的研究中带出来。天才和一个老于世故的、精明的、美丽的女人相遇了。这个美丽女人正在熟练地编织着她的网，在灯光下，她用白皙修长的手指撑着自己美丽的面庞，认定了这将不是短暂的幻想；如果她要再一次献出自己，那么，自己奉献的那个对象一定要相信她是无知、纯洁、不会撒谎的女人。天才坐在公爵夫人的脚边时，就像一个小孩子那样坦白，但当他坐在自己的书桌前时，他像靡菲斯特一样多疑。这千真万确！当哲学家试图将自己的理论付诸实践的时候，他就是一个孩子；而当世俗之人试图将自己的知识行诸文字时，他也是一个孩子。

《卡迪央王妃的秘密》的标题或许可以说成是：经验对天才的诱惑。对合乎激情的、令人着迷的乖谬的高尚理解，对穿得像浮士德一样，满腹学识，渴望平静和爱的安慰的伟人的单纯信任，都使这个故事生动有趣。《卡迪央王妃的秘密》或者也可为《客厅哲学》。它基本上就是一间客厅。公爵夫人就是诞生于客厅的人，她被客厅养大成人，并被客厅赋予色彩，就像一只昆虫的色彩取决于自己赖以为生的化学物质和植物的色彩一样。她的爱情观、文学观、艺术观和科学观就是客厅的爱情观、文学观、艺术观和科学观。她声音的语调以及口音的每一种变化都是客厅产生出来的。她对生活的厌倦也是客厅对生活的厌倦。她是客厅的产物，犹如马是马厩的产物、鹰是绝壁的产物一样。

巴尔扎克的小说里应该包含了一本格言集，但从这篇不超过40页的小故事里却提炼不出什么格言。是的，年轻时我们整天做着毫无意义的蠢事；我们就像那些贫穷的青年人，把弄着一根牙签，假装自己吃了一顿丰盛的晚餐。离开丈夫可以获得什么？对于女人而言，这等于承认自己的软弱。社会的荣誉之一就是在自然创造了女性的地方创造女人，并创造自然，认为只是为了保证物种延续的连续欲望；总而言之，就是去创造爱情。

《再会》是巴尔扎克浪漫风格的一个例子。这个故事是由两个运动员引起的，他们整个早上都在寻找可以运动的地方，他们漫步到森林的树荫之中，希望能够找到一处房子或某个居所；他们遇到一间残破的修道院，他们出神地呆站着，四周是如此荒芜凄凉。巴尔扎克是这样描述的：一个女人从一扇铁门旁边的胡桃林中走出来，轻盈得就像云影，男人们看着她，当他们看到她爬上一棵苹果树，坐在其中一根大树枝上，抓住苹果，啃一口，然后让这些吃了一半的苹果落下来时，他们的惊奇变成了惊讶。让他们更加惊讶的是，当她从树上下来后，她像个孩子一样四肢向前伸直，从树上滑降到地面，并一直舒展地躺在草地上，就像一只在阳光下熟睡的小猫那样，恣意、优雅、自然。"再会了。"她以轻柔和谐的声音喊道。然而她的声音缺少那种可能会使这两个男人感兴趣的人的音调。其中一个男人突然认出了这个女人，看到她，男人受到强烈的震动，像死人一样倒在地上。他的朋友害怕他得了某种骇人的心脏病，举枪向天空射击，希望尽快有人来帮助，枪声显然惊醒了女人（刚才她像一只阳光下愉快的蝴蝶，现在则像一只受惊的野兔跑来跑去），像是回应着某种可怕的灾难。

读者可能会猜想，那个看到这个女人而受惊倒地的男人一定是她的爱人，拿破仑军队里的一个士兵，驻扎在此地时，曾和她一起在冰冻的贝雷西纳河边杀马吃。

如果篇幅允许，我会提供一些巴尔扎克用以唤起战争的动作、色彩、气味和声音的细节；要得到这些细节，读者必须求助于文章本身，从我这儿只能得到单纯的故事线索。在受到战争伤害的逃亡者中，还有一个将军和他的夫人，以及菲利普·德·苏西，他正设法救他们的命，设法在另一方的军队摧毁大桥之前送他们过桥。但他的最后一匹马已经被抓住吃掉了。然而，他从俄国人的岗哨里偷来了一匹驿马，跨过熟睡士兵的身体逃走了。你不打碎蛋就不可能煎蛋，不可能既呼叫着手榴弹兵，又用他的剑尖去刺马。但在他们到达之前，桥已经被烧毁了；一只木筏造好了，女人坐上去，哭喊着对菲利普说着"再会"。但是女人的丈夫被扔下了木筏，死于冰水中。失去了保护者，又在逃亡途中迷了路，女人跟着军队走了两年，成为一个个流氓的玩物。她熟知所有的战争不幸，饥饿、寒冷和残酷，最后人们将她从德国的一家疯人院里救了出来，带回了法国。故事的目的是要讲述她的情人怎样尽力把她从兽性中拯救出来，因为她像一只迷人又任性的动物；他试着哄她开心，直到老伯父发现他有一天子弹上膛要射杀她。

可怜的小东西啊，她的伯父哭喊着，把可怜而疯狂的她紧紧抱在胸前。"他会杀了你的,他是个自我主义者;他会杀掉你,因为他受过痛苦。他不知道怎样为了你而爱你,我的孩子。我们会原谅他。他是一个精神病患者,你也疯了。走吧!只有上帝会召唤你到他身边。我们认为你不快乐,因为你不再能够分享我们的苦恼——我们都是愚人!""但是,"他说,把她放在自己膝上,"你是快乐的,没有什么能让你烦恼;你像只鸟一样生活,就像后面那只鸟那样。"

她跑过去抓住了一只小黑鸟,压扁了它,看了看它,然后把它扔在树根旁,就没再多想这件事。

"来吧,"菲利普喊着,搂住她,"你没有感觉到我的心跳吗?我一直爱着你。菲利普没有死。他就在这儿,你正靠着他。你是我的斯蒂芬妮,我是你的菲利普。"

"再会,"她哭喊着,"再会!"

巴尔扎克的这个故事还在继续,但从我们的需要考虑,就没必要一定要让它有一个优美的结局。只要能够表明奥费利娅对清醒与疯狂之间的那点区别,对微小的变化本身所包含的极大责任还能有比较微弱的理解,那就足够了。但萦绕心头的问题是:自从我们获得如此微妙暗示出来的回顾和前瞻的力量以来,我们得到幸福了吗?

目前,我们的文学抱负仅仅满足于为客厅里的女士们写一些她们可以公开讨论的东西。《萨拉辛》,一个阉臣,不会受人青睐。因为唐璜大叫着反对穿女人的衣服,并说这只会让人无法辨清他的性别时,他得到的回答是:

穿上，否则我会叫人来

让你根本没有性别。

第三性因为被认为不体面而一直被排除在正常生活之外，最新的报道是：我的老朋友米迪和史密斯去寻找建议，他们离开主教的教堂时，相信了叙利亚的宦官和罗马的宦官在很多细小方面有差异：因为萨拉辛致敬的方式是罗马式而非巴格达式，所以人们别无选择，只好将他排除在交谈范围之外——当我告诉你们，是教皇唱诗班的主唱，并且是红衣主教最喜爱的遗产继承人时，整个推理过程就不那么晦涩难解了。

但巴尔扎克是在晚年向世人展示的自己，他那奇特的美已经逝去，他是一个幻影、一个幽灵、一个传奇。他的亲戚都被藏在一所没有人能看得到他的大宫殿里，他们为他感到羞愧，急于隐藏自己财富的来源。然而，尽管他们小心地将他藏在众人视线之外，但很偶然地，当宫殿里举行的盛大舞会正在进行时，一个客人正好看到他穿过一条隐秘的门廊。客人转向一个朋友，或者说是任何一个正好站在他旁边的人，惊恐地问道："你看到了吗？"另一个客人知道萨拉辛的故事，于是两人退至没人的阳台，一个人开始向另一个人讲述一个年轻的法国人是怎么被刺客刺死的。这个法国人迷醉于年轻的萨拉辛的美和嗓音，他甚至相信萨拉辛是个女子。

巴尔扎克很聪明，他选择用一个客人向另一个客人讲述的方式来叙述萨拉辛的故事，但是，间接叙述方式需要注意更多的细节，巴尔扎克显然未能对此驾驭自如，我们只能认为此书是巴尔扎克的急就章之一。据说巴尔扎克写《掷弹兵》只用了八小时。这或许是实情，如果真是这样，我们一定会认为，黑咖啡并未能让他一直保持足够的清醒。我们认为，同样的不幸也落到了《萨拉辛》身上。巴尔扎克写作此书时，并不像写《掷弹兵》时那样完全沉迷于其中，但是，即使《萨拉辛》的艺术价值几乎可以忽略不计，它在散文叙述史上的价值却是巨大的，因为任何一个有思想的人在读过巴尔扎克的《人间喜剧》后都会发现：其作品中的怪异和超常的描写很少，天才作家不应当将这种东西引入自己的故事之中，因为虽然有的人可以偷走马，但另一个人可能头都探不过篱笆。总之，有天才的人不要被泰伦斯[1]华丽的格言误导："我是人，我不会考虑人性之外的任何东西。"

关于怪异，我再多说一句。我想，对所谓的英国小说的勤奋创作者们而言，他们继续选择一种平凡的、日常的故事可能更好，因为在展开这样的故事时，他所拥有的一切思想的独创性与幻想都会显示出优势。巴尔扎克在平凡中挖掘出了我们只能在理想中发现的东西。但这并不就是说《金眼女郎》与《图尔的本堂神甫》一样有价值，或者说，如果有谁要在《萨拉辛》或《老姑娘》两者间进行挑选，会有任何犹豫。

虽然数不胜数的名著让人有些迷失，虽然很少有人将《老

---

[1] 泰伦提乌斯（Terentius，约公元前190—前159），别名泰伦斯，古罗马喜剧作家，迦太基奴隶出身，其著作有喜剧《安德罗斯女子》《自责者》《阉奴》《福尔弥昂》《两兄弟》《婆母》，作品大都根据希腊新喜剧改编而成。

姑娘》作为巴尔扎克天才的例证，但它是巴尔扎克最早的短篇作品之一。我认为它充满了巴尔扎克渊博的学识，整个构思也极具艺术性。在《老姑娘》中，我们可以看到巴尔扎克特有的哲学批判，以及极具想象力的敏锐个性，还有很多只有在他最好的作品中才能找到的醒世恒言，以及两到三个戏剧高潮。第一个高潮是吃晚饭时漂亮的洗衣女溜进骑士的房间，向他坦白了自己的困境。骑士狡诈异常，所以并没显露出自己不相信她的故事。

在这所弥漫着繁华时期遗风——18世纪的遗风——的房子里，他用与之相称的语言，送她前去诱惑他的竞争对手杜布斯基耶。与杜布斯基耶有关的场面也相当不错，因为在这一场面中巴尔扎克达到了自己的目的，那就是去描绘，并在描绘中表明这两个老单身汉——两人彼此欺诈，都想得到科尔蒙小姐的财产并向她求婚——是如何体现了两个不同时代的思想及其外在表象：德·瓦卢瓦骑士代表的是18世纪贵族的风雅，而杜布斯基耶则代表了19世纪粗俗的商人暴发户。另一个精彩的高潮出现在科尔蒙小姐得知德·特罗斯维尔子爵已婚时。而当骑士前来向她求婚时，就出现了第三个高潮。但这个风雅的绅士只能用一种方式杀死；他靠风雅而活，也最好死于风雅之手。当骑士在梳妆台前整饰容貌时，杜布斯基耶走进了近乎绝望的女仆的客厅。

故事的灵魂是科尔蒙小姐嫁人的欲望，以及实现其计划的困难。通过这个简单的计划，巴尔扎克就像手里拿着一只灯笼从我们面前走过，向我们展示了征兵制度已经如何影响到婚姻市场，以及遗存下来的共和精神——尽管复辟依然存在——在遥远的外省如何开始体现在社会生活之中；我们从中也可以感受到，君主制是短暂的，共和制则是一种永恒的力量，它的衰败只是表面的，事实上并非如此。

然而，这个涉及众多严肃主题的小说的结构却简单至极，促使小说开始展开的是拉尔多夫人的一名女洗衣工，正如我们所看到的，这名女洗衣工首先想引诱优雅的骑士，但骑士很容易就使她相信引诱骑士的对手杜布斯基耶先生对她更有利。下面几段摘录自巴尔扎克对这个老绅士的描述，他瘦削，干瘪，一文不名，青年时代大部分在巴黎度过，正当他30岁年纪，风流倜傥，情场得意之时，却突然爆发了革命[1]。他现住在外省，租住了拉尔多太太洗衣坊上的两间房，与女洗衣工为伍，他对她们很好，常常带给她们一些小礼物，巧克力啊、糖啊、缎带啊、花边啊等等。

> 他每日必在外面吃晚饭，每晚必赌博。他有一个缺点，就是会讲述一大串关于路易十五治下和大革命初期的传闻逸事。多亏他有这个本事，人家才将他看成极有才具之人。人们第一次听到这些小故事时，觉得他讲得相当不错。德·瓦卢瓦骑士还有一个优点，就是那些带有个人特色的俏皮话，他从来不翻过来覆过去地讲，也从不谈起自己的情史。他那翩翩风度和可掬的笑容则泄露出有滋有味的秘密。伏尔泰式的老绅士们有一种特权，就是从不去教堂望弥撒。这个好好

---

[1] 指1789年法国资产阶级革命。

先生也利用了这个特权。他十分忠于王室事业,人们对他不信宗教也就宽大为怀了。他最有风度的一个优雅动作,便是从鼻烟盒里取鼻烟的姿势,那大概是模仿莫莱[1]的。他的鼻烟盒是一个古色古香的金盒子,上面装饰着戈里察公主的肖像。在路易十五统治末期,这个小巧玲珑的匈牙利公主以其美貌闻名。瓦卢瓦骑士年轻时曾经狂热地爱恋过这个大名鼎鼎的异国女郎,直到现在,每每谈起这件往事还满怀激情。为了她,他曾与德·洛赞先生[2]殴斗。

骑士如今已经58岁左右,但他只承认自己50岁。他的外表还容许他采用这种无害的骗人伎俩。干瘪、金发的人天生具有许多长处,长处之一便是他们的身材显得年轻。无论是男人还是女人,只要有这样的身材就不显老。瓦卢瓦骑士也保留了这样的身段。对啦,请各位一定记住,全部生命力,或者说,表现生命力的全部优美姿态,全凭身材维系。在骑士拥有的宝贵财富中,还必须算上造物主赋予他的妙不可言的鼻子。他的鼻子将苍白的面孔截然分成两部分,这两部分似乎互不相识,进行消化工作的时候,只有半边脸发红。在相貌与人的心灵之间的关系十分重要的时代,这件事值得特

---

1 弗朗索瓦-勒内·莫莱(François-René Molé,1734—1802),路易十五、路易十六时期法兰西大剧院的著名演员。他凭着自己的相貌和自鸣得意的神态,年岁很大仍扮演风流小生的角色,获得极大成功。
2 德·洛赞(Lauzun,1747—1793),公爵,以其风流韵事及翩翩风度闻名。在《朗热公爵夫人》中,巴尔扎克曾描述洛赞怎样在自己情妇的大衣柜中藏身一个半月,以便在她分娩时为她鼓劲。

别一提。这火热的部分位于面部左侧。

虽然德·瓦卢瓦先生双腿细长、身躯瘦削、面色灰白,看上去好像身体不十分健壮,可是吃起饭来食量很大。他声称自己患有外省称之为"肝热"的疾病,毫无疑问,这无非是给自己胃口奇大找个借口而已。半边脸发红的情况倒给他的说法提供了一点依据。在一顿饭可以吃上30道或40道菜,时间可以持续4小时的国度里,骑士的胃似乎是上天给予这座城市的一种赏赐。据某几位医生说,这种左脸发热的现象,说明人心轻诺寡信。骑士的风流艳史证实了这些论断十分科学,幸亏史学家不需要对这些论断负责。虽然有这些症状,德·瓦卢瓦先生的神经系统依然比较敏感,总是十分兴奋。用一句老话来说,他的肝火旺,可是他的心燃烧起来也不亚于肝。虽说他的脸上已有了几道皱纹,头发已经花白,一个有眼力的观察家从中也许会看出放荡留下的痕迹,以及纵情声色掘出的犁沟。确实,具有特征意义的"鱼尾纹"和"宫殿台阶"[1]显示出其皱纹之华贵,据说这在西岱尔宫[2]中很受赏识呢![3] 在这个风流骑士身上,一切都揭示出"讨女人喜欢的男人"(ladie's man)的生活习惯:他梳洗打扮精心细致,以致他的双颊叫人见了就喜欢,好像是用什么仙水刷洗过的一样。

---

1 指额头上的横向皱纹。
2 据说西岱尔是希腊神话中爱神阿佛洛狄忒居住的岛屿,文学作品中常用来指爱情和享乐的仙国。
3 仿宋字体内容在原文中用的是法语,后同。

头发遮盖不住的光秃部分闪闪发光，犹如象牙。他的眉毛也和他的头发一样，经过精心梳理，均匀整齐，显得青春焕发。他的皮肤本来就很白皙，现在看上去似乎有什么诀窍，弄得更加洁白。他即使不洒香水，也散发出一股近乎青春的芳香，使他所到之处都顿时清爽起来。他那贵族气派的手，像时髦女郎的双手一样精心维护、修剪齐整、引人注目。总而言之，若不是长着那么一个奇大的鼻子，他简直就像个玩具娃娃。我们还要下个狠心，承认一桩小事，来破坏这个完美的肖像。骑士扎过耳朵眼儿，一直到现在还保留着两个小耳环。耳环是金刚钻的，雕成黑人头形状，做工极为精细。他对此相当重视，还给这个奇怪的赘物找出个理由来，说他从前曾患偏头痛，自从耳朵上扎了眼儿以后，他的偏头痛就好了。我们并不将骑士作为一个完美无缺的人来加以介绍，不过这些老光棍，心脏将那么大量的血液送到脸上，他们有些颇为可爱的可笑之处，也许是基于神圣不可侵犯的秘密，对他们难道不应该宽容一些吗？何况，德·瓦卢瓦骑士在其他方面还有那么一些优雅风度来补救他的黑人头，社交界也应该是得失相当了。

我省略了野心勃勃的女洗衣工与杜布斯基耶之间的谈话。她从杜布斯基耶手里敲诈到600法郎，随后立刻到妇女协会司库格朗松夫人面前，将自己的苦恼和盘托出。格朗松夫人应该有个儿子，他也同样渴望向科尔蒙小姐求婚，这对小说来说很必要；但很难说为什么巴尔扎克认为应该阻止迄今为止一直如此简单、直接的故事情节的发展，而让苏珊爱上了忧郁的年轻诗人。实际上，这个错误要比乍一看上去严重得多。因为让苏珊爱上阿塔纳斯的设想，把一个原本完美的短篇故事，变成了一部被意外缩短成短篇故事篇幅的小说。如果有哪位批评家因此赋予《图尔的本堂神甫》比《老姑娘》更高的地位，我虽然也承认《图尔的本堂神甫》是一个更完美的故事，但也忍不住要说，没有哪一个一直从事批评的批评家会否认长篇和短篇故事是两码事（就如绵羊和山羊是两种动物一样清楚，我相信，这两种动物也不会诞生出什么骡子来）。但仍然有很多评论家认为短篇小说应该仅仅限制于讲述单纯的奇闻逸事，这是一种有点新闻特点的文学观；逸事一旦脱离诞生它们的环境，就会变得毫无色彩、枯燥乏味。为了将我的意思表达得更清楚一些，我还要说：纯粹的逸事并不比一张草图，或脱离乐章的乐句更有趣。优美的曲调之所以吸引作曲家，是因为它会将他带入和谐，诗人追求逸事也是出于同样的原因，是因为它在他心中唤起的思想。他的趣味和天才取决于他对美妙乐句与和谐乐章的组合安排。画家必须去塑造，但他必须小心谨慎地将肖像保存在画布上。也许有人会说，有时候巴尔扎克过度追求塑造、过度追求和谐、过度追求夸张，但如果我没记错的话（我已经30年没读过《老姑娘》了），指责其逸事比重过大，并不能抵消他对科尔蒙小姐、她的国家、她的房子和她的经历的精妙描写。

在她闻名的星期四之夜，我们看到沙龙里亮起了灯光，客人们陆续来了，风雅的骑士掏出自己的鼻烟壶，凝视着戈里察公主一会儿,接着吸了一下鼻烟。我们看到了野蛮、傲慢的杜布斯基耶和真诚爱着科尔蒙小姐的苍白忧郁的诗人;我们听到精明、贫困的格朗松夫人悄悄对她儿子说:"你好好端详德·瓦卢瓦骑士,研究研究他,学学他的举止。你看看他抛头露面时多么轻松自如,他一点也不像你那么拘谨。你的希伯来文倒背如流,可是人家不是说你什么都不会吗!你要开口讲讲话!"还有德·斯蓬德神甫,科尔蒙小姐的舅舅,所有这些人都聚集在宽敞的大厅中,大厅有四扇门、四扇窗户,悬挂着厚重的窗帘,四周墙壁刷成灰色,雕花的木板,唯一的一面穿衣镜,呈椭圆形,安放在壁炉上。一切都散发出古老的、一成不变的外省气息。在以少见的洞察力描绘了一番她的房子和环境之后,巴尔扎克开始着手描绘老姑娘科尔蒙小姐的肖像:这个说她体形不好;那个说她有隐蔽的缺陷。实际上,可怜的姑娘如天使一般纯洁,如孩子一般健康,心中充满了良好的愿望,因为造物主将她塑造出来,也预备了要她享受种种欢娱、种种幸福和作为母亲的种种劳累。

在自己的相貌上,科尔蒙小姐找不到任何因素有助于实现她的愿望。除了女性的魔鬼的美(这种说法可能不合适,指女性的青春美)之外,她并没有其他美丽动人之处。这种美无非是青春焕发而已。从神学观点来说,这种叫法极不确切,因为魔鬼不会青春焕发。除非用魔鬼总是希望浑身凉爽来解释这个词组,否则就解释不通。这个女继承人长着一双宽宽的平足。地上下过雨,她从家里或圣里昂纳多教堂走出来的时候,并无恶念地提起连衫裙,常常将腿露在外面。你简直无法将她的腿当作是女人的腿:青筋暴露,腿肚子很小,凸出明显,汗毛又密,酷似水手的腿肚子。她身材粗壮,像奶娘那样肥胖,手臂强壮有力;圆滚滚,双手通红,她的一切都构成诺曼底美人那又白又胖、圆鼓鼓形状的整体。她本是圆脸,没有任何高贵之气;她的眼珠说不清是什么颜色,眼睛又凸出,更赋予她的面庞以呆滞和绵羊般单纯的表情。这对一个老姑娘倒很适宜:即使罗丝已经不是那样天真无邪,倒还显出天真无邪的样子。她那鹰钩鼻与窄小的前额形成鲜明对照,这种形状的鼻子没有美丽的前额与之搭配的情形是罕见的。她的嘴唇又红又厚,这是心地善良的标志。但是那额头却说明她没有什么头脑,她的心不可能受到智慧的支配:她大概是只做善事而并不慈悲为怀的。对于品德高尚之人,人们对他的缺点指责得很严厉,而对于道德败坏的人,人们则往往很宽容。罗丝·科尔蒙的栗色长发,赋予她的面庞一种来自力量和丰满的美,这力量和丰满正是她整个人的主要特点。在她雄心勃勃的时代,她总是故意摆成四分之一侧面的姿势来露出面部,以便显露出非常小巧玲珑的耳朵。耳朵从她那白皙而又有点蓝莹莹的颈部与太阳穴之间清楚地显露出来,浓密的头发更给脖颈增加了几分美丽。这样望过去,再加上身着舞会装束,她大概显得很美。她那到处圆鼓鼓的形状,她那身材,她那健壮的身体,使非帝国时期的军官们不由自主地发出这样的慨叹:"多么漂亮的姑娘啊!"但是,随着时光年复一年地流逝，平静无波而循规蹈矩的生活使她发起福来，肥肉不知不觉布满了她的全身，完全摧毁了原来的比例。到如今，什么样的紧身衣也无法叫人辨别出这可怜的姑娘的臀部在哪儿了，她浑身上下就像是一整块料铸成——

跳过几行过于低俗的心理剖析，我们读到了这么一段：

可是如今，这可怜的老姑娘已经40多岁了！她长期搏斗，想在自己的生命中注入形成整个女性世界的意义，但是仍然不得不当姑娘。到如今，她用最严格的宗教活动为自己的品德筑成防御工事。她早就求助于宗教。宗教对于保持完好的童贞女来说，是伟大的安慰！三年来，一个听忏悔的神甫相当愚蠢地带领着科尔蒙小姐在苦行的道路上前进。他嘱咐她使用苦鞭。如果现代医学说得有道理的话，这苦鞭产生的效果，只能与这个可怜的教士所期待的完全相反。现代医学常识现在还不很普及。使用这些荒谬的方法，其结果是在罗丝·科尔蒙的面庞上开始出现寺院的色调。看到她白皙的皮肤变成了宣布成年期到来的黄色，真是叫人伤心。她的上唇嘴角附近本来有一点点轻微的绒毛，现在这绒毛竟然越来越扩大，勾勒出酷似一抹云烟的一条了。太阳穴处开始出现栗色的斑点。总之，衰变已经开始。阿朗松人人皆知，科尔蒙小姐受着血热的折磨。她将自己的心里话唠叨给德·瓦卢瓦骑士听，说她每日洗多少次脚，还和他一起商量如何搞制冷剂。那位精明的伙伴于是掏出自己的鼻烟壶，以做结论的形式凝视着戈里察公主。

在继续深入剖析这一小片段之前，我们先停下来一会儿，看一看这段漂亮的文章预示了什么。直到18世纪末，文学和绘画都还是可以分开的艺术形式；文学只关注于思想，不关心服饰的褶皱和样式，以及小姐们在暗处说话的腔调，还有当她们对情人说再见时的腔调，并在说话时走进小桌子上的台灯灯光里，灯光粉红色的暗影清晰地映照在深紫色的窗帘上。直到18世纪中期，妇女们开始在沙发的蓝色坐垫中尖叫哭泣，而就是在1880年，安杰莉卡满怀狂喜地看着满屋的白色。

但是，巴尔扎克对科尔蒙小姐的描述和左拉不同：狂喜之下，安杰莉卡看着满屋的白色。纯粹出于真诚，也就是说完全是无意识的。他在建立一种新的艺术基础，巴尔扎克从来没有忘记传统艺术的目的是要揭露灵魂，所以，在描写罗丝的腿时，他的目的也在于表现她的灵魂，因为他绝对相信她的灵魂可以写在脸上，写在手上，甚至写在腿上。当我读到对她腿的描写时，书从我手中滑落，我叫道："罗丝·科尔蒙的全部都在她腿上了！"然而，这腿在她的整个肖像中只是一个重点；我们记得这腿是一个完美的细节，但它并未抓住读者的注意力。读者被吸引着一直读到这一段的结尾，而在这一段的结尾，罗丝·科尔蒙站在了巴尔扎克看着她卷入其中的那出小戏剧之外了。我们在自己编造的许多戏剧故事中都见到过她，就像在现实生活中我们非常熟悉的某

第三章 巴尔扎克

个人一样,是我们的一部分。巴尔扎克对于对话的描写不亚于他的细节描写,他总能以准确的措辞来描绘他的人物。例如,下面这段话与场景是多么完美地和谐呀:

"小姐,"他急匆匆地跑进来说道,"您舅父给您派来了特急信使,是格罗莫特妈妈的儿子,他带来了一封信。这小伙子天没亮就从阿朗松启程,刚刚到这儿。一路上他简直像佩内洛普(指科尔蒙小姐的海湾母马)那么奔跑!要不要给他一杯酒喝?"

"会发生什么事呢,乔塞特?莫非我舅舅他——?"

"那他就不能写信了。"贴身女仆猜透了女主人的担心,说道。

"快!快!"科尔蒙小姐看了头几行以后便大叫起来,"叫雅克兰把佩内洛普套上!"

"姑娘,快收拾一下,半小时之内要把什么东西都包裹好,"她对乔塞特说道,"我们回城去——"

"雅克兰!"科尔蒙小姐的面部表情使乔塞特也着起急来,她也大喊大叫道。

得到乔塞特的消息,雅克兰马上来到。他说:"可是,小姐,佩内洛普正在吃燕麦呢!"

"嗨!这跟我有什么相干!我要马上走!"

"可是小姐,就要下雨了!"

"没关系,淋湿就淋湿好了!"

"家里着火了。"乔塞特嘀嘀咕咕地说。她见女主人读完那封信以后一言不发，又反复阅读那封信，心中十分纳闷。

"至少把咖啡喝完吧，不要那么着急！看您满脸通红！"

"我满脸通红，乔塞特，是吗？"她说着便去照镜子。镜子上的锡汞齐往下掉，照出来的影像线条七扭八歪。"天哪！"科尔蒙小姐想道，"我要是变丑了可怎么办？——来，乔塞特，来，姑娘，给我穿上衣裳。我要在雅克兰把佩内洛普套好之前就一切准备停当。你要是来不及把各种包裹装上车，就先留在这儿好了，总比浪费一分钟强。"

科尔蒙小姐迫切希望结婚，已经使她到了偏执狂的地步。如果诸位完全理解了这一点，你们也会和她一样激动不已。心灵高尚的舅舅通知他的外甥女说，他最要好的一个朋友有个孙子，叫德·特罗斯维尔，曾在俄国服役。德·特罗斯维尔先生希望退出军界后到阿朗松来居住，凭着神甫对他祖父的友情，请求神甫予以接待。他的祖父德·特罗斯维尔男爵，在路易十五治下曾任海军准将。这次来访在她的生命中就如滑铁卢在拿破仑的生命中那么重要。这促使她重新布置了自己的房子。她把自己的闺房变成卧室；并买了一张新床与之搭配；这一切的结果则是：这个可怜的老姑娘第一次见到自己的客人时就晕倒了，因为他在回答骑士的问题时，说自己已经结婚16年了，还有4个孩子。

罗丝对婚姻的失望、对孩子的渴望、作为嫁给老男人的老姑娘的全套婚姻生活哲学，都以一种巴尔扎克从未超越过的，对生活和事物的敏锐洞察力和全面理解力表现了出来，因为《老姑娘》的最后几页是不可超越的。

我们相信巴尔扎克的天才可以通过细小的片段表现出来，其中一个极好的理由是有《图尔的本堂神甫》这样一部小说，因为与巴尔扎克的其他很多短篇小说不一样，它不是一部被压缩至短篇小说长度的小说——一大堆精心构想的事件，但都是匆忙组织起来的，到处显示出明显的斧凿痕迹，处处是笨拙的缝合痕迹。它的开头恰到好处；发展过程中没有过长的等待；没有一句不必要的话；其艺术使人想起屠格涅夫。巴尔扎克有许多特性，他把一切安排得井井有条，甚至精致，在《图尔的本堂神甫》中，他所采取的方法甚至比丢一块手帕还要不着痕迹。比罗托神甫回到家，心里很高兴，因为他刚在德·利斯特尼尔夫人家度过了一个愉快的夜晚。他的前景一片灿烂，人们已在议论他可能会填补教区委员会的一个空缺，客人们一致认为他将获得任命。他对自己和世界特别满意，还有其他原因。不久以前，可怜的沙波神甫在遗嘱中把比罗托神甫本不垂涎、却是他近12年来唯一期盼的书和家具留给了他。他一生的希望刚在一年前实现。回忆仍是他的一个积极原则，他快乐地相信还有更大的好运等着自己，这一切使他对自己身陷其中的大雨可能带来的危险简直漠不关心，而大雨可能会使他痛风。然而，玛丽安娜在打开门之前会让他在外面等几分钟，这似乎使他感到奇怪；当玛丽安娜替自己辩解说，她在执行小姐的命令时，神甫内心那股幸福的潮流停止了流动；他找到自己按惯例放在了门外而不是放在厨房的烛台，惊讶地、一言不发地走进自己的房间,在那里,正有更让他惊讶的事等着他,因为房间里漆黑一片;玛丽安娜先前明明点了一盏灯!他整晚躺在沙波神甫遗留给他的那张舒适宽大的床上,完全被对无数灾祸的预感吓坏了,他无法不去想那扇迟开的门、移动的烛台、卧室里消失的灯光,这些根本不能说是偶然事件。可怜的神甫最后睡着了,希望早上能弄明白加马尔小姐不高兴的原因。但是加马尔小姐不满的秘密原因,注定永远不会让他知道。加马尔小姐是一个经常让神甫寄宿在自己家里的老处女。沙波神甫就曾舒舒服服地和她一起住了12年以上——这里没有一星点儿的灰尘,有的只是漂亮的、洗得干干净净的亚麻布白法衣,和散发着清香味道的白麻布法衣,等等。在底楼,瘦削、修长、身穿黄衣的特鲁贝尔神甫独自住在一个潮湿的、空荡荡的房间里,没有人喜欢他,德·利斯特尼尔夫人也不接待他。他也看到过二楼宽敞、通风的房间,里面堆满了沙波神甫留给比罗托神甫的漂亮家具,当比罗托神甫总是在德·利斯特尼尔夫人家过夜时,他说:"比罗托先生觉得我们不够风趣。他有才气,讲究饮食,需要结交漂亮人物,享用奢华,听精彩的谈话和外边说长道短的议论。"这是我们第一次听到这个可怕的特鲁贝尔神甫说话,他后来变得法力无边:他的肘支在图尔的桌子上,而手却已经伸向了巴黎。但这里我们需要稍加解释,以弄清楚特鲁贝尔神甫话的可怕意义。很久以来,加马尔小姐一直渴望使自己的家成为聚会中心,当比罗托神甫搬进沙波神甫的房间时,晚饭后他在加马尔小姐的客厅逗留了一会儿,与她一起玩波士顿牌,两人都度过了一个愉快的夜晚。

比罗托神甫虽然智力欠缺，却善良、热情、可爱，他出现在加马尔小姐的客厅也吸引了其他几个朋友，有那么一段时间，加马尔似乎就要实现自己一生的壮志雄心了。但比罗托神甫虽然本身就是一个傻瓜，却像其他许多傻瓜一样，竟无法忍受傻瓜们之间的交谈，当他开始在德·利斯特尼尔夫人家里消磨夜晚时，他也把其他许多朋友一起带走了，加马尔小姐不得不放弃了她的晚会。

我们很容易想象，神甫对其社交雄心的这种残酷打击，如何在这个老处女心里引发了对他的强烈仇恨，我认为这种仇恨很容易想象出来，是的，这事儿做起来就像我们想起来一样容易。但巴尔扎克的想象与我们截然不同，他以这些简单的素材编织出一个人类激情、愚蠢、善良、时尚和自私的世界。

这部小说是一种纯粹的观察——是一个伟大的心灵对人们习以为常地称作微贱生活的观察。但事物本身是不是就像我们所想象的那样伟大或渺小呢？他表现的难道不是世界而只是他的思想？在巴尔扎克思想的表面，图尔城的小人物立刻变得像生活本身那么庞大、那么渺小、那么可怜——这个小人物有一段时间曾决定捍卫正被人们指责的亲爱的神甫，但过了不久，他就被迫放弃了神甫以保护自己的利益，而可怕的特鲁贝尔神甫正威胁到这种利益。

这篇故事在各方面都很幸运。巴尔扎克在所有作品中都从未放弃过展示自己辉煌的思想表层，而这部小说在这一方面尤为突出，除此之外，《图尔的本堂神甫》写得很好。作品在内涵和外在表现上都达到了平衡，平衡得甚至没有一句为文章添彩的隽语

超出它的背景或限制,或者会使眼睛有片刻的疲劳。下面是其中的一些妙语:

每一种新选择都包含着对曾被拒绝的对象的蔑视。

世界上的大事往往简单易懂,不难说明,人生的琐碎事儿却需要许多细节才能解释。

无论道德观点或政治经济观点,都排斥只消费而不生产的人,都不允许有人在世界上占着一个位置而既不为善也不作恶,因为恶也是一种善,只是后果不立刻显露罢了。

然而,这些琐事构成了他一生的总和。他所看重的生活,忙得很无聊、无聊得很忙的生活,就建筑在那些琐事上。在他暗淡无光的岁月中,太强烈的情绪便是灾难,精神上毫无刺激才算幸福。

在图尔,就像生活在其他外省中一样,嫉妒成为语言的实体。

单身汉用习惯代替了情感。

如果我们总不能知道自己要去何方,我们就总是感到旅途的疲惫。

在上述这些格言里,其中至少有4条堪与拉封丹最好的格言相媲美,而它们几乎是随意地从一篇在几个晚上写成的短故事中收集出来的,这个短篇故事和其他一些故事共50多卷,构成了这部《人间喜剧》。

第三章 巴尔扎克

在《图尔的本堂神甫》之后，巴尔扎克最著名的短篇小说或许可以说是《马西米拉·多尼》。巴尔扎克本人对这部作品评价也最高，但它却明显存在着情节脱节和比例失调的问题；也许是那些音乐评论使他忽略了这些失误。如果离题有意思或有价值，那么我们对此应该十分宽容才对。但对《摩西在埃及》的赞美表明赞美没有什么深刻的辨别力，而天真地引用他自己的观点比对一部经不住时间考验的作品的粗糙的、技术性的评价要有趣得多；很明显，只有工匠的评价才是有效的。一个做橱柜的人对桌腿的认识，总要比一个裁缝或是一个烛台制造者多些。

据说巴尔扎克没有时间生活，也许还应该补充一句，即他也没有时间思考。他的思想来自本能，就像小鸟歌唱一样，很可能是《摩西在埃及》中的一句粗俗的、极具诱惑性的话萦绕在他耳边，并在他脑中产生了一个音乐小说的计划——以色列在埃及人统治下的衰落——现代的对应者？——奥地利统治下的威尼斯人。

埃米利奥是一个年轻的威尼斯人，他的全部财产加起来每年不超过60英镑到70英镑；他住在祖先遗留下的一处豪宅里，里面有珍贵的大理石雕像和具有极高艺术价值的作品，他却一件也不会卖掉。他爱上了马西米拉·多尼，就像但丁爱上了比阿特丽斯一样。一天晚上，在度过一个狂欢夜后，他驾着自己的小船回到自己的家后，看见自己的住宅被装饰一新，灯光明亮，就像过节一样。他以为是马西米拉·多尼为他准备的惊喜，所以他没有任何疑问，但当他坐在晚餐桌旁时，他发现桌子上摆满了珍贵的肉和酒。他又吃又喝，十分开心，但之后立刻昏昏入睡了。不久，一个女人走了出来，这个女人使我想起了一幅十分奇妙的英国版画，画的是勿忘草，画名叫《美之集会》或《美之书》。王子快乐地发抖。他的灵魂、他的心，他的推理不再去想任何怀疑的想法；但是残酷和反复无常的怀疑主宰了他的灵魂。但这个女人并非孤身一人，她身后还跟着一个怪物——一个外貌可怖的公爵，他是马西米拉·多尼的丈夫，一个音乐狂，他最大的快乐就是音乐。和他在一起的女人是一个伟大的歌唱家，他在她身上花了很多钱，因此他可以用小提琴来陪伴她的歌声，音乐的节奏会使他感到震撼的快乐。但是，一味随着故事的节奏沉湎于其迂回曲折的叙述，一味讲述这个伟大的歌唱家如何被说服将这个年轻人交给马西米拉·多尼，以及马西米拉·多尼如何被引诱离开这所安静而纯洁的房子，这些都毫无益处。这个阴谋的确包含有喜剧性。如此美丽的主题——一个犹豫在现实和理想之间的年轻人——本应以最简单、最自然的语言表达出来，主题的美丽比描述的粗俗更长久，这恐怕就是我们能给巴尔扎克的最高荣誉了。这是一种糟糕的浪漫主义，但巴尔扎克对生活的理解是那么强烈，以至于他将真理从现实转化成了艺术。巴尔扎克是这样描述那个怪物的：

> 这个陌生人的打扮像那不勒斯人，倘若把他的黑帽子也算作一种颜色的话，那么他的衣着至少有五种颜色：裤子是草绿色的，红色的背心上闪亮着金色的纽扣，上衣绿花花的，

而衬衫却呈黄色。这个人似乎现身说法，证明当时在米兰，在杰罗拉莫的木偶剧剧场登台的那不勒斯人不是凭空创造。他的一双眼睛像玻璃球，鼻子可怕地向前凸出，呈草花S状。此外，这只鼻子还羞羞答答地遮住了一个洞穴，人们把它称之为嘴巴真是有欠公正；从洞穴里露出了三四颗白色的獠牙，不仅会移动，而且彼此重叠在一起。耳朵因自身重量而下坠，使他的外形离奇古怪，酷似一条狗。也许是遵照古希腊的希波克拉底这样的名医的医嘱，在他的血液里掺进了几种金属，他的肤色毋宁说是黑色的。几缕稀疏的、无光泽的头发，从尖尖的前额上垂落下来，恰似吹玻璃时的细细的纤维，那布满粉红疙瘩的脑门底下，罩着一张阴沉沉的脸。总之，虽说这个大人先生身材一般，长得精瘦，却生就一副熊肩猿臂；他丑得让人恶心，看上去已有70岁光景了，但也自有了副耀武扬威、不可一世的架势，他具有贵族的气派，眼睛里流露出阔佬安然的神色。谁如有勇气注意他的话，还可看出他一生极乐纵欲，已经虚弱不堪了。你不妨这样去设想，有一个大财主，年轻时相当有钱，为寻欢作乐，不知爱惜身体，荒淫无度。淫乐摧毁了他的肉体，使他成为一架作乐的机器。成千瓶酒在那只肥硕的酒糟鼻子下面流进去，在他的两片嘴唇上留下了酒渍。长时期疲乏的消化，把牙齿磨损了。他的一双眼睛在赌台上的灯火照射下，早已黯然无光。他的血液里含着不干不净的杂质，损害了他的神经系统，胃液旺盛，把智力都消化掉了。最后，房事频仍，又使年轻人特有的一头晶亮的秀发脱落殆尽了。每种恶习好比一个贪婪的财产继承人，都在这具行尸走肉上留下了印记。如果人们对大自然进行一番研究的话，就会发现天大的笑话和绝妙的讽刺：譬如说，它会把鲜花作为癞蛤蟆的陪衬，让这个公爵挨在这朵象征爱情的玫瑰花身旁。

"男人即风格"是一句古老的谚语，一句被人合适不合适地重复着的谚语，我之所以引用这句谚语，是因为再没有比巴尔扎克的所有文学作品更能证明这是一条颠扑不破的真理了。在对公爵的描写中，我们看到巨人在以疯狂的速度往前推动着情节的发展，因脑子里不断涌现的思想而疯狂，不停地搜寻着适合的词语，直到最终找到合适的表达。为了如实地揭示巴尔扎克，我采取逐字逐句的翻译方式，尽可能保留每一种笨拙的痕迹。他写得很好，当他的灵感袭来时，甚至可以说犹如生花妙笔；没有一个人像他那样连续受到灵感的驱动，他总是有话说，为什么他还考虑多说一些，而从未从写作艺术中得到潜在的快乐，他的方法，就如其他所有作家的一样，总是优点伴随着许多缺点。现在要说的是，他的法语原文比译文要好得多，因为在原文中，思想总是与词语有联系，或不如说思想总是与词语混为一体，就好像一种光的效果总是同风景的不同部分调和一样；当然，这种表层的薄膜在译文中就没有了，我宁愿它赤身裸体，也不愿在我的织布机上为它织就一袭面纱。这只是一种借口，倒更不如说出巴尔扎克的真实风格。据说巴尔扎克没有时间生活；或许最好再补充一句：巴尔扎克没有时间写作。他生活在各种念头之中，各种各样的念头——关于各种主题的念头——包围着他；写作纯粹只是记下这些念头的动作。在巴尔扎克看来，风格没有什么好坏之分；他不是在"写作"，他只是在记录自己的思想，他的思想总是趣味盎然，使你在阅读时根本注意不到他不知不觉流露出的口语化痕迹。直到我们将巴尔扎克翻译成我们的文字时，我们才充分认识到他的缺陷。有些句子我们很难猜出到底是什么意思。我更难以解释清楚的是这样一个事实：直到我们开始翻译或非常非常仔细地阅读时，我们才会发现一些段落不仅写得好，而且可以说写得绝妙。

巴尔扎克生活于浪漫主义运动中期，如果他的天才不高且不持久，可能早就在迷失了那么多天才的浪漫主义潮流中被冲散和消失了。他所发明、创造的现实主义和批判主义的方法在他内心根深蒂固，冲击着他的浪漫主义只能净化和疏通其丰富的天才；正是浪漫主义运动将他从可怕的债务和自然主义的浅滩拉了回来。伦勃朗，一个骨子里的浪漫主义者，生活在一种朴实的现实主义时代，许多年里他一直试图用自己所生活时代的精神来调和他本人所代表的原则。我以为他在《夜巡》中并没做到这一点，而卢浮宫中的一幅无与伦比的《好撒玛利亚人》却做到了。我认为巴尔扎克就是以同样的方式在《再会》《塞拉菲塔》《驴皮记》《萨拉辛》等作品中，成功地将两种不和谐的理论原则调和起来了，而在《马西米拉·多尼》《一桩神秘案件》中却没做到这一点。

《人间喜剧》是一部故事集，其中的绝大多数故事都包含着某种值得一提或奇妙的东西，只有《掷弹兵》除外。或是一件事，或是一个人。收入了《卡迪央王妃的秘密》的那一卷以《纽沁根银行》开篇，结尾则是一篇短故事，大约只有六页，名叫《法西诺·卡讷》。法西诺·卡讷是一个威尼斯贵族，当故事刚开始时，他还是一个穷困潦倒的音乐家，靠在仆人们的婚礼上演奏短笛谋生。但他年轻时是一个英雄，从事过许多冒险活动。他曾被囚禁在威尼斯的一所地牢里，但借助一把断剑在墙上挖穿了一个洞，在挖洞的过程中，有一天晚上，他仿佛听到了金子的声音，看到暗处堆满了金银财宝，因为，根据小说的安排，他天生具有用感觉辨认金子的能力。虽然他后来成了瞎子，但仍时常在珠宝店前流连。那些黄澄澄的金子，又似乎是钻石的光芒照得他头昏眼花。经过几个月的辛劳，他终于挖到了总督们藏珠宝的地窖。随后，他与狱卒密谋，从海上逃跑了，随身带走了大量珠宝。我一点也记不起《基督山伯爵》第一次出版的日期了，但是，如果我拥有总督们的所有财产，我宁愿献出一切，甚至我的生命。《基督山伯爵》是1836年以后出版的。《法西诺·卡讷》也是这个时间出版的。

　　一部作品要想成为伟大的作品，按照马修·阿诺德先生的观点，有两种东西是必需的——人和时代。换句话说，当所有人都伟大时，一个人才会伟大。巴尔扎克生活在一个自然科学的发展已使法国人特别容易接受新思想的时代。大革命打开了人类思想的源泉。拿破仑像一场噩梦一样掠过欧洲的上空；传统的领域被打得粉碎,成为一片荒原,宗教、政治、文学领域都是如此,法国思想再次成为时刻准备接受新种子的处女地。在我们自己的伟大文学时代难道不是这样吗?宗教改革和美洲的发现分娩出马洛和莎士比亚,巴尔扎克和莎士比亚之间的竞争似乎是诗和散文之间的竞争,而不是法国天才与英国天才之间的竞争。巴尔扎克的帝国比莎士比亚的帝国疆域广阔;他的臣民更多,他的统治则不是那么稳定。但在散文和小说领域,在他和其他任何作家之间都没有多少可比性。在这一点上,没有什么不同观点,当他说"世界属于我,因为我理解它"时,他的确说对了。

第四章
巴尔扎克与莎士比亚[*]

女士们，先生们：

我敢肯定，你们来到这里，是敞开心扉的，因为你们知道，你们会听到一个野蛮人说话。换句话说，一个口吃者。你们知道，希腊语的"结结巴巴"可以译成法语词bredouilleur，你们期望我的法语就是bredouillage（结结巴巴），虽然你们也很清楚，我的祖先在过去，在征服者威廉时代和之后两百年内，法语都说得很好。直到14世纪，我们才成为野蛮人。这是不争的事实。我们当中每个人都知道，乔叟在这些诗文中告诉我们：

> 她说法语既美又让人着迷，
> 一口斯特拉特福的法语腔，
> 因为她不知道巴黎的法语。

我们的文学所用的这种斯特拉特福腔的法语已经很古老了。

---
[*] 本章原文为法文。

但是，尽管年代久远，这种法语并没有死：相反，它比以往任何时候都更加普遍，尤其是在经常光顾伦敦上流社会沙龙的人们中流行。巴黎人一进入伦敦的沙龙，人人都想留下对语言的最细微的记忆，而我们最好的小说家也离不开法语的一些熟语习语，他们相信这样可以让自己的作品变得轻松活泼。当我们国家的作者可以用法语写那么几首诗或献词时，这种努力可以说就达到了顶峰，而且我们的一些作者确实在母语和法语之间犹豫不决。我们伟大的作家吉本[1]，他的第一本书就是用法语写的。我们去年去世的伟大诗人斯温伯恩[2]也用法语发表散文和诗歌。但事实并非如此，因为你们的语言在11世纪被移植到盎格鲁－撒克逊语中了。桃子嫁接到李子树上，结出了油桃，而有些人仍错误地喜欢原来的水果。你们看，我们的语言文化不需要太多学识就很容易解释清楚。我刚刚告诉你们的书，你们来听的讲座，都只不过是回到过去，是法国这棵大树上的最后一个分支。我承认，我无法同样轻松地解释其他国家作家的法语，我仍在探索普鲁士的弗雷曼里克为什么要将伏尔泰带到柏林以纠正他的诗句，为什么伟大的屠格涅夫自己翻译自己的几个故事，以及为什么在最不文明的国家也会有人用你们的语言写诗。我敢肯定，派记者去西伯利亚和巴

---

[1] 爱德华·吉本（Edward Gibbon，1737—1794），英国历史学家，著有《罗马帝国衰亡史》六卷，记述了从公元2世纪起到1453年君士坦丁堡陷落为止的历史。

[2] 阿尔杰农·查尔斯·斯温伯恩（Algernon Charles Swinburne，1837—1909），英国诗人、文学评论家，主张无神论，同情意大利独立运动和法国大革命，作品有诗剧《阿塔兰忒在卡吕冬》、长诗《日出前的歌》、评论《论莎士比亚》和《论雨果》等。

塔哥尼亚是徒劳的：那里的诗人和我一样，不知道他们为什么用法语写作。他们被一种比理性更强烈的需求驱使着，因为他们非常清楚自己不懂你们的语言，而且他们永远也不会懂。我们所能做的，就是学习一种语言，而我们学习的语言，并不像我们的母语那样清楚明晰！她永远不会变得像母亲一样；我敢说，她仍是继母——一个不算太差的继母。我来到这里，有机会在精英观众面前说法语，这就是证据。想想看，这对一个野蛮人来说是多么快乐，同时又是多么激动！

既然你们现在知道我为什么来这里了，那么我就告诉你们，我为什么选择巴尔扎克和莎士比亚作为本次讲座的主题，并认为这个主题似乎是合适的。将这两个名字联系起来，在你们看来可能很荒谬，而且毫无疑问，你们当中不止一个人已经想知道为什么我把一个小说家和一个诗人联系在一起。当然，若选择两个小说家会更好：巴尔扎克和萨克雷、巴尔扎克和狄更斯、巴尔扎克和沃尔特·司各特。但是，请再好好想一想，我希望你们会同意我的看法，那就是：不可能将狄更斯这样和蔼可亲的漫画家、皮卡迪利大街的旁观者萨克雷和古董收藏家沃尔特·司各特与伟大的思想家联系起来。我们需要能相提并论的作家，哈代、史蒂文森和梅瑞狄斯的名字总是浮现在我脑海中——我们该拿他们怎么办？在最现代的人中，没人能比得上巴尔扎克，在古代人中也没有。所以我放弃接受《蓝色评论》邀请的想法。稍过片刻，我想起来了，英国人表达思想是用诗歌而非散文。华兹华斯、雪莱、济慈、拜伦，都有很多想法，但他们都是抒情诗人，与《人间喜剧》毫无共同之处,我需要一个伟大的灵魂唤醒者。然后,莎士比亚就出现在我面前了,我对自己说,他代表英国,就像巴尔扎克代表法国一样。无须再多找,我的演讲主题已找到了。

这两个名字开始在我耳边响起的那一天,我对自己说,即使法国的命运偶然被水淹没,如果巴尔扎克的作品幸存下来了,那么伤害就不会那么大,因为我们英国人会存有一套他的作品,我们可以从中阅读我们邻居的生活和天才。而另一方面,如果消失的是英格兰,如果它只剩下莎士比亚的戏剧,你们也会存有一套他的作品,你们可以从中阅读我们的历史,你们也会有我们的非凡艺术的样本,因为每个国家都有自己的艺术,英国的艺术是诗歌,就像希腊的艺术是雕塑一样。我这么说,希望你们不会把我当成一个文学沙文主义者。我尽量接近真相,当然我并没有说巴尔扎克和莎士比亚让我们两国摆脱了时间和灾难,这样说就是夸张了。幸亏有了他们,因为他们永远不会被彻底摧毁。我们将在他们的作品里,通过有史以来最优美的英语阅读英国当时的样子,英国就是英国,除此之外它什么都不是,英国历史也是法国历史的一大组成成分,因为英法两国的历史已经奇怪地交织了两百年。我们的亨利二世与阿基坦的埃莉诺成婚,极大地增加了他在法国的财产,整个法国西部都属于他了:皮卡第、诺曼底、布列塔尼,一切的一切,一直到巴斯-比利牛斯山脉,都是他的。莎士比亚从约翰开始自己的历史剧。一个睿智而富有远见的国王菲利普的使者到了,传递的消息是要求约翰退位以支持他的侄子亚瑟。就在此时,英格兰和法国之间的战争在昂热平原开始了。英国人获胜，亚瑟被俘；但是因为约翰的性格作怪，胜利并没给英格兰带来任何好处，他过于固执和多疑，以至于没有人——无论是他的贵族还是莎士比亚——理解他。此外，莎士比亚的戏剧始终混乱和各不相同。但莎士比亚依据理查二世摇摆不定和沉思的性格，创作了一部非常精美的戏剧，一直被公认为是《哈姆雷特》的预演。他用的是纯粹的英语，但我们和亨利五世一起回到了法国，回到了奥尔良公爵被俘地阿金库尔。亨利与凯瑟琳结婚并成为法国国王。在他执政期间，两国之间的斗争愈演愈烈。琼，善良的洛兰，离开自己的羊群寻找查理七世。她将奥尔良托付给了查理七世，几年后，英国人被赶出法国。关于亨利六世的戏剧的第二和第三部分讲述了玫瑰战争，也就是约克和兰开斯特之间的战争，而这些内战随着理查三世死在博斯沃思战场而结束。莎士比亚没有写亨利七世的统治，但他写了一部关于亨利八世的非常精美的戏剧，好像他想展示存在的最后一个联系似的——你我之间的联系。你们几乎成了新教徒；只有纳瓦拉的亨利相信巴黎值得做弥撒，而为了得到安妮博林的吻，亨利八世决定忘掉自己的愤怒。

巴尔扎克作品中的法国历史并没有如此完整和系统。这个小说家一直痴迷于自己的时代，但他仍留下了对凯瑟琳·德·美第奇的精彩研究；你们的宗教和我们的宗教之间的斗争对他充满诱惑，佛罗伦萨已经消失的宏伟和精妙吸引着他，他眼中闪烁着文艺复兴时期的冷峻闪光，他的脚步中充满了那个时代的能量。在《人间喜剧》中，也许最令人心酸的场景，是凯瑟琳发现自己与被折磨的男人面对面。有人问王后，是否应该再转一次轮子，她知道受害者有抵抗痛苦的力量，于是她回答说："是的，再转一次，他只是一个异端分子。"垂死海豚周围的场景也很美。我常常奇怪剧作家为什么没用这种场景。也许这需要莎士比亚来上演。我想引用它；卡尔文的肖像是印刷纸上或画布上最非凡的肖像之一，它让我想起了法国流派最美丽的肖像——安格尔在卢浮宫绘制的M.贝尔坦的肖像，以及大卫和普鲁东的肖像。因为，尽管1830年充满浪漫主义色彩，但他的作品并没有失去其本质上的法国特色，即使是传统的特色，也比人们普遍理解的要古典得多。高乃依、莫里哀和拉辛的形式不同，可以说正好相反；但是当你们深入了解了法国思想时，你们就会发现，巴尔扎克笔下的法国人并不比他们笔下的少。尽管他们是——我可以说吗？——都市人，只利用大自然设置爱情和英勇的场景，却很少关心树木之美，甚至可能都区分不出白桦和落叶松，我敢肯定，他们路过水边的一株报春花甚至都会视而不见。蓝色的地平线让他感到厌烦，他移开视线，去寻找一座城市，他只对人和人建造的城市感兴趣。我记得在《法拉格斯》中有几页描写巴黎街头；他特别喜欢和平街，但由于某些原因，他不能对其倾尽自己的爱慕。对蒙马特市郊街的描写开始很好，但虎头蛇尾；月光下的交易所广场是古希腊的梦想。在《凯瑟琳·德·美第奇》中，他描绘了整座城市，他向我们讲述了自16世纪以来巴黎发生的所有生活细节，甚至包括一条向右走和向左走的街道，如何不再出现在地图上等等。

如果他不是一个了不起的小说家，他就会成为一名建筑师或历史学家。让我们抛开建筑师不谈，专心谈谈历史学家。在这本书中，凯瑟琳和她周围的人就像《人间喜剧》中的那些人一样鲜活生动。他运用对话强化了这种生活描写。我知道这种对待历史的方式不是很科学，今天仍被人质疑，但我仍然相信，所有非历史学家的专业人士都会在凯瑟琳·德·美第奇身上找到乐趣。活的历史，总比死的历史好，即使前者是假，后者为真。合上本书，他们会遗憾这是他唯一的历史作品。历史学家总是隐藏于小说家之下；他所有的故事中，都有一个历史关注点。在他的小说《男孩之家》的中间，他停下来描述一个存在于16世纪的村庄，理由是这是他的女主人公的出生地，或者出于其他什么原因。都是如此无聊的借口。另一个明显的例子出现在《农民》中。他从七扇门开始描述公园和城堡，因为这个公园有七扇门，他向读者保证，要理解小说，就必须描述七扇门。

在这部小说中，他要证明法律不足以保护地主的利益，并反对农民的结合；他以非凡的远见卓识，预见了爱尔兰25年来发生的所有事件。在小说结尾，农民取得了胜利，这只是今天爱尔兰发生之事的真实写照。为了描述从俄罗斯撤退的乐趣，他创作了名为《再会》的故事。在《朱安党人》中，巴尔扎克讲述了拒绝接受共和国的农民的苦难和英雄主义。贝雷西纳，这是那个可怜的女人向她的丈夫告别的地方。再见，是让她记得自己疯狂的唯一一个词。这个故事证明了巴尔扎克知道如何对重大历史事件产生兴趣，但他的时代让他着迷。我们可能会写关于现在而不是关于过去的小说，也可能是"过去"为戏剧提供了更好的题材。无论如何，莎士比亚在"过去"中建造了他的剧院，但作为一名文艺复兴时期的艺术家，他并不害怕将他那个时代的习俗引入历史剧中。阅读《亨利四世》的第一部分，你会发现，伊斯特切普酒馆的生活与巴尔扎克在《幻灭》中讲述的拉丁区一样都属于自然主义。我们还记得吕西安结识卢斯托的那个小歌舞表演，记得福斯塔夫在酒馆里与情人打情骂俏的地方。对道尔·蒂尔西特的回忆和对弗利特街上的流浪汉的回忆，与我们对科拉莉和弗洛林的回忆，以及林荫大道上的记者的回忆交织在一起。莎士比亚在纸上描写出一些女性特征，而这两个女演员则像莎士比亚一样轻巧地勾勒出人物的素描像。科拉莉的爱从她的嘴里吐出来，就像花朵散发出芬芳，吕西安在她的桌角写了一篇非常漂亮的文章，除了巴尔扎克，没有人能写出来。除了莎士比亚和让他们说话的那个人，谁能在盛大的晚宴上让记者们说话呢？就这样一页接着一页，巴尔扎克的精神像深海，托着我们前行；他的格言如海浪，环绕着我们。我们体验着无限的感觉，对这顿晚餐唯一公正的批评是：没有一个客人像伊斯特切普的野猪头福斯塔夫那样象征着"左岸"。我相信，我们都曾在林荫大道上遇到过比卢斯托更有魅力、更富有人性的记者。但是，如果就卢斯托而言巴尔扎克失败了，那么就吕西安而言他就完全成功了。我敢说，比起悲剧，我更喜欢喜剧性的罗密欧。吕西安没那么抽象，巴尔扎克找到了能概括一个年轻人雄心壮志的句子，吕西安回复伏特冷说：我想出名和被爱。

我们在寻求将这两个人类思想的大师联系在一起进行类比时，必须忘记他们不重要的小特征，直面他们的本质共同点。对我们来说，他们都是有史以来最伟大的灵魂唤醒者。在这方面，在德国、西班牙、意大利都无法找到与之匹敌者，如果回到古希腊，人们会找到更完美的品位，但找不到巴尔扎克和莎士比亚的丰富。他们的作品就像生命本身一样丰富。让我们首先回顾一下诗人的创作。只要一提到莎士比亚，人人都会想到的名字有：哈姆雷特、奥赛罗、李尔、安东尼、布鲁图斯、卡修斯、福斯塔夫和理查二世和三世。而且还有那些必然只居次要地位的喜剧人物：贝内迪克特、佩楚奇欧、马尔沃利奥等等。让我们说说最能代表《人类喜剧》的名字：高老头、于洛男爵、菲利普·鲁宾普雷、塞萨尔·比罗托、图尔的本堂神甫——还有谁？欧也妮·葛朗台。我得停下来了，这种比对对巴尔扎克不公平。他的才华并不完全体现于他的性格。他的描述和他的哲学评论在他的作品中很重要。要了解图尔人的浩瀚无边，你们必须了解他20年间亲手书写的50卷作品。虽然体量大，但他的人物没有李尔、奥赛罗、麦克白和哈姆雷特、堂吉诃德和桑丘那样的永恒魅力。巴尔扎克没有英雄情结，但莎士比亚有，正是这种英雄主义精神使他多次从海难中起死回生，例如《李尔王》，伟大的英国诗人斯温伯恩更喜欢《哈姆雷特》。天神一样的诗人不会说出自己的理由，但小说家会。去年，托尔斯泰站在草原的岩石上，以耶利米的方式激烈地宣称：悲剧中缺少的东西——就是常识。如果人人都缺乏常识，我说不出最想念常识的是耶利米还是托尔斯泰。托尔斯泰被仇恨的疯狂裹挟着，把诗歌、音乐、所有的艺术、生活本身都投入到了写作中。我更喜欢爱情的疯狂，尽管它促使斯温伯恩在伊丽莎白时代所有小诗人的扣眼里都插上鲜花，尽管它促使他在李尔王最后的精神错乱中为他编织了这样一顶桂冠，以至于可怜的老头再也抬不起头来。这本褒贬不一的书一定要读一读——最后，他发现了一个小瑕疵，直到第三幕结束，李尔王的同伴疯子消失了，他说，任何大胆或微妙的猜想都无法解释这一点。我和他一样感到遗憾；疯子无疑是悲剧中最合理的存在，而在他消失之后，悲剧只不过是风暴、绝望、恐怖、谵妄。残酷的场面接踵而至。这部作品就像一艘载有太多帆的船，随时都会倾覆。舵断了，桅杆倒了，没有人站着，除了那个老人，他一直哀悼到最后，抱着死去的女儿死去。疯子之死并不是这部剧本中唯一奇怪之处。剧中的一切都是莫名其妙的，如果人们不承认这部剧本只是一个没有精雕细琢的草稿，那也是因为莎士比亚的天才。无论如何，只有在李尔高谈阔论或疯子以他的伟大智慧取悦我们时，我们才会乐于阅读它。埃德蒙的角色相当平淡虚假。他的兄弟埃德加让人无法理解。我们猜测，他的角色是作者寻求但没有找到的某种想法。行动飘浮在一个非常遥远的时代和中世纪之间。李尔的三个女儿几乎不比灰姑娘故事中的三个姐妹更突出。我在演讲中将这部剧作呈现出来，但只有在表演中才能看到它具有一种超自然的宏伟。——必须看莎士比亚！游行对他来说是必要的，最重要的是他必须被听到，因为他的声音比眼睛多得多。

《李尔王》是诗人留下的最好的草稿，但我们不能忘记，在文学中，草稿不等于完成的作品。基于你们已经猜到的原因，我选择了李尔而不是哈姆雷特、奥赛罗，并且详细介绍了他们。你们知道，借用别人的主题是每个伟大艺术家的权利。当鲁本斯[1]从意大利带来《下十字架》这幅作品时，他就是这样做的。巴尔扎克的任务比鲁本斯更难；伟大的佛兰芒人通过夺取他人的财产来对其他画家表示尊重，而巴尔扎克则与世界上最伟大的诗人展开了斗争，并以与原作相媲美的杰作取得了胜利。一个法国人，能够彻底重新塑造李尔王，这真是法国的荣耀，就像大自然改变万物一样容易。有一天，巴尔扎克在荒凉的荒野中遇见了李尔王，他萌生了牵着他的手的念头，把他装扮成路易·菲利普的风格，带他去沃克尔家，在那里，他把他塑造成处于一个堕落的小世界——大城市的废墟中——的沉默而胆小的资产者。他能够做出这种改变，却不会失去任何必要的东西。现在，为女儿牺牲自己，然后被女儿抛弃的父亲，改用散文说话了；他说话时，话并不多，就像国王般寡言少语，但他说出的点点滴滴，却向我们揭示了诗篇无法表达的人性。我认为，我们在读到高老头之死时，不可能不明白这与李尔之死一样真实。只是高老头不那么傲慢。我们远离诗篇雷鸣般的巨大悲剧性，但两次死亡之间有一个共同点，即后一种死亡与前一种死亡同样没有任何感伤；我们阅读小说和阅读悲剧时所体验到的快乐都是一种艺术的快乐，一种

---

[1] 彼得·保罗·鲁本斯（Peter Paul Rubens，1577—1640），佛兰德斯画家、巴洛克艺术代表人物，在欧洲艺术史上有巨大影响，作品有《维纳斯和阿多尼斯》《农民的舞蹈》等。

不会让人流泪的快乐。莎士比亚没有眼泪，我不记得巴尔扎克有眼泪。

伏盖夫人的餐桌非常考究，我认为，巴尔扎克的作品中没有比写餐桌这一页更好的了。但既然斯温伯恩在李尔王身上找到了一个缺陷，那我就必须在高老头身上也找到一个。斯温伯恩对疯子的消失感到遗憾；我则对伏特冷的出现感到遗憾。他与拉斯提涅一起发表的关于现代社会的演说，在我看来就像悲剧中最糟糕的一页一样平淡无奇，即使人们没注意到高老头的女儿们几乎并不比李尔的女儿们更突出，那也不会受到丝毫批评。如果说在我们看来高老头的女儿们似乎更真实些，那是因为我们在沙龙中看到过她们，并且知道她们爱上了向她们借钱并穿着抛光鞋的年轻人。但我们不要被外表所迷惑；说实话，阿纳斯塔西·德·雷斯托和德尔芬·德·纽沁根几乎不比高纳里尔、里根和科迪莉亚更有人性，若说她们人性稍有丰富，那也是因为她们出生于两百年后，在那个时代，女人已经获得了某种地位和一定的权威。

我没有说自己深入研究了文艺复兴时期的文学作品，但无须从头到尾地阅读，我们就能很好地了解到文学的内容。我们猜测文学作品的性格，就像我们猜测与你交谈的人的性格：乍一看，我们就能知道他的年龄、种族、属于哪个阶级，五分钟后，我们就能知道他的能力以及许多想法。他的想法。文学也是如此。读过彼得拉克的两首十四行诗后，我们就能知道，劳拉对他来说只是一种文学创作的动力；我们打开《神曲》，看到但丁瞥见天堂中的比阿特丽斯那一页，就立即知道他将使她成为神学家的天使。

薄伽丘呢？我们不用读他一句话，就知道他除了情妇的漂亮肉体和他嗜好的精油炸玉米饼外，其他的事从来不想。我带你们去西班牙谈堂吉诃德的好朋友杜尔西内亚是没有用的：你们很清楚，塞万提斯只是利用她来模仿中世纪的伟大爱情。我可以带你们去法国谈谈拉伯雷和蒙田，然后带你们到英国读读乔叟的故事，但是读完这些要花很长时间；我可以邀请你们和我一起去卢浮宫，这样更简单：看书不如看画，它们会告诉你们当时盛行的想法，可以肯定地说，没有哪一种艺术比另一种更轻率随意。画家刀片上没有的东西，就不会出现在画中。波提切利[1]和曼特尼亚画中的人物告诉我们，他们对浮动帷幔进行了很多思考，并找到了如何在装饰面板中利用女性身体的方法。米开朗琪罗画中的女性只有一种性别吗？女人性别让他反感，他就把她塑造成一个男女混合体，阳刚而肌肉发达。历史告诉我们，拉斐尔非常爱他的情妇弗娜里娜，他的画作证明，当他发现自己和她单独在画室时，他一定是非常幸福的，并且寻求一种更崇高、更柔和的创作态度，然而，这却激发他创作了杰作《弗娜里娜》。在美丽花园中，当她优雅地将一个孩子拉向另一个孩子时，或者当她优雅地掀开覆盖新生儿的面纱时，他一定很高兴。菲狄亚斯能理解拉斐尔。他们观点一致。他们都只追求纯粹的美。提香所画的井边裸体女人的优美动作，展现了他所有的感官灵魂。她似乎在和一个没有听

---

[1] 桑德罗·波提切利（Sandro Botticelli，1445—1510），意大利文艺复兴时期画家，运用背离传统的新绘画方法，创造出富有线条节奏且擅长表现情感的独特风格，代表作有《春》《维纳斯的诞生》等。

她说话的衣着华丽的女人说话；阴暗的背景中，一个苍白的骑士骑在马上。你们还记得另一幅画吧，一个裸体女人，在一个炽热而寂静的下午，热得人都喘不过气来，她蹒跚着到泉边去取水，水进入罐子的声音与吉他手的歌声混合在一起。这个女人，以及提香画中的所有女人都告诉我们，画家在她们身上寻找的，只是那些人们从未想到过或梦想过的快乐生灵。即使他在给女儿画肖像的时候，他也无法忘记宫女；你们都还记得她是如何一步三回头离开的。如果提香没有给男人画过肖像画，那么我们可以说他是所有画家里最不擅长心理分析的。但我们拥有他的肖像，这些肖像讲述了王子、参议员和贵族青年的一生。

里昂纳多·达·芬奇在他所有人物的眼中注入了一种个人化的异教神秘主义。鲁本斯在麦当娜的脸颊上留下了一些传统的眼泪，但他的佛兰芒美女比我们刚刚提到的意大利人更缺乏精气神。伊莎贝拉·布兰特和海伦·福尔曼特都没有激发他内在的思想。对他来说，她们只是活生生的花朵，他画她们的肖像就如他画牡丹和罂粟一样。凡·戴克和雅各布·乔登斯并不关心我们都那么感兴趣的事情：驯服女性。你们可以仔细看看所有的画作，翻阅所有文艺复兴时期的书籍，你们找不到她们的踪迹；在莎士比亚的作品中也并不比其他作品中更多：这就是我想说的。

我知道，莎士比亚笔下的女性颇受著名评论家的称赞，而在众多仰慕者中，有一个非常精细的评论家泰纳，他看得很清楚，但他从来没有果断地问过自己：莎士比亚是不是把男人描写得比女人好，还是相反？他对王子和贵族的描写是否比普通人好？

在他口中，莎士比亚听起来像是一个公正的作家，他做的每件事都同样出色。莎士比亚这种不偏不倚，成为其他不那么杰出和不那么精细的批评者效仿的对象，他们只是跟着大喊：一切都是美的，这个作家身上的一切都是崇高的。每半年就会出现一本关于莎士比亚的新书，且都和上一本书一样空洞和夸夸其谈；这些书的作者从来没有努力去理解莎士比亚；似乎声音越大越有理，永远不会摆脱平庸的赞美；批评家应尽可能避免表明自己的偏好（即使有）；一切都是美好的，一切都是崇高的；这种喧天的崇拜声浪弄得我们晕头转向。就像是卫理公会的黑人在小教堂里聚会，每个人都比邻人声音更大，都想吸引上帝的注意。也许评论家认为莎士比亚听到了他们的声音？无论如何，这种疯狂在逐日增加，如果耶和华崇拜在英国动摇了，我也不会感到惊讶，因为人们会立刻让莎士比亚代替他的高位。在这些喧嚣声中，人们听到的是斯温伯恩的声音。他从坟墓深处喊道：关于男人的生活、女人的生活和孩子的生活，莎士比亚比任何一个活着的人都更清楚。而我刚才引用的这句话应该能让你们明白我们该持什么观点；莎士比亚很少谈孩子。要么不谈，谈就多谈。尽管如此，斯温伯恩仍毫不犹豫地说，莎士比亚比任何活着的人都更了解他们。不幸的是，这种人为的夸张的赞美，实际上阻碍了对诗人的真正欣赏。我们失去了理智，我们忽视了他最典型的天才特征。我们今天读莎士比亚，就像过去读先知的经文一样，但别有用心：这是一个证明剧本作者是演员而不是培根勋爵的问题；要么是出版书籍的问题，这会促成作者成为大学里拿高薪的主席；要么是出于爱国的原因。

英国产生了莎士比亚,莎士比亚描述了英国。所以,一提到文学就必须赞美莎士比亚,然后就必须写关于莎士比亚的书,以证明读过诗人的书。有句法国谚语说:一树障一林。说得太好了!在英国,是教授们在阻止我们看到莎士比亚。日复一日,阴影都变得更加完整。怎么办?这没有什么。你们无法阻止这些教授写作或说话,即使你可以,你也不会想这么做,因为他们都是卓越人士,他们会尽力而为,我相信,他们每个人都相信自己贡献卓著——我不知道他们有什么贡献,但相信一个人正在为某件事做出过贡献就已经很好了。他们的耐心令人钦佩;他们似乎每天花18个小时阅读大师的著作,做各种计算,数单词、字母、大写字母、逗号,诸如此类的东西。莎士比亚谈过的植物、水果、花卉和动物,他们也都写成书出版了。能学的东西他们都学了,但学得明白的人好像很多;我们的教授们就是这种情况。尽管如此,我仍想知道,在他们读了18个小时,合上书时,他们怎么从来没有想到,诗人除了画了一系列行动的人的肖像之外,什么也没做,这是有史以来最完美的制作完成过程,但只勾勒出一些女性的剪影,在这里、那里、上下,在角落里,这些真正美妙的人物剪影被称为奥菲利亚、苔丝狄蒙娜、科迪莉亚。即使在莎士比亚时代,女性角色也由年轻男孩扮演,这一事实也没让教授们明白,莎士比亚只写了可以扮演的角色,事实上,他就是这么做的。在他的作品中,很少有角色需要女性的身体和优雅。一个年轻人会很好地理解比阿特丽斯不断变化的精神,他可以将之描绘出来。

有人可能会说，莎士比亚在创造麦克白夫人时，小心翼翼地避免呈现她对丈夫的支配地位。对此，教授们告诉我，她所掌握的权力完全是智力层面的。是的，但是为什么？因为莎士比亚知道这个角色会由一个年轻人来扮演。在《驯悍记》中，凯瑟琳很可能也以同样的方式表演；角色就这么简单：一个暴怒的女人。只有当波西亚伪装成法庭律师时，我们才会感兴趣。在《第十二夜》中，莎士比亚再次试图逃离女性。维奥拉为了接近心爱的公爵，伪装成男孩，现如今，这个角色都是由年轻人扮演的。绘画和音乐作品都非常强调朱丽叶的女性气质，以至于我都不敢说出来并非如此。但尽管如此，如果依据剧本文本来看，我们就会看到，莎士比亚从未试图区分罗密欧对朱丽叶的爱与朱丽叶对罗密欧的爱。苔丝狄蒙娜的性格更加模糊，有那么一点服从，如此而已。尽管如此，某位著名教授为她写了一部名为《莎士比亚的妻子们》的书，就几页，他追索这个漂亮的鬼魂——也许是文学中最漂亮的鬼魂之一——以及其他不那么漂亮的漂亮鬼魂，用她们所没有的精妙装饰她们，而她们的创造者都不想要这些。可怜的教授！他从来不明白，如果莎士比亚深入研究自己的女性角色，他的作品就不会那么完美，一件艺术品不可能全都在山峰上，也需要平原和山谷。在所有关于莎士比亚的书中，这可能是我最怀念的一本，因为要进入诗人和他那个时代的精神之中，就必须意识到，出于历史和现实的原因，也许还有气质方面的问题，莎士比亚笔下的女性并非研究者首先感兴趣的主题。但然后呢！承认这一点就等于承认莎士比亚的艺术不是完整的艺术、高级的艺

第四章　巴尔扎克与莎士比亚

术。对有些人来说，菲狄亚斯和米开朗琪罗都是不够的；他们希望——我认为他们称之为理想化——与两者合而为一。这样的产品将是一个怪物，我们会惊恐地转身离开；我会惊恐地转身离开英国批评在过去25年中创造的莎士比亚；他们声称要把莎士比亚捧到天上去，我想把莎士比亚从天上救下来。莎士比亚生活在16世纪末的英国，他太有趣了，将他提高到如此孤独的高度是很可惜的。这个人有充沛的天才，他的崇拜者不需要把他变成一个知道所有过去并迂腐地展望未来的神，甚至猜测女性的灵魂，直到50年后，也就是17世纪中叶，这个主题才出现在艺术中，不是出现在文学中，而是在绘画中。

在我看来，是伦勃朗第一个认为女人有个人存在，她和男人一样思考、梦想，想知道生活是否是一场只有死亡才能平息的巨大不幸，或者如勒南所说，是一次令人愉快的漫步。我们第一次在伦勃朗的画作中看到女性。在卢浮宫洗脚的那幅就是一个例子，我已经不记得这幅画的名字了。这是一个悲伤的女人，因为女人可以悲伤。悬挂于卢浮宫方形中庭的伦勃朗妻子的肖像是一个更引人注目的例子。上帝啊！人是如何从她的眼睛里读出他的灵魂的啊！她意识到自己的软弱和依赖；几乎是在不知不觉中，她认为自己只是一个天才的卫星。如果伦勃朗重回这个世界（幸运的是，我敢说我们让死者回来了很多）；但是，如果出于什么重要的原因，他回来并看到我刚刚写的词句，我想我知道他会说什么：好吧！有可能这个先生是对的，但我没有想到。如果伦勃朗想到这一点，他就不会以如此高瞻远瞩的眼光关注女性。他只是不知不觉中画了女性，很可能只有他这样做，他的同时代人都没有看到画布上飘浮着什么。我们不能忘记，我们所谓的真理并不存在于事物之中，而是存在于观察它们的眼睛之中。一切都是女性的，我们比250年前看到的更好。然而，在伦勃朗画画的时代，有远见的人很少，其他人则没有。几年后，一个法国人才听到了女性的声音，就像软水的低语。拉辛不仅塑造了伟大的女性角色，而且探索了女性所有的秘密，她们内心最深处的秘密。我说的都是朋友告诉我的，我相信他们的判断。这没有办法，因为阅读只得到表象。我很遗憾地承认，你们所谓的伟大时代的文学对我来说是完全封闭的，尤其是拉辛和高乃依的悲剧。我深表遗憾，因为没有意义总是令人遗憾的。但是，因为不幸只属于我自己，不会有人将骨灰撒在我头上，撕裂我的衣服。对我来说，能切近理解就足够了。半音和押韵阻止我了解人物的心理。押韵的诗句总是令人愉快的，前提是主题要轻松而奇特。但我意识到，我正在走阐释的老路，我停下来吧。无论如何，拉辛的女性都是公主，高贵的女性，远离卑微和日常的悲伤，生活在抽象的情感中。当我想到女人的时候，内心深处就是那种女人。家，悲伤和无奈，就像欧也妮·葛朗台，她的生活中曾经有过爱情：我一时想不起是什么原因使她失去了幸福；我只记得她就像一只搁浅的生物。伦勃朗正确地猜到了生活中没人爱、孤独孤苦的女人的忧郁；而巴尔扎克，既然他猜到了一切，所以他也猜到了这种女人。我们的文学作品中仍然有宫女，但一定是在比较差的文学作品中；我们也在沙龙里看到她，但总是画错了，而且，我相信你们会同意我的观点：当我们做事比平时好一点时，我们想到的是欧也妮·葛朗台。当人们想到《人间喜剧》时，她是唯一一个出现在脑海中的女性人物。还有其他的女性，但我不记得那个老处女的名字了，也不记得《可怜的父母》中迷人尤物的名字了。这最后的遗漏是不可原谅的：是叫皮埃雷特吗？这重要吗？巴尔扎克笔下的女性并不比莎士比亚的多，而巴尔扎克是最后一个对永恒男性兴趣浓厚并将他们作为其作品基础的作家。从那以后，永恒的女性无处不在，吸收了工艺美术，现在的目标是接管政治并获得殉道的王冠，也就是说，就像去年10月的报纸上所说的那样，坐牢一两个月或三个月。

莎士比亚和巴尔扎克对永恒男性的信仰，将我们两个国家的伟大天才联系在一起了。当然，还有其他联系。莎士比亚和巴尔扎克都清楚，作家的事业是在卑微的世界而不是在上流社会，是在各种各样的堕落者中，粗工、流浪汉、皮条客、妓女和他们的老板之中。与托尔斯泰持相同观点让我很痛苦；然而，当他说福斯塔夫是莎士比亚作品中最普遍和最原创的人物时；当他说福斯塔夫是莎士比亚作品中唯一一个总是说自己的语言并且言行一致的角色时，我要说的是，根本就没这回事。这种批评完全是托尔斯泰式的，是精心伪装的错误想法。因为，毫无疑问，哈姆雷特是所有人的秘密内心，托尔斯泰的思想也许比其他所有人更常见。一旦一个人的智慧显露出来，他就会相信自己就是哈姆雷特了。哈姆雷特是智慧的象形文字和象征，福斯塔夫是肉体的象征和蔓藤花纹。但福斯塔夫的肉体中透着哈姆雷特的智慧。福斯塔夫的肉体喋喋不休，他的喋喋不休甜美亲切，就像清晨醒来的鸟儿；福斯塔夫半愚半智，因为他喜欢自己的大肚子，知道是自己的腹部将他与周围的世界联系起来的。他的肚子让他有点泛神论思想，因为肚子是我们所有人的共同点；腹部是动物和人类生存的基础。鸟有翅膀，鱼有鳍，但万物皆有腹。因此，福斯塔夫就是肚皮，他除了肚皮别无他物，他是尘世活生生的形象。古希腊神话中有西勒努斯，西勒努斯寡言不语，福斯塔夫却滔滔不绝；莎士比亚基于唯物主义关心自己的语言和语言所代表的器官。他有成为空洞象征的巨大危险，但莎士比亚的天才保住了他的个性，直到他去世。莎士比亚的抒情缪斯躲在福斯塔夫身边，就在胖子快死的时候出来了，她把高贵的词句塞进了他的嘴里。但无论如何，直到最后一口气，福斯塔夫仍然是福斯塔夫。哈姆雷特是一出戏的中心，福斯塔夫多次出现。若失去，将是永远无法弥补的不幸，要是非在两者之间做出选择；若犹豫，哪怕只是片刻的犹豫，也是不可原谅的。

歌唱山峰和森林之后，瓦格纳创作了《纽伦堡的名歌手·序曲》，因为他也要在壁炉边歌唱。依我看，莎士比亚在描述了具体物象后，一定觉得有必要描述智慧。我的天啊，形容这块苍白的肉体该多么有诗意啊！在喜剧性和奢华的场景中，一分钟都离不开诗人；当语言粗俗时，他必须说每一个字时都要在场，而且必须是莎士比亚或阿里斯托芬。《哈姆雷特》中掘墓人的场景，比著名的独白"生存还是毁灭"需要更多的天才。莎士比亚是一个伟大的诗人，他也描绘漫画人物，如试金石，跟随恋人进入亚登森林的小丑。我不知道，试金石和牧羊人那一幕的魅力，翻译成法语是否能表现出来。我希望如此，但我不记得有哪位诗人能将它翻译成法语，也许邦维尔除外。这一幕的反复无常，会迷住诗人反复无常的大脑，小丑与丑陋的农家女奥黛丽的婚姻则令诗人高兴。试金石完全意识到奥黛丽多么令人反感和愚蠢，但娶她很符合他幽默讽刺的心情。在用尽了言语讽刺之后，他现在要在现实生活中寻找讽刺，可怜的蠢女人被他钟声的旋律迷住了。我们记得，在《第十二夜》中，胖子马伏里奥为了取悦女人，装疯卖傻，托比·贝尔奇爵士、安德鲁·阿格契克爵士和小丑这三个家伙插科打诨。这些喜剧中几乎没留下什么民间传说，邦维尔应该翻译它们，因为在你们中间，只有他一个人知道如何把逻辑排除在外。《驯悍记》发生在同样梦幻的氛围中；他会深吸一口气；在《温莎的风流娘们儿》中（写出如此优美的标题多令人愉快啊），这个令人愉快的诗人在福特夫人家遇到福斯塔夫，不难想象，他与她握手时满怀喜悦之情。

你们会告诉我，这些在巴尔扎克身上都找不到。恕我不敢苟同；《人间喜剧》中的发明和幻想比其他任何作者作品里的都多。在《百变奏鸣曲》中，巴尔扎克不是用他的精神和语言复兴了16世纪吗？在你们当中，他难道不是唯一一个知道如何撰写推销词的人吗？推销词！那么什么是推销？查找字典才知道，推销词就是：小丑在游行队伍中所进行的欺骗性宣传。好吧，我们必须扩展这个词的含义；推销词，这是灵感的来源。迷醉于文字的小丑使自己脱离了日常现实，在狂喜中成为先知和诗人的兄弟，至少是堂兄。三个人都在说话，但都不在乎要说什么，而才华横溢的诗人却很清楚。动词不再是思想的奴隶，而是成为主人，并在草丛中翻筋斗，向着星星花样跳跃，训练自己的技巧。先知、小丑或诗人啊，动词是你们的向导，你们为文字和图景的喧嚣而欢欣鼓舞，却不知道它们如何而来或从何而来。其余的就是理性、逻辑、天赋了。巴尔扎克推销的是古代大师的王冠、斗篷、挎包和风琴的低音，以及今天的大师们的化妆品、假发和带有镀金手柄的手杖。英国文学中的讽刺也许比法国的多。

我的上帝！我都说了什么啊？推销大师拉伯雷比莎士比亚早一个世纪。多大的疏忽啊！但是在你们的现代作家中，我不记得有哪位推销大师。是的，维克多·雨果！没有推销，就不可能有这样一个伟大的语言大师。但在我看来——我尽量避免任何有争议的事情——一切都在雨果身上，在他身上可以找到一切，只除了生活的味道，生活的味道和语言的味道一样，都是必不可少的。我看过《目击录》。他让乔治先生讲得多好啊，他年老体衰，来到他家，对他说，拉谢尔不尊重她！

最好把维克多·雨果放下，否则我就难以摆脱他了。还是谈巴尔扎克吧。我很想打开一本巴尔扎克的小说，给你们读一些段落，但艺术问题非由文本决定，艺术解决的是我们的感性问题而非理性问题。我们的感性每天都在变化，这取决于具体情况。巴尔扎克的那些曾经让我想起莎士比亚的段落，今天大声朗读的话，对我来说可能听起来完全不同。然而，我不想仅仅满足于一个简单的肯定，如果我建议你们把自己锁在家里读莎士比亚和巴尔扎克，你们会当作一个糟糕的笑话。《人间喜剧》有50卷；莎士比亚留下了37部剧本；年复一年，你们仍然在寻找偶然发现的文本，而且都是很久以前的事了。我坦白一切。有天晚上，我正在读莎士比亚，马夫和新郎之间的一幕让我非常高兴，以至于一连几天，我都只想到他们对话的美，一种博学而通俗的语言。周末，一个偶然的机会，我打开了《赛查·皮罗多盛衰记》，读到调香师去市场购买榛子，用于制作其闻名于世的香水，经过讨价还价，最终买了价值几千法郎的榛子。但巴尔扎克不像其他人那样，仅仅满足于描写一个片段，而是通过商人描述了整个场景。请注意，商人不是小说中的角色：我们再也见不到他。因此，巴尔扎克让他说话，只是为了获得听他讲话的乐趣。我想，莎士比亚让新郎和马夫说话的原因也一样。过几页后，巴尔扎克将读者引到杰出的高迪萨特身上，这是一个天才的旅行推销员，他用可怕而迷人的行话记下了自己的所有交易。这不是速记式的，而是浸透着巴尔扎克精神的文学重构。请阅读这些特定的段落，如果不能完全满足你们，那就翻开另一本小说，我相信你们会发现更能说服你们的段落，当然，也许这是因为是你们自己发现了这些段落，而不是因为我。

你们都知道，莎士比亚写了很多散文，他的散文和诗一样优美；莎士比亚的诗句很少押韵；从散文到诗句，从诗句到散文，他都轻松自如。作为吟游诗人，他和巴尔扎克一样差劲。戈蒂埃在研究这个伟大的小说家时，挑出了一段非常不同寻常的诗句，因为巴尔扎克在12个音节中犯了3个韵律错误。在《幻灭》中，巴尔扎克让吕西安·德·鲁邦普雷读了3首风格迥异的十四行诗。《郁金香》由戈蒂埃创作，《雏菊》由德·吉拉尔丹夫人创作；我想没有人知道第三首是谁写的。在这个世界上，也许他是对诗歌之美最不敏感的人，而且，由于他生活在一个除了他自己以外，每个人都喜欢诗歌的时代，他不喜欢诗很可能是因为他不得不停止写诗，否则他就没法描述卡纳利斯，这进一步导致了巴尔扎克不会用法语写作的传说产生。创造传奇并不需要太多。巴尔扎克的创作很丰富，他写得很轻松，他用40个晚上写出了《贝姨》。其中有文体上的遗漏，甚至不准确；莎士比亚在这方面也有一些错误；错误总是令人遗憾的，但这并不能证明作者不是天生的作家。比错误更糟糕的是勤奋；当审稿人注意到作者正在勤奋努力写作时，他几乎总是可以得出结论：这本书不是由一个伟大作家写的。以前我认为，天才就是稀有的代称，但我不再相信了；我现在知道天才是何意了。请允许我给你们举个例子。在《萨朗波》第一页，福楼拜竭尽全力表现在雇佣军中能听到不同语言在说话。他说，低浊的多利安方言旁，凯尔特语音节像战车一样沙沙作响，爱奥尼亚语的结尾与沙漠地区方言的轻辅音相撞，就像豺狼的叫声。在包法利夫人的伟大爱情场景中，我不再相信月光倒映在河里，起初像烛台，然后像银鳞蛇。而且，如果可能，我更不相信包法利夫人紧身胸衣的花边，当她在酒店里脱衣服时，花边像蛇一样嘶嘶作响。

但我跑题了。我在另一场讲座中将谈谈福楼拜写作时所感受到的焦虑。我希望快点写出来；你们会喜欢听的。我关于巴尔扎克与莎士比亚的演讲已经结束;但在我们分别之前,我要感谢你们在聆听野蛮人演讲时表现出的极大满足。这不是我第一次尝试用你们的语言写作。我过去与法语已情意绵绵,写过一些抒情诗啦,回旋诗啦,民谣啦——总之,都是一些短小而无关紧要的作品。但这次演讲持续的时间太长了;这是对我母语的真正不忠;我这篇稿子写了一个月,如此长时间的感情让我备受痛苦。而这次演讲的结果却如此平庸,使我决定与法语分手,不再重续前缘。

第五章
乔治·艾略特

女仆：先生，弗雷曼先生来了。

弗雷曼：抱歉，打搅你了。

摩尔：我正巴不得有人打断我读书呢，我正想放下书找人聊聊天呢。

弗雷曼：谁都可以吗？

摩尔：我比较喜欢跟聪明人聊天，但既然我要说说心里话，那我就袒露一切。我宁愿放下最充满智慧的书，去跟一个笨女人说话。

弗雷曼：或者男人？

摩尔：是的，或者男人，因为我已经失去了看书的兴趣，没有什么比这更不幸了。我们不能总是聊天，我们不能总是看戏，我们不能总是听音乐或者看画展；失去阅读的兴趣的确就如同对面包失去了兴趣一般。

弗雷曼：但我却发现你在看书。

摩尔：我只是刻意在看书，这跟喜欢看书完全是两码事。我在读乔治·艾略特的一篇小说。

弗雷曼：刻意读乔治·艾略特的小说！如果我发现你在读简·奥斯汀或勃朗特姐妹的书，而不是《丹尼尔·狄隆达》，我也不会这么惊讶。

摩尔：我正在读的这本小说，名为《织工马南》。这是一本没有任何目的性的小说。啊，要是乔治·艾略特真没有任何目的，那该有多好啊！

弗雷曼：尽管她有各种各样的目的，难道你不能找到一些值得赞赏的东西吗？

摩尔：这是我刚从图书馆借来的书。我刚翻了开头的几页，就诧异地发现小说的作者有一种极强的构思能力，这种构思能力要远胜于大多数英国作家。她的第一部作品《教区生活场景》中就有一篇小说一直萦绕在我心头。

弗雷曼：难道你不想写一些这样的东西吗？

摩尔：我亲爱的弗雷曼先生！

弗雷曼：请原谅。难道你想写一篇关于乔治·艾略特的文章吗？

摩尔：我必须写一篇关于某人的文章，因为我的书稿还不够。你还记得我的那篇《印象与观点》吗？当初我的书在美国出版时，我把它从书目中抽出来了。

弗雷曼：是的，我还曾为你的决定深感遗憾呢。阿瑟·西蒙斯先生，你的第一个评论者，都认为这是你最好的一部作品。

摩尔：阿瑟·西蒙斯先生只是说出了大致的印象。要是他现在再看一遍这本书，他立即会发现它的主题和语言不统一。

弗雷曼：佩特为风格所下的定义为：主题、语言以及其他内容的协调统一。我都已经忘了。

摩尔：我也是。在80年代，我收集了许多我发表在各种报纸上的文章，因为似乎只围绕主题炫耀思想就已经足够了。

弗雷曼：所以，将取代《印象与观点》的这部新作会是一部协调统一的作品。

摩尔：为了能清楚地表达我的意思，我应该说：如果我们是艺术家，我们就必须用毕生的精力不懈追求完美，尽管我们这样做可能会失去一些我们已经拥有的东西，但那也是值得的。你刚才问我是不是正在写一篇文章。不，我讨厌文章，我写不好文章。可能这也是我讨厌文章的原因吧。

弗雷曼：你这部新作品的名字是什么？

摩尔：《埃伯利街谈话录》。

弗雷曼：噢，我喜欢这个名字。但为什么要加上埃伯利街？为什么不就叫作"谈话录"？太兰多[1]化了，这你一眼就能看出来。自兰多之后，尚没人尝试写对话，这么长的时间之后，现在轮到你来复兴这种形式了，以这种形式进行批评要比论文更容易为人接受。

摩尔：我对兰多的仰慕之情，犹如滔滔江水，连绵不绝。我把他置于莎士比亚之上，而且对我来说，模仿他也是一种荣幸。但我并不是因为受到兰多的影响，才去依葫芦画瓢。这是一

---

[1] 沃尔特·萨维奇·兰多（Walter Savage Landor，1775—1864），英国诗人、散文家，精通希腊罗马文学，曾用拉丁文写抒情诗、剧本、英雄史诗等，代表作品为多卷本散文著作《想象的对话》。

种我自然而然凭着感觉创作出的形式。我就像是被这种感觉牵引着,我也不知道为什么,但我被驱使着一本接一本仔细读笛福的小说,并把它们跟我们的诗歌相比,发现它们缺乏严肃性。但在一篇论文里我却做不到这一点。主题的持续变化将会令人厌烦,至少对我来说是这样的。当然,如果我不知道兰多,我就不可能想到对话;同样可能的是,如果兰多没有读过柏拉图,他也就不会想到对话。

弗雷曼:目前,谁是你的对话者呢?

摩尔:就是你啊,就像桌子上的手稿中所写的:

> **女仆**:先生,弗雷曼先生来了。
>
> **弗雷曼**:抱歉,打搅你了。

弗雷曼:对话就这样开始了?

摩尔:是的,我已经写了几页。

弗雷曼:请你读给我听一下。

摩尔:桌上的几页仅仅是一个开头而已,我还在酝酿着怎样进入主题,对话可能已经发生了错误的转折。

弗雷曼:所以我们一起讨论一下乔治·艾略特?

摩尔:在我构思的这个对话中,会或将会比较一下乔治·艾略特和托马斯·哈代先生。

弗雷曼:你在《一个青年的自白》中比较过他们,而且言辞非常激烈。

摩尔：难道不人云亦云就会被视作犯罪吗？难道去结识一个不管时间是否合适，不管音调是否准确，只知愉快地吹着口哨在大街上溜达的小男孩也是犯罪吗？

弗雷曼：公众的观点改变得很慢，但总是在变。拜伦勋爵和乔治·艾略特都是公众将自己以前眼中的白看成黑的例证，要在我们自己的时代找出一个例子，我们只能记起丁尼生。无疑，公众对托马斯·哈代的看法将发生改变，但我怀疑将公众看成吹口哨的小男孩是否明智——

摩尔：要人脱下他的裤子，你替他穿上？当然，如果你不喜欢这个主题，我马上放弃它。但你能告诉我是为什么吗？

弗雷曼：好像我已经给出理由了。但如果你还想要另一个，现在就有。你刚刚告诉我你总想把书放在一边来聊天，正如你现在所做的，却忘了乔治·艾略特是一个多产作家，她的《米德尔马契》篇幅很长，我想你将发现在冬季到来之前是读不完的。然后还有《罗慕拉》，另一部长篇小说。

摩尔：每次当我认真考虑莱顿男爵[1]所说的成为一个伟大画家的要求时，我就会读一本书。

弗雷曼：他提供了插图。

摩尔：一个插图画家再做不出比这更好的选择了。两幅图都是用蜡做的。我从未翻开过《丹尼尔·狄隆达》，《菲利克斯·霍

---

[1] 弗雷德里克·莱顿（Frederic Leighton，1830—1896），英国学院派画家、皇家美术院院长，其作品《契马布埃的圣母》被维多利亚女王收购，他被封为男爵。

第五章　乔治·艾略特

尔特》这个名字让我发抖,很久很久以前,我读过这本书,但读到一半就看不下去了,书太沉闷了。你说得非常对,我无法重读一遍乔治·艾略特的所有作品。但这并不是我应放弃自己的主题的理由。我读过乔治·艾略特的作品,如果我马上把桌上的这本书归还给图书馆,我可以凭记忆来和你讨论。这比读《菲利克斯·霍尔特》和邀请你来吃晚饭并争论我们谁都不感兴趣的一个死者的文学作品要愉快得多。所以事实上我开始后悔打开桌上这本书,我头脑里已经有偏见了。

弗雷曼:偏爱她?

摩尔:有点。你还有什么要问的?

弗雷曼:我肯定还要问的是:你所记得的有关乔治·艾略特的东西是否足够进行你计划写的对话。

摩尔:你读她的作品比我晚。来,考考我吧。

弗雷曼:告诉我一些《织工马南》的情况。

摩尔:马南是一个老头,守财奴,他在自家门口发现了一个弃儿,是男是女我忘了,他一定是听到了这个孩子的哭声才从床上爬起来的,因为他是提着灯笼才找到这个孩子的。我记得有灯笼,还是我自己想出来的?

弗雷曼:我看出你大致还记得这个故事。

摩尔:其他书我可以说得更精确一些。

弗雷曼:那就谈谈《米德尔马契》?

摩尔:关于《米德尔马契》,我记得读每卷时都是带着快乐去读的,我十二三岁,也可能是十四岁时,在摩尔府祖父的图书馆里碰到的这本书有六卷或八卷。你上楼梯时或许在大厅的墙壁上看到了一个老绅士的画像，他就是我的祖父，一个历史学家，他在自己所著的《法国革命史》的前言中（我在《致敬与告别》中收录了这篇前言），以愉快、谦卑、顺从的语调谈到自己不会获得承认。

弗雷曼：不管是谁，看到画像没有不被吸引住的。我从未看过比这更能表现出人的性格的画像了。

摩尔：可以将这幅画像看作其小小自白的注释，他没意识到他写的东西正揭示了他的秘密——因此他的自白是可敬的。他句子写到一半就突然停住了，我可以想象出他那时正凝视着湖泊，以某种模糊的方式将自己的寂寞与它联系在一起。

弗雷曼：手稿丢了吗？

摩尔：什么也没留下。

弗雷曼：我很遗憾没在写书之前看一下摩尔府。

摩尔：没有原因，至少我们没发现什么原因，有些地方牢牢地印在了我们记忆深处，随着时间的流逝，变得比我们所生活其中的现实更真实。我祖父的图书馆就是这种精神现实中的一个，看到壁炉上的老绅士画像、铁丝网做成的书架、圆桌、望远镜、沿着低低的湖岸一里又一里悲伤地绵延不绝的湖泊，我有一种奇怪的强烈感受。我伴随着《米德尔马契》度过的那段时光随意就能回忆起来，没有什么比我把那本书放回书架时的那种失望时刻更容易回忆起来了。

弗雷曼：每个人都会记得他第一次得知生命不是永恒时的情景。

你读《米德尔马契》——

摩尔：我对《亚当·比德》的记忆更清楚，我现在仍可以听见牧师试图劝阻那个年轻乡绅时，后者说话的语调——劝阻他什么，我已经忘了；可能是劝阻他不要和海蒂一起外出；我还记得，当我读到挤奶工被警察抓走，因杀婴罪被捕时，我真感到小说失去了人性，因为犯罪故事从来就不是什么好故事。几年前，我读过《弗洛斯河上的磨坊》，一部结构安排非常合理的小说，其中人物有麦琪·塔利弗的姑妈们，她们每个人都住在自己的房子里，有自己的生活习惯。麦琪·塔利弗则准备去见松树林里的某个瘸子或驼背。读这部小说犹如和一个快乐、聪明的友人相伴，乔治·艾略特的读者认为应该继续下去，并以婚姻结束。但乔治·艾略特比她的读者更清楚生活是怎么回事，她决定：麦琪的肉体本能应该被一个用船或游艇将她带到某个地方的平庸年轻人唤醒；我已经忘了这件事，却非常清楚地记得，当我读到那个年轻男子抓住麦琪赤裸的胳膊亲吻时，我是多么快乐，这是一个非常自然的动作，也是一个跟着年轻男子私奔的女孩会接受的动作，但当麦琪不顾那个年轻男子的道歉、眼泪和改正的承诺回家时，我感到一种窒息的失望。

弗雷曼：你还记得洪水暴发时，麦琪和汤姆·塔利弗在一条船上的情景吗？

摩尔：当然记得，对小说的结局我没什么可说的；它是无害的，几乎可以说是好的。但我现在所想的是整部作品的发展过程，这一过程构建得就像磨坊本身一样好，因为乔治·艾略特的构思好而稳定；她的散文丰满而匀称。但这些品质不足以把她从时代的旋涡、泡沫、洪流中挽救出来；她的住所就像磨坊一样已经沉没了。轻一些的东西已经漂走了；她的东西已经沉没不见了；我想知道，一个在她自己的时代几乎与莎士比亚相提并论的人为什么会突然倾覆。

弗雷曼：你比我更了解古老的维多利亚时代的人物，但是我怀疑——

摩尔：不要怀疑，因为我听蒂勒尔教授——一个伟大的学者，他用拉丁文和希腊文写的诗达到了最完美的境界——说过你刚才听我说过的话：几乎可与莎士比亚相提并论！

弗雷曼：由此我们能演绎出这样的教训：知识是无止境的。

摩尔：确实可以。但我将深入灵魂深处，看一看为什么这个女人的思想几乎像她的肉体一样变得默默无名。

弗雷曼：她的思想倾向于哲学而不是虚构的文学。

摩尔：是乔治·亨利·刘易斯把她的注意力吸引到了叙事散文方面，从而展露了她的才华。甚至天才也依赖于偶然。偶然总是从我们身边溜走；智能会错失良机，天才却能立刻从中得利，乔治·艾略特很好地利用了自己的机会。但那是题外话；我们现在想弄清楚的是她为什么突然被人遗忘了，而别人，如勃朗特姐妹，却依然存在。

弗雷曼：你承认她的散文是丰富的和平和的，我也同意这一点。但其中没有乐趣。

摩尔：你说得很对，她的散文中很少有乐趣，但是为什么呢？

弗雷曼：这也许与她的性格有关。

摩尔：那我们就找找她性格上的缺陷，我知道她遇见了乔治·亨利·刘易斯，这就是我对她的全部了解，她从何处来？她是一个城市女人还是乡村女人？她来自北方？南方？东方？还是南方？在遇到刘易斯之前她还认识些什么人？他是她的第一个情人？第二个情人？还是第三个情人？告诉我你所知的她的一切。

弗雷曼：她的名字叫玛丽安·刘易斯，来自沃里克郡。

摩尔：和莎士比亚一样，都来自英格兰中部，还有巴尔扎克，他来自法国中部。

弗雷曼：她父亲是沃里克郡的弗朗西斯·纽迪盖特先生的土地代理人。

摩尔：她被送进学校读书，但是哪所学校呢？

弗雷曼：这我无法告诉你，但毫无疑问是附近的某所学校，或许就在沃里克。你知道沃里克吗？

摩尔：是的，知道。在我童年时代，沃里克是一个可爱的英国古城，到处是花园和山墙，并且和中世纪有关——原先这里有一座沃里克城堡，在一处山洞里还有一幅丑陋的男人像，给旅行者看，也正是在这个城镇里，有一座又大、又漂亮、又优秀的年轻女子学校。伯明翰大学就在边境旁边，但距离边境不超过20英里[1]，她可能是在伯明翰大学受的教育。

1　1英里约为1.6千米。

弗雷曼：我所能告诉你的就是：她母亲死时，她被迫辍学回家帮父亲管家。我一直听人说这次回家对她来说是好事，因为她很小的时候就不喜欢有人对她的学习指手画脚。在哈伯里农庄，她专心学习法语和意大利语，我认为音乐也是她的一种爱好。

摩尔：我本不应该怀疑她写的音乐，但自然是变化无常的。你再多谈一点。

弗雷曼：在哈伯里农庄时，她就拒绝去教堂做礼拜，还差一点与她父亲吵起来。后来，她开始为《威斯敏斯特评论》写稿。

摩尔：我开始理解了。在她发表了两三篇文章之后，编辑就写信邀请她来伦敦时来报社一下；在伦敦，她认识了约翰·斯图尔特·米尔、赫伯特·斯宾塞，以及在她生命中不可缺少的哈丽雅特·马蒂诺和可爱的乔治·亨利。你能不能告诉我她离开哈伯里农庄的时间？

弗雷曼：那我得到图书馆去查一下有关资料。

摩尔：我开始理解了。她到伦敦和朋友共同发现了快乐是一种错误，甚至是一种粗俗，并且听到美丽的18世纪被说成一个讨厌的、可耻的时代。我们在精神上一直处于法国的统治之下，而且要拥有值得尊崇的美，就一定需要追随法国的丑。如果可能，我会告诉你是谁最先开始这一新的崇拜的。在库尔贝[1]——他谈到效果的真实和地方色彩——之前一定还有

---

[1] 居斯塔夫·库尔贝（Gustave Courbet，1819—1877），法国画家、现实主义绘画创始人，巴黎公社成立时，当选为公社委员并担任艺术家协会主席，代表作有《碎石工》《奥南的葬礼》《画室》等。

别人。尽管如此，他仍被看作是新崇拜的创始人，特鲁瓦永更应是如此，继他们之后的是米勒[1]，他将说明农夫悲惨的命运作为己任；无论是谁看到，都会记得他的《扶锄人》，尽管该画主体令人厌恶，但它如此撼人心扉，好像整个世界都感到必须做些什么来使农夫摆脱单调的命运。博爱精神与现实主义是并肩进入艺术之中的；据说罗莎·博纳尔从来不穿裙衬，她更喜欢穿着平脚裤和工作服散步。她穿木鞋，过着比她画中的车夫更为艰辛的生活。罗莎·博纳尔——这个名字与她的画多么相称！这个名字的音节，就像她画中农夫骑着去市场中心的那匹大灰马的马蹄声。罗莎·博纳尔，还有比这更愤世嫉俗的名字吗。在她的一生中，她从来没有被玫瑰眷顾过。罗莎·博纳尔，在她的生命中，玫瑰从未盛开过，她拒绝快乐！快！告诉我，玛丽安·刘易斯什么时候变成了乔治·艾略特？

弗雷曼：难道你不相信名字——不管是继承的还是新取的名字——会改变一个人的性格吗？你刚才说罗莎·博纳尔的名字和她的性格完全矛盾。

摩尔：她的名字听起来就像一匹马在奔跑，如果她的名字就是平淡无奇的罗丝，我怀疑她还能画出同样的画来。但罗莎·博纳尔只不过是次要问题；我们现在谈的是乔治·艾略特。告

---

[1] 让·弗朗索瓦·米勒（Jean-Francois Millet，1814—1875），法国画家、巴比松画派代表人物，其作品多取材于农民的劳动生活，画风质朴，代表作有《簸谷者》《拾穗者》《扶锄人》等。

诉我她什么时候把她原来的名字玛丽安·刘易斯换了,那是一个非常棒的名字,和哈伯里农庄太相称了!在我的想象中,我仿佛看见我自己在一个信封上写道:玛丽安·刘易斯,哈伯里农庄,沃里克郡。你能不能告诉我她什么时候换的名字?

弗雷曼:我不太清楚。你有百科全书吗?

摩尔:在这个房子里?百科全书?没有。

弗雷曼:我们现在可以假设她改名字的时候是她的第一本书,即她翻译的施特劳斯的《耶稣传》出版的时候,作者署名是乔治·艾略特。

摩尔:我们为什么要这样假设?

弗雷曼:我告诉过你她父亲因为她拒绝去教堂而感到非常伤心——

摩尔:如果我是她的父亲,我会说:"玛丽安,如果你愿意用其他某个名字代替乔治·艾略特,作为交换条件,我就允许你不去教堂。"

弗雷曼:你认为她叫什么名字好?

摩尔:奥利佛·布伦斯基尔。

弗雷曼:这个名字并不美。

摩尔:我们不能在名字与性格中寻找美。如果我用安妮·格雷以笔名,你说我的写作风格还会和现在一样吗?乔治·亨利·刘易斯,她的指导者和鼓吹者(正是他第一个建议她应该写小说),在他们争论《教区生活场景》要用什么笔

第五章 乔治·艾略特

名时，他应该说：玛丽安，我不劝你用安妮·格雷这个名字——实际上，我希望你不要用它；我们可以想象玛丽安回答说：但为什么呢，亲爱的乔治，你讨厌乔治·艾略特这个名字？这个名字如此坚定有力。

弗雷曼：你为乔治·亨利·刘易斯准备了什么回答？

摩尔：这个名字对你来说有点不文雅，玛丽安。这个名字在他心里可能和公共汽车一样"文雅"，但这种想法他不会说出来，他接着说：这是一个不男不女的名字，没有任何性别感。"性别"这个词可能把玛丽安吓了一跳，她可能会这样回答：她在认识他之前就认为这个名字非常适合自己翻译的施特劳斯的《耶稣传》。但为什么要继续这场谈话呢？乔治·亨利·刘易斯可能会插话。至于玛丽安所写的《教区生活场景》，她只能干巴巴地回答："我不得不考虑到我的父亲。"

弗雷曼：我不知道她是在哈伯里农庄还是在去伦敦时翻译的这本书。

摩尔：这没什么用。在伦敦，她接受了自己社交圈的道德：没有上帝的道德，如果真有这种道德，那真可以说是疯了。即使借助于上帝，男人和女人还会追求使他们堕落的享乐；如果没有奖惩的许诺，那么我们怎么能指望他们仍停留在狭窄的道路上呢？这是一种完全不可实现的道德，实际上玛丽安本人就证明了这一点，她与一个有妇之夫同居，并在他家里写《教区生活场景》以及其他训诫作品，她像一只香蕉挂在这所房子上，房子上刻着魔咒：细刨花。

弗雷曼：与刘易斯同居是她唯一一次违背道德规范。

摩尔：在这个问题上，我们所知太少，尚不足以进行一番文学研究，如果能证明她还有进一步的道德越轨，我的观点就会站不住脚。

弗雷曼：那么你认为她的风格基础可在刘易斯身上发现？

摩尔：不是在刘易斯的作品中，而是在她所过的双重生活中。

弗雷曼：你认为乔治·艾略特的风格可追溯到理论和行为之间的冲突，我认为你现在的理论基础，比你以前那种疯狂的理论，即认为我们继承或新取的名字可以脱离思想和行为独立进行解释，稳固得多了。

摩尔：你的理解让我振奋，所以我想稍微冒点险，谈一谈一些人会认为是诡辩的解释。我要说的是，如果她更经常地越轨，她的风格就不会再一致了。你知道，她可能是因为宗教的原因才与刘易斯同居的（实际上她总给人这种印象），这当然是错误的原因。但如果进一步的越轨可以被说成是与其本性相违背，我们就可以假定她是在追求快乐，她内心的快乐将在她的作品中找到发泄口。你知道，我亲爱的弗雷曼先生，经常越轨的女人放弃了基督徒的良知，而我们却否定她犯了亵渎神灵之罪，而这种罪孽是异教徒和基督徒都同样厌恶的。我敢夸口说，在对这种罪孽——只除了其不可饶恕的本质——的态度上，我是完全与坎特伯雷一致的。

弗雷曼：如果一个男人或女人不能接受基督教教义，你就赞成他或她应过一种放荡的生活，因而可以免被当作一个坏例子。

摩尔：我不会让你陷入这种临时的布道者的观点，他们将使我们把古代看成一个衰落的过去，说得越少越好。

弗雷曼：古代提供了美德的最高例证。

摩尔：就像我所说的，古代和基督教同样厌恶罪孽，而且，我认为，如果我说她的风格是她发现自己卷入的伦理冲突的结果，那我无疑是对的；但被异教或基督教救赎（如果基督教教义中允许救赎对圣灵犯有罪孽的灵魂），她或许也会写作——当然，不可能说她怎样会这样写——但肯定比她实际所写的更快乐。

弗雷曼：你想将一个有道德的人和道德家区别开，我想你是对的。我要补充一下，道德家很少是快乐的。

摩尔：如果她已是一个快乐的女人，她的快乐将慢慢融入她的写作之中，就如我已说过的，因为她脑海中的东西找到了表达在纸上的方式，你不必再详述你的批评，即道德家很少快乐。实际上，某个哲人、诗人、画家、批评家都可写一篇文章，他们在委拉斯开兹[1]身上发现了一种冷冰冰的精神，他只将自己的同伴看成是肖像画或绘画的对象。我想，当批评家将目光从委拉斯开兹转到鲁本斯时一定会喊道：一个快乐的人，他的画讲述的都是传说故事。他不考虑什么教义，表

---

[1] 迭戈·委拉斯开兹（Diego Velázquez，1599—1660），西班牙画家，西班牙国王菲利普四世的宫廷画师，其画风写实，作品有《腓力四世像》《纺织女》《宫女》等。

面上自由地接受了天主教，因此可以自由在仙女和殉道者之间漫步，同时又免于遭受西班牙的陷害。在现代作家中，你的敌人斯蒂文森——

弗雷曼：我的敌人？不。即使就像某些人所想的那样，我曾很严厉地批评了斯蒂文森，但那也只是因为他在公众中获得的地位比他实际应占的地位要高，这都是因为佩特。而且，他所表现出的快乐，在我看来都只是非常肤浅的快乐，就像塞文山脉中一只小毛驴的思考。

摩尔：你等于是立即提出了一种使《骑驴漫游记》的光辉片段笼罩上一层阴影的道德。

弗雷曼：他的作品并没有摆脱宗教，他仍是一个腐朽的新教徒。每次他去拜访教士，都要批评他们所选择的生活方式。在《内陆旅行记》中，他也准备以天主教教义来反对罗马的教义。在论维永[1]的文章中，他一直为自己不是维永那样的人而感谢上帝。不，我认为你最好让斯蒂文森远离我们的话题。莫里斯会给你提供一个好例子，因为他诗歌中的人物就像《荷马史诗》中的人一样战斗、爱和彷徨。

摩尔：对希腊诗人和英国诗人来说，这个可见的世界已经足够了，你对莫里斯的所有赞美，我都要脱帽欢呼。我同意你的看法，他是一个比斯蒂文森更伟大的诗人，还有——然而，

---

1 弗朗索瓦·维永（François Villon，1431—1474），法国诗人，主要作品有《小遗言集》《大遗言集》。他狂放无行，曾多次入狱，其诗人的美名与品行不端的恶名同为世人所知，被逐出巴黎后行踪不定。

我们还是不谈这个话题了,当然,我也同意古代文学比现代文学更有趣。《荷马史诗》中的战斗虽然残酷,但还是令人愉快的。奥德修斯的流浪也没有丝毫忧郁色彩,维吉尔也一样,贺拉斯也摆脱了这一祸根。

弗雷曼:你的编年史走得实在太快了,因为我们已来到了罗马帝国,正俯视着西西里岛。

摩尔:是的,你很对。我已忘了西西里,谢谢你提醒我。忒奥克里托斯这个名字立刻在我们眼前展现出一处处阳光灿烂的山坡,牧羊人聚集在圣柳树下,一道山洪从高高的岩石上倾泻而下。这些比乔治·艾略特笔下的诺福克郡农民更真实、更现实。男女牧羊人从两千多年前来到我们中间,似乎在每一个时代都获得一种新的更热烈的生活。现在,在我们看来,巴蒂一定比他的创造者眼中的他更聪明,当然也比我眼中的汤姆·图利佛,或他的姐姐玛吉更真实。我们不会将科里登从巴蒂脚踝上取荆棘这一事件换成洪水故事。

弗雷曼:我当然也不会为玛吉·图利佛而放弃牧羊女的。

摩尔:她与瘸子在松树下散步不值得用诗来表达,我们在诗中读到,巴蒂来到牧羊女所住的洞前求爱,说如果她拒绝他,他将死在她脚边,他给她讲了一些可爱的事:"哦,我带给你十只苹果,就是从那个你让我采摘的地方采来,其他的我将明天带给你。哦,关心一下我忧伤的心,啊,我是那只嗡嗡叫的蜜蜂,来到你的山洞前,在遮藏着你的蕨和常青藤下短暂停留!"

弗雷曼：照这样说我们已达到不朽了。

摩尔："啊，你看起来是那么可爱，啊，铁石心肠的女孩，啊，黑眉毛的女孩，拥抱我吧，你真心的牧羊人，我想亲吻你，哪怕是空洞的一吻，也有一种甜美的快乐！"在"哪怕是空洞的一吻，也有一种甜美的快乐"这简单的诗句里，他抓住了感官本能的本质。不幸的牧羊人继续恳求着，但我现在记不起那一段了。

弗雷曼：忒奥克里托斯没写牧羊女是怎么回答的，我们没听到她说一句话。在下一首田园诗里，巴蒂和科里登这两个主人公相遇了，互相戏谑闲谈了一番之后，他们的谈话转到了牧羊女之死上。

摩尔："啊，高尚的牧羊女！即使你已死去，我们也不会忘记你。你就如我的山羊一样，都是我的最爱，你已死去。啊，一种过于残酷的灵魂主宰了我的命运。"这就是我们对牧羊女的全部了解。这份伟大的爱恨场面被描述成一段趣事——拔出那根正好插入巴蒂脚踝的刺。巴蒂对牧羊女的叹息是第一次，但不是最后一次。自从第一次叹息之后，世界依然在继续，给她带来持续两千年的不朽名声的就是她的名字吗？还是因为她让巴蒂一样的农夫英名永存？因为我们喜欢他，当他说："我将不再歌唱，但我将死在我跌倒的地方，那里可能有狼群将我吞食时，这个粗鲁的牧羊人是个真正的爱人。"为什么这些农夫和牧羊女能够流芳百世，我的弗雷曼？为什么他们是真实的？为什么他们能知足？因为他的田园诗中讲述的都是快乐的日子以及过着快乐生活的男男女女，他们跟着自己的羊群，顺应着自己的本能生活。在他的诗里，很难找到一个不快乐的日子，甚至当两个渔夫在一间破屋子里醒来后，发现自己眼前一无所有，只得再辛苦一天寻找食物时，仍是如此，在他们不可能再复生的生命尽头，两个老人走在了一起。忒奥克里托斯将他的故事带进了一个梦境。"给我讲一讲你晚上做过的梦，"一个老人说，"不仅如此，还要把这一切都告诉你的朋友。"那个渔夫就讲了自己的一个梦，在梦里，他捉到了一条金鱼，他费了很大劲儿才把它拖上岸。你记得吗？

弗雷曼：记得，另一个渔夫回答说："忘了那个梦，找鲜鱼吧，以免带着你那金色的梦想饿死！"

摩尔：甚至华兹华斯的天才也不能赎回他道德上所受的诅咒，如果我们必须在《采蚂蟥的人》和渔夫中做出选择，我们应选择早些时候的故事。

弗雷曼：你总是常常能为自己的偏爱做出解释。

摩尔：快乐的时光总是容易被记住；道德是悲哀的。我有一个话题，你想听吗？

弗雷曼：我想提醒你，乔治·艾略特诗中有一个故事，故事中说，一个姑娘爱上了国王，并且为了国王拒绝嫁给自己的爱人；但国王听说她背弃誓言，就派人将她接到自己的宫廷，并让她一直住在这里，直到她开始认识到国王也只不过是跟别人一样的普通人——

摩尔：维多利亚时代的人把这个可怜的姑娘还给了她的未婚夫，这个故事写尽了19世纪60年代的所有偏见和习俗！这是多么可敬呀！

弗雷曼：你难道不认为国王对这个姑娘的亲密态度会考验她对他的仰慕之情，并使这份感情返归它的本源，即她所抛弃的年轻人身上吗？

摩尔：不会，除非国王已经拥有了姑娘对他的爱，而且厌烦了这一切；当然，那样的话，她可能会捡起她扔掉的线索。

弗雷曼：你的观点是否太愤世嫉俗了些？

摩尔：乔治·艾略特的观点才愤世嫉俗呢！她强行剥夺了姑娘的幻想，并惩罚她，这不符合基督教的教义。啊，玛贝尔端茶来了。你留下来和我一起喝杯茶，好吗？

第六章
哈　代

摩尔：再来一杯，好吗？

弗雷曼：不，谢谢。

摩尔：烟？

弗雷曼：不，谢谢，我不会。

摩尔：一支也不行吗？

弗雷曼：真的不行，谢谢。

摩尔：你更喜欢哈代先生的诗而不是他的小说？

弗雷曼：是的，我认为他的诗比散文好，虽然他的诗偶尔有点笨拙，但在诗和散文领域，他都帮助普通人意识到悲观主义是一种生活理论。

摩尔：但把悲观主义作为人生理论就像这个世界一样陈旧。只需拿来《传道书》翻一翻，就会发现很多描绘生活无价值的句子。在莎士比亚的作品中，我们能发现更美丽的词句。如果你说哈代先生宣扬了悲观主义，并诱使他的读者去旧罐子里喝那些迄今为止一直用金或钻石做成的高脚杯盛的饮料，我倒应该同意你的看法。你刚才在讲哈代先生诗中的故事。我读过其中一个,而且可作为如何使悲观主义变得无足轻重的例子,我认为很难找到比下面这个故事更好的故事了。这个故事说,一个女人死后,她的一条狗怎么也不肯离开她的墓地,但当死者的家人发现它不是想扒出死去的女主人,而只是在找它埋的一根骨头时,大家失望至极。

弗雷曼:你没选出哈代艺术中的快乐例子。我可以让你看一些哈代的诗歌,我想即使是你,也会发现这些诗歌有些可取之处。我记得在谈到某个爱尔兰作家时,你说他能够从一个称职的诗人成为一个伟大的散文家。

摩尔:最优美的散文总是出自诗人之笔——莎士比亚写出了17世纪最优秀的散文,雪莱写出了19世纪最好的散文!可当我说哈代先生的散文写得比较差时,我认为我的话并不是太过分。让我念段听听:

源源不断从滴水兽嘴里喷出的水柱,把全部报复都倾泻在这坟墓上了。深褐色的泥土被搅了起来,像融化了的巧克力似的翻动着。水在聚集着,越冲越深,形成了一个水池,水池的咆哮声传进了夜空,压倒了暴雨所发出的其他相近的声音。范妮那幡然悔悟的情人所精心栽植的花开始动了起来,在花床里痛苦地扭动着。冬天里的紫罗兰花慢慢地大头朝下了,变成了一摊泥浆。不久,雪花莲和其他球茎花在翻滚的泥水里舞动着,像是一口大锅里煮着的食物。丛生类的花草松了根,浮到水面上,漂走了。

……坟墓上的那一洼水已经被地面吸干,留下了一个坑。掀起的泥土被冲到草丛和小径上,变成了一层他刚才已经见到过的那种褐色的泥浆,大理石上也溅上了同样的泥点。地上的花几乎被冲得一干二净,无论在何处,它们都是根朝上,倒伏在水流所喷溅到的地方。

弗雷曼:你从哪本书里看来的?

摩尔:《远离尘嚣》。

弗雷曼:那可是他写得最好的书之一啊!

摩尔:我从书中引用这些段落时可没对他存一点偏见!滴水兽可以进行报复,但那可不是水流干的事!

弗雷曼:你愿意把那个句子再读一遍吗?

摩尔:"源源不断从滴水兽嘴里喷出的水柱,把全部报复都倾泻在这坟墓上了。"

弗雷曼:我看你是对的。

摩尔:"深褐色的泥土被搅了起来,像融化了的巧克力似的翻动着。"这个意象能有人为之辩护吗?

弗雷曼:没有人要为它辩护。

摩尔:水池不会咆哮,花朵也不会痛苦地扭动。当哈代先生写道:"冬天里的紫罗兰花慢慢地大头朝下了,变成了一摊泥浆"时,我首先想到的是池塘里的鸭子,虽然事实上鸭子不会急速地在水面窜上窜下。"不久,雪花莲和其他球茎花在翻滚的泥水里舞动着,像是一口大锅里煮着的食物。"——

大锅的形象怎么能出现在诗人的脑海里？！他怎么能用"食物"这个词呢？！"地上的花几乎被冲得一干二净，无论在何处，它们都是根朝上，倒伏在水流所喷溅到的地方。"我希望你能欣赏这个"无论在何处"。

弗雷曼：那的确是个病句！

摩尔：优秀的作家在尝试写出一篇优美的文章时，不会在将每一行文字都写得乱糟糟之后又对它进行拙劣的修改。

弗雷曼：你是不是认为他把范妮·罗宾的墓当作适合写出好文章的地方了？

摩尔：假如他眼中没有紫色，他就会这样写：从滴水兽嘴里流出的水把坟堆都冲走了。一个简单的句子就能概括全部内容，或许在我们的文学天赋中，最首要的，就是能够告诉我们哪些题材可以发展，哪些题材不可能发展。

弗雷曼：最好说成是："从滴水兽嘴里流出的雨水把坟堆给冲走了。"但如果你想表明哈代先生的小说，和报纸多年来一直讥讽的小说相比好不到哪里去，你不能只是说：哈代先生不会驾驭词语，我想，在日报和周报上人们已非常普遍地承认了这一点。

摩尔：我们的批评家的热情在很多情况下，几乎因哈代先生缺乏风格而被消耗殆尽，可他们一直不告诉我们是什么将他们引入歧途的。

弗雷曼：如果你不喜欢读《远离尘嚣》，恐怕你也不会对《号兵长》感兴趣，我也怀疑你是否有耐心读完《卡斯特桥市长》。

它的开头很好，但到了中间——

摩尔：我不想读《丹尼尔·狄隆达》，我也不想读完哈代的小说，因为还没有人说过"吃一块面包皮，如同尝遍所有的星星"。我读过《德伯家的苔丝》，当亚历克骑马遇到苔丝，并邀请她跳到自己背后同骑的时候，我的疑问开始产生了。我们知道"亚历克骑到了树林里"。但是，树林有大有小：它可以向四面八方延伸，也可以只在巴掌大的一块地上生长；一棵树可以是枝叶茂密、阴森可怕的，也可以是清新葱郁的，投射出赏心悦目的光斑；它可以是过度生长的、粗糙石块点缀其间的灌木丛，也可以是柔顺悦目的；它可能有潮湿、令人窒息的古代沼泽气味，也可能散发出花园中那种清新的气息。

弗雷曼：这部小说里重要的不是树林，而是苔丝，以及长篇描写——

摩尔：一个树林可以用两个词来描写。当司各特写到"一片生长着褐色常青灌木和矮树丛的土地"时，我们犹如置身于苏格兰。但哈代先生笔下的树木和田地从未出现在我们眼前。我认为他想告诉我们亚历克骑马往树林深处走了一段距离，在落叶上为苔丝做了一个卧榻。他解下外套披在她肩膀上，离开了一小会儿，回来后发觉她已经睡着了。在哈代看来，这样的情景似乎是阐发思想的好机会，因此他写道：

但会有人问：苔丝的守护天使在哪里？她深信不疑的上

帝又在哪里？也许，就像擅嘲讽的提什比特人说到的其他神一样，他在与人谈话，或是追什么东西去了，或者在旅途中，或者还没被唤醒。这副到目前为止敏感得像游丝、洁白得像冰雪一样的女性的躯体，为什么会遭受这样的结果？这样一种粗糙的样式，可以说是注定要接受的——

这句话，弗雷曼先生，是你不得不尊敬的诗人说的。法国人用一个非常好的词语来形容这类故事：可可，而可可在英语中可被译成"母鹅"。树林事件过后，苔丝回到家。一年后我们在玉米地里看到了她，怀里抱着一个婴儿。孩子病了，她在深夜亲自为孩子洗礼。孩子死后，苔丝继续在父母家里工作，然后成为一个挤奶女工，在奶场里遇见了安吉尔·克莱，并嫁给了他，却没有告诉他自己曾经有过一个孩子。但在婚礼当晚，她下定决心向他坦白一切。当安吉尔·克莱向她诉说自己曾经和一个陌生女子在外鬼混了48小时，并且后来从未再犯的事实后，她感到非常高兴。你会看到，弗雷曼先生，这个故事的兴趣侧重点不是在苔丝的坦白上，而是作者给这种坦白定的性。因为，就像一片树林，坦白可以有各种各样的形式。乔治·艾略特会自言自语说：安吉尔·克莱也许会说服她坦白，他也许急切地想知道她坦白的动机是什么，他也许愿意听，接着就不愿意听了。乔治·艾略特更丰富的想象力一定会选择其中一个动机发展下去，如果哈代先生回避本质，我们就只能得出结论说：它缺乏创意，大脑瘫痪，诸如此类，这使他突然退回到过去的不确定之中：

她把头靠在安吉尔·克莱的额头上,开始讲自己和亚历克·德伯相识的经过以及结果,她喃喃而语,眼睑低垂,但毫不退缩。

弗雷曼:你的出发点是好的,摩尔先生,如果一个男人爱着一个女人,他就只会问她:"一切都结束了吗?"如果她告诉他是的,他会说:"好,那我们就不要再谈起这件事了,你已经为自己的罪过忏悔够了,而我也是。"

摩尔:就在需要进行揭示灵魂的描写时,我更喜欢过去的不确定性。我相信任何一个被媒体持续侮辱的作家,一定会写出比"她把头靠在安吉尔·克莱的额头上,开始讲自己和亚历克·德伯相识的经过以及结果"更好的句子。

作者安排了安吉尔·克莱的梦游,一天晚上,他把苔丝从床上拉起来,带她走了很长一段路——如果我的记忆力没欺骗我的话——有几百码[1]远,并凭借一块狭窄的木板过了河。我将要说的似乎难以置信,但我清清楚楚地记得有一个大修道院和一具石棺,他把苔丝放了进去。我不记得她在石棺里躺了多久,但记得她拉着自己梦游丈夫的手,把他带回了家。当我读到他们怎样回到家时,我自语道:"我们看到了一些比新婚之夜更独特的东西,部分是出于一次坦白。如果他醒着的话,他会把苔丝放到自己的床上,把她揽进自

---

[1] 1码约为0.9米。

己的怀里——一个大胆的举动！我开始对哈代先生温和起来了，但只维持了一小会儿，唉，因为苔丝劝安吉尔·克莱睡到自己的床上，而她则退回到自己的房间。因此，这段插曲没有任何意义，因为第二天早上，他们还是若即若离地赶了一段路，从此以后，我们看到她在田野上过了一段最好的时光。"

弗雷曼：你得承认我们确实看到苔丝在田里干活了。

摩尔：田里一个孤独的身影是这幅风景画的特征；哈代先生没有遗漏这一点；实际上，我们几乎宁愿他遗漏了，因为我们在这幅图画上太经常看到这个身影了，就像我们经常，或几乎经常地看到收割者跳着舞从田里回家，镰刀放在肩上，身后悬挂着比平时大三倍的月亮。

弗雷曼：你肯定想起了乔治·梅森所画的收割者？

摩尔：或许是。如果你谈到的画和我记忆中的《德伯家的苔丝》混合起来了，我也不会惊讶。我脑子里那么完整地保存了跳着舞的收割者形象以及比平时大三倍的月亮，还有那个骗子，他穿着牧师的衣服回来，又从故事里消失，后来又回来让苔丝用一把菜刀谋杀了，血渗透了天花板，苔丝在和安吉尔·克莱一起在巨石阵神庙度过一个美妙的蜜月后被处以绞刑，安吉尔·克莱在监狱外等着看黑旗升起。

弗雷曼：你看过哈代先生写的其他剧本吗？

摩尔：是的，看过很多。

弗雷曼：你知道奥斯卡·王尔德给剧作家的建议吗？他说写剧

本要遵守三条原则：第一条原则就是不要写得像亨利·阿瑟·琼斯。

摩尔：第二条和第三条规则是什么？

弗雷曼：和第一条一样。如果有人请你给年轻的小说家提建议，你也会采纳奥斯卡·王尔德的规则。

摩尔：这两个人相似得令人好奇，身体上和精神上的相似点都十分明显。威廉·阿彻有次问我是否见过哈代先生。我说没有，然后他说：好，亨利·阿瑟·琼斯与哈代的相似点会让你感到惊奇，他们外形相似，一样的体重、一样的体格、一样的脸型、一样的肤色。因为经常有人这样对我说，结果几天后当有人向我指出和妻子在一起的哈代的照片时，我说：阿彻是对的，这两个人确实太像了。

弗雷曼：你指责哈代先生经常有点故弄玄虚。但我认为他的任何欣赏者都不会否认，他有时确实就得益于这种夸张。在为他辩护时，他们会谈及《麦克白》中的三个女巫、两起被插科打诨的搬运工打断的谋杀、班柯的鬼魂，以及其他许多闹剧式的场景。他们还不仅仅局限于《麦克白》。《哈姆雷特》也不断变成情节剧，或者就像你可能要说的，经常堕落成情节剧。在我看来，你似乎过多地将自己的情绪代入到这种批评之中了。你不喜欢情节剧，你不喜欢是对的，因为无论你什么时候看到有关情节剧的评论，都是贬低而非褒扬，但这并不能成为你批评哈代和莎士比亚所用方法的理由。

摩尔：人们常常指责批评家说：他的训诫只是他自己性情的反映

罢了。当然，他所看到的、听到的、感觉到的以及知道的一切都只是他自己性情的反映。就像他的作者一样，他谈的只是他自己。但是，针对你为情节剧所做的辩护，我认为我最好回答说：有的情节剧达到了很高的境界，还有诗歌也救不了的情节剧。一个人迈着神圣的步子，穿着光滑的衣服，头发散发着星星的光芒，而另一个人则拖着蹒跚的步子，从一家酒店走到另一家酒店，用发自她那沙哑喉咙的支离破碎的英语喊叫着关于谋杀、纵火、强奸、抢劫和复仇的故事。莎士比亚求助于所有的感觉，这是真的，但他从未求助于心灵。麦克白和哈姆雷特的行为被转变成了艺术，因此只被少数人理解，尽管无疑有很多人欣赏他们。

弗雷曼：你现在倒使我想起了堂吉诃德对风车的挑战，风车只存在于他的想象中。没有人将《德伯家的苔丝》《无名的裘德》与《哈姆雷特》或《麦克白》相比。

摩尔：噢，是的，确实如此！有一些文章将《无名的裘德》和《被缚的普罗米修斯》相提并论，我不会建议任何一个重视世俗观点的批评家去挑战这些评论。

弗雷曼：我当然希望你对别人不要像对我这样坦诚。

摩尔：那么，你不喜欢真理流行？

弗雷曼：像彼拉多[1]一样，我问你：什么是真理？你的判断与最

---

1 本丢·彼拉多（Pontius Pilate，？—41），罗马犹太行省总督，主持对耶稣的审判，并下令把耶稣钉死在十字架上。

高层到最底层的人都不同。每个人都相信——

摩尔：所有的报纸都相信，而且会用尽最后一滴墨水来为大多数人的文学观点辩护。

弗雷曼：那么你会不顾大多数人的文学观点，甚至你的朋友，埃德蒙·戈斯先生[1]的观点？埃德蒙·戈斯先生盛赞哈代先生作为诗人是无可争议的文坛领袖，因此我相信他是世界上现存的第一个文学家。

摩尔：戈斯先生说出了他自己的观点，而我说出了我自己的，我并不认为我指责他的观点是错的、我的观点是对的就可以得到什么东西。我所说的很多话，弗雷曼先生，只要哈代先生登上卡戎[2]的船，就会出现在报纸上了。

弗雷曼：你认为别人会同意你的观点，而且此时可能正急于表达出来，但忍住——

摩尔：恐怕真理在许多人看来是一种不好的味道。但我只想知道，当他去见我们的上帝时，他是怎样被从令人嫉妒的熟悉中拯救出来的，因为若世界上没有人了解他，当他离开卡戎的船上岸时，他就可以请求上帝给他指出自己的（哈代先生的）位子坐，或者可能是这样的：他将自己找自己的位子，但发现自己的位子不是紧邻着莎士比亚或埃斯库罗斯，于是

---

1 埃德蒙·戈斯（Edmund Gosse，1849—1928），英国文学史家、评论家，主要翻译易卜生以及其他欧洲大陆作家的作品，主要著作有《十八世纪文学史》《现代英国文学史》等。

2 希腊神话中渡亡魂过冥河去阴间的神。

他返身回来向阿波罗抱怨，后者就会问："这人是谁？"一个报信人就会问答："这是哈代，《德伯家的苔丝》和《无名的裘德》的作者。""是这些荒谬不堪的作品的作者。"上帝这样回答说，然后将他安排在莎士比亚和埃斯库罗斯旁边！报信人会回答说："他一直听那些困扰着道德世界的江湖骗子的话。""不过，我们还是把他扔到我们已为他准备好的山谷中去吧——"上帝说了三个名字，并且不准我转述。

第七章
伯爵夫人与雕像之恋

任何粗暴的情绪,如果是模糊的、爆发的和蔓延的,都可以接受;克制,一旦成为口号,就会受到排斥。一天晚上,戴斯蒙·麦卡锡先生胳膊下夹着一册《宣言》走了进来,我问这样一个问题:"你怎么把对我作品的欣赏与对哈代先生的崇拜和谐起来的呢?"我静静地听着,直到他谈到两个非常非常兰多化的片段,致使我立刻想到把这两个片段改动一下。但麦卡锡先生请求我保留它们,他说:"它们会证明你对大师的崇拜",因为在这一问题上我们意见一致了,于是我们开始谈起《伯里克利和阿斯帕西娅[1]》。当然,我们都认为它一定被看作是英语文学中最伟大的作品。我全神贯注,但当称赞兰多时,我仍注意到他的手正把弄着一本什么书,好像是一册《想象的对话》,在我看来,他的思想已经偏离了兰多。我最后被迫去问他手中书的名字。他答道:"《一群贵夫人》,作者是托马斯·哈代。"我的脸肯定沉了下来,

---

[1] 阿斯帕西娅(Aspasia,公元前470—前410),古希腊雅典的高等妓女,伯里克利的情妇。

但他一点也不泄气；他把这本书带过来是给我读的，而且他深信它将会转变我的观念。"我会读这篇故事吗？""读一篇就足够了。"他向我保证。他对我文学事业的关心太令人感动了，我同意读一下他好心向我推荐的故事。当我觉得这篇故事的风格和结构比小说更奇怪时，我写信去问他是不是在拿我开玩笑，结果收到了一封又长又可怜的回信，信的内容我早已不记得了。

我听到的第二件有关哈代先生的事来自弗雷曼先生，他写信告诉我，他把我的疑惑同德拉·梅尔[1]先生谈了，并说他和德拉·梅尔先生非常高兴在下周的任何一天与我共进晚餐，只要我方便。"他们是来解开我的愚钝的。"我说，并且回信建议星期二见面；我很满意星期二晚上将揭开一个伟大的秘密。我开始考虑该给他们吃什么食物，因为这些食物不能因晚饭前客厅里的争辩而浪费掉，也不要在我们吃喝时在餐厅里浪费掉。一定要坚持进行一场比哈代先生的语法更轻松的谈话。所以，当我的客人们到来后，我把他们的注意力引向墙上的画，当我们下楼到餐厅时，我尽量使他们对西鲱和鲈鱼之间的差别感兴趣，我还说因为不能请他们吃西鲱、鲈鱼以及鲻鱼而抱歉，这些鱼都被那些鱼贩恶意扣住不上市。

汤后面上来的是鲑鱼和鳟鱼，直到这时我才开始注意到德拉·梅尔先生的注意力没集中到自己的盘子上。"他在想哈代先

---

[1] 沃尔特·德拉·梅尔（Walter de la Mare，1873—1956），英国诗人、小说家，代表作有诗集《童年之歌》《谛听者》等。

第七章　伯爵夫人与雕像之恋

生。"我自言自语说。餐厅的气氛已经是多塞特[1]味了,那个名字随时都会被说出,正是这个目的使我的客人们食之无味。用比喻的说法就是:《德伯家的苔丝》和《无名的裘德》把上好的巴尔萨克葡萄酒变成了白开水。"我们到客厅喝咖啡吧。"我建议,然后略有一点失望地跟在他们后面上了楼,感到事实对已获得的声誉毫无用处。因此一等到咖啡杯从房间里撤走,我就说:"我想我愿意给你们讲个故事。"他们同意了,我开始讲道:"很久以前,有个年轻人叫阿普兰塔斯伯爵。"

"阿普兰塔斯!"我的一个客人重复道(我想是弗雷曼先生),他问我是否坚持认为,保留这么一个奇怪的名字对故事很关键。

"阿普兰塔斯伯爵,"我不耐烦地回答,似乎这个故事是我自己的故事,"正郁闷地沉思着和芭芭拉的婚事,她是他的邻居约翰·格瑞伯的女儿,住在谢纳。伯爵曾在一个晚上向一个客人吐露了自己的打算,但那个客人没有鼓起这个伯爵大人的希望,这使他一想到她就心烦意乱。我们将看到,阿普兰塔斯伯爵无动于衷地回去了,但他突然想起约翰·格瑞伯先生就在这天晚上举行舞会,他让人套好马后急驰而去,却发现芭芭拉不愿意和任何人说话,这一发现使他的遗憾之情稍有减轻。她很快就从舞会上消失了,而阿普兰塔斯伯爵在回家的马车上自言自语说:'好吧,如果她不喜欢我,那她也不喜欢其他任何人。'第二天,在伯爵大人起床之前,约翰先生来质问阿普兰塔斯伯爵对芭芭拉干

---

[1] 英国英格兰西南部的郡。

了些什么。伯爵告诉他自己对她一无所知，而约翰先生却回答说她一定和……私奔了。约翰先生拒绝说出那个男人的名字。阿普兰塔斯伯爵陪着约翰先生回到谢纳，就是在这里，约翰先生才接受阿普兰塔斯伯爵的劝告，说他恐怕自己的女儿与埃德蒙·威洛斯，一个寡妇的儿子私奔了，他的父亲或祖父是当地最后的玻璃画家。'天哪，真糟糕，太糟糕了！'阿普兰塔斯伯爵在极度失望之下瘫倒在躺椅上。大概六个星期之后，那个轻浮的女儿寄来一封信乞求原谅，然而，在当时那种情况下，年轻人被劝说与一个家庭教师出国游历了一年，后者将指导他，并将他带回来。威尼斯、罗马、佛罗伦萨已经尽其所能地把那个年轻人从出身卑贱的痛苦中解脱出来。芭芭拉伤心欲绝，因为她不确定一年后自己是否还像现在这样爱他。尽管事实上威洛斯先生容貌出众，以至于有位佛罗伦萨雕刻家请求他当自己的模特。这个美貌的英国年轻人激起了他的灵感，他雕刻了一个几乎具有古典美的塑像，如果在威尼斯剧院发生的火灾没有降临到威洛斯先生身上，他会把它带回英国的。

"威洛斯可能已从烈火中费力救出了好几名妇女和儿童，正当他第七次冲进火海时，一根横梁落了下来，严重划伤、烧伤了他的脸，严重得连医生都感到无能为力。他也感到自己是个没人乐意看的人，于是就写信给他的爱人，讲了这件事，并说他今后都必须戴着面具生活。她对他尽管充满了怜悯，可还是抑制不住内心的好奇，想看一看他被烧毁的脸。但是，当他在她的要求下去掉面具时，她还没看多久就倒在了地上。'你也不想看我！'他绝望地呻吟着,'我太可怕了,连你都受不了。'他伤心的妻子拼命让自己恢复了镇静!他是她的埃德蒙!他从来没有伤害过她,他自己正忍受着痛苦。对他的爱一时间帮助了她。她命令自己抬起眼再看一看这个被毁了容的人。她真不能再多看他一眼,于是又一次不自觉地将目光移开了,全身发抖。'你认为自己能习惯这一切吗?'他说,'能还是不能!你能忍受一个如此可怕的人在你身边吗?你自己判断一下吧,芭芭拉。你的阿多尼斯,一个无可比拟的男人,如今已变成了这样!'他,这个不幸的人,悄悄离开了,当他死时,芭芭拉才想起自己当初拒绝阿普兰塔斯伯爵是个错误,而伯爵仍愿意再次向她求婚;她嫁给了他,尽管他永远也不可能使她像爱埃德蒙·威洛斯一样爱自己;他发现她很冷漠,之后他收到意大利一个雕塑家的信,要求为他那无可匹敌的雕塑——她的阿多尼斯——付账,阿普兰塔斯伯爵感到一丝惊恐。但他不能拒绝这尊雕像,雕像运到后,在房子的后院被拆开了,人们发现雕像有一人高,用纯白色的大理石雕成,将威洛斯本来的俊美全部雕刻了出来,从外形和轮廓看几乎可以说是男人完美的标本。'阿波罗一样的美男子,的确如此。'阿普兰塔斯伯爵说,迄今为止他还从未见过威洛斯,不管是真人还是雕像。但尽管他发自内心地赞美雕像,也不希望将它放在自己家里。后来他出了几天门,回来后发现雕像被人移走了,他感到很宽慰。然而,他的疑虑并没有丝毫减轻,原因是他妻子的表情:脸上浮现一种平静中的狂喜、沉默中的快乐。他越来越好奇,于是就到处找那尊雕像,最后想到他妻子的私房,他径直走向那儿。他敲门后，听到里面有扇门被关上了，还听到了上锁的声音；但当他进去后，却发现自己的妻子正坐在那里工作，手里正织着什么东西。阿普兰塔斯伯爵的眼睛停在了新漆的门上，那里原本是一个壁龛。他装作漫不经心地问：'芭芭拉，在我出门的时候你请了木匠。''是的，阿普兰塔斯。'她回答道。他开始质问她：'你为什么要做这么一个没有格调的门，破坏了壁龛漂亮的拱形？''我想多一个内室，'她说，'我想这是我自己的房间。''当然。'他回答。阿普兰塔斯伯爵现在知道那尊威洛斯的雕像在哪儿了。之后不久，阿普兰塔斯伯爵发现伯爵夫人从自己身边消失了——"

"你讲的故事，"德拉·梅尔先生说，"和哈代先生讲的故事，是两种不同的东西。""你刚才听到的可爱的对话，"我说，"正是哈代先生写的，为了避免对哈代先生不公，我直接念原书好了：

> 一天晚上，或者更不如说是凌晨的时候，他发现伯爵夫人从自己身边消失了。他不是一个逢事就胡思乱想的人，所以他在认真考虑这件事之前，就又进入了梦乡，第二天早上，他已经忘记了这件事。但几天后的一个晚上，又发生了同样的事。这次他完全清醒了；但就在他准备起身找她之前，她穿着睡袍进来了，手里拿了一支蜡烛，她以为他睡着了。她走到床边，熄灭了蜡烛。他从她的呼吸可以察觉到她的行动很奇怪。即使在这种情况下，他也没表现出自己已经看见了她。过了一会儿，当她躺下时，他假装醒了，问了她一些问题。'是的，埃德蒙。'她心不在焉地回答。

第七章　伯爵夫人与雕像之恋

阿普兰塔斯伯爵开始相信，她以这种奇怪的方式离开卧室的习惯，实际出现的比他看到的要经常得多，因此，他决定看个究竟。第二天子夜，他假装熟睡。过了一会儿，他察觉到她在悄悄起身，在黑暗中离开了房间，他匆匆穿上衣服，跟着她。在走廊尽头——在这里火石和钢的碰撞声不会被卧室中的人听到——她打着了火。他躲进旁边的一个空房间，直到她点燃了一根细细的蜡烛，径直走向她的闺房。两分钟后，他跟了过去。走到闺房的门口，他看到她打开了自己私人壁龛的门，走了进去；芭芭拉站在那里，双臂紧紧抱着她的埃德蒙的脖子，亲吻着他的唇。她披在睡衣上的围巾从她的肩膀滑落，而她白色的长袍和苍白的脸使她俨然成了一尊雕像，这样看起来就好像两尊雕像在拥抱。在她一次次的亲吻之间，她用婴儿般温柔的声音低声抱怨：'我唯一的爱，我怎么能这样残酷待你，我完美的人儿——这样善良真实的人儿——我一直忠诚于你，尽管我似乎失贞！我总是想起你，梦见你，在漫长的白昼，在无边的黑夜，无不如此！噢，埃德蒙，我始终都是你的！'她不停地说着这样的话，混合着呜咽、涌流的眼泪、披散的头发，这些证实了阿普兰塔斯伯爵的妻子有强烈的感情——而阿普兰塔斯伯爵从未想到自己的妻子会有这种感情。

'哈哈，'他自言自语说，'这就是我们希望破灭的地方——是我作为后继者的梦想破灭的地方——哈哈！一定会这样，千真万确。'

阿普兰塔斯伯爵一旦开始采取策略，他就成了一个机敏的人；虽然在目前的情况下他从未考虑过那种简单的策略，即继续温和待她。他没像冒失鬼常那样走进房间惊吓妻子，而是像来时一样悄悄地回到自己的卧室。当伯爵夫人回来时——她因为哭泣和叹气而身体发抖——他似乎像往常一样熟睡着。第二天，他开始了反击，他问清了曾和自己妻子的前夫旅行过的家庭教师的住处；他发现，这个绅士现在是离诺林伍德不远的一所语法学校的校长。阿普兰塔斯伯爵一有合适的时机就去了那儿，与我们前面提到过的那位绅士会面。这样一个有声望的邻居造访，校长十分激动，他准备回答这个爵爷希望知道的一切。

在一阵关于学校及其发展的闲谈之后，来访者注意到，他相信这个校长曾和那个不幸的威洛斯一起旅行过很多次，而在他出事时，他也在场。阿普兰塔斯伯爵对当时事情的真相非常感兴趣，他过去经常想知道。很快，阿普兰塔斯伯爵不仅亲耳听到他想知道的一切，而且他们的交谈也变得越加亲密。校长在纸上画了一个头型略图，屏住呼吸描述着当时发生的各种细节。

'多么奇怪，多么恐怖！'阿普兰塔斯伯爵手里拿着草图说，'没有鼻子，也没有耳朵。'

最接近诺林伍德学校的一个镇里住着一个穷人，他将符号绘画艺术与精巧的机器工作结合了起来。就在伯爵拜访校长的那一周的某一天，伯爵夫人去父母家短访，阿普兰塔斯伯爵把他送到学校。伯爵让他明白他要帮助自己完成的任务是私人性的，只要他完成伯爵指定的工作，工钱一分不少。壁龛的锁被撬开了，这个机敏灵巧的工匠和画家，借助阿普兰塔斯伯爵放在他口袋里的草图，按照自己雇主的指示，开始放手去毁坏雕像那神灵一样的面容。大火把威洛斯烧成了什么样子，工匠都原封不动地复制到雕像上。这是恶魔在无情地损毁着人的面容，而因为染上了生活的色彩，所以显得更加令人震惊，就像灾难过后的生活那样。

六小时后，当工人走后，阿普兰塔斯伯爵看着已完成的作品，狰狞地笑着说：

'塑像应该代表着一个男人在生活中的实际形象，这具塑像正是他的模样，哈哈，但我这样做是出于善良的目的，不是毫无目的的。'

他用一把万能钥匙锁上了壁龛的门，然后去接伯爵夫人回来。

当晚，她睡着了，他却一直醒着。根据故事的交代，她在梦里低声柔语；他知道她是在和想象中的人温柔地交谈，和那个只是被他从名义上取代的人交谈。在梦就要结束时，阿普兰塔斯伯爵夫人醒来并起身，之前夜里发生的事再次重演。她的丈夫静静地躺着、听着。她离开半掩的卧室门时，钟敲了两下。她穿过回廊走到另一端。在那儿，她像往常一样点了一根蜡烛。深夜寂静极了，他躺在床上都能听到她在轻轻地用火石击钢，用火绒点燃了蜡烛。她走到自己的房间，他听到，或以为听到，或只是在幻想中听到，钥匙密室的锁转动的声音。紧接着从那个方向传来长久的大声喊叫声，久久地在房间里回响。声音不断地响起，还有什么重东西倒地的声音。

阿普兰塔斯伯爵从床上跳起来。他急急忙忙地沿着黑洞洞的走廊跑到密室门前，门仍半开着，借助于房间里蜡烛的光线，他看见可怜的伯爵夫人穿着晚礼服缩成一堆，躺在密室的地板上。当他来到她身边时，发现她已经昏过去了。他本来以为事情很糟，看到是这样，他的恐惧略微减轻了一点。他迅速关上壁龛的门，将罪魁祸首——那尊令人憎恨的雕像——锁在里面，用手抱起他的妻子，不一会儿，她醒了过来。他将她的脸紧紧贴着自己的脸，一句话也没说，把她带回到她的房间，他边走边笑，竭力想驱散她的恐惧。他的笑声古怪，混杂着刻薄和残忍。

'嗬——嗬——嗬！'他说，'吓坏了吧，亲爱的，嘿？真是个孩子！只是个玩笑，相信我，芭芭拉，一个不错的玩笑！但小孩子不应该半夜到密室寻找已逝去的情人的阴魂！如果真去找了，他的外形一定会把她惊一跳的——嗬——嗬——嗬！'

当她回到自己的房间，并且回过神来的时候，虽然她的神经仍然很紧张，他却更加严肃地对她说：'现在，我的小姐，回答我，你爱他吗？'

'不——不！'她支支吾吾地说，睁大眼睛盯着她的丈夫，浑身颤抖，'他太可怕了，不，不！'

第七章　伯爵夫人与雕像之恋

'你肯定吗?'

'非常肯定!'可怜而伤心的伯爵夫人回答。

可是她的天性要求她恢复愉快的心情。第二天早上,他又问她:'你现在还爱她吗?'在他的凝视下她感到畏缩,可并没有回答。

'这意味着你仍爱他——'他继续说。

'这意味着我不会说谎,也不希望激怒我的主人。'她威严地回答。

'那么,假如我们再去看他一眼呢?'他说着,突然一把抓住她的手腕,好像要把她带到那个可怕的密室中去。

'不——不!噢——不!'她尖叫着,不顾一切地挣脱他的手,这表明那个惊魂之夜在她脆弱的灵魂上留下的印象,远比她表面上表现出来的要深得多。

'只要再吃一两副药,她的病就会好了。'他自言自语地说。

现在,众所周知,伯爵和伯爵夫人矛盾重重,他也不需费神去掩饰他与此事的关系。在白天,他让四个人带着绳索和长绷带到女主人卧室帮助他。他们一到就打开密室的门,用帆布将塑像的上半部包裹了起来。他让人把它带到卧室,下面发生的事差不多就要靠猜想了。"

"我想你一定想听一听我的猜想,德拉·梅尔先生?"

"我想我们可以跳过去了。"他回答。

"不用读完全篇,"我说,"我可以告诉你到底发生了什么,虽然我更愿意你听到哈代先生的原话,因为如果我来讲的话,故事会变味。当丈夫和妻子回到他们的卧室过夜时,阿普兰塔斯伯爵夫人在床脚看到一个高衣柜,而她以前从来没在房间里发现有这件家具。但是她什么也没问。而阿普兰塔斯伯爵却不想被她的沉默所迷惑,他告诉她自己有一些有趣的想法。她的贵妇身份使她并不想表现得很古板,于是她就问是什么想法,才知道他的怪念头原来是要建一座小神庙;他边说边向她描绘神庙里要有什么东西。没等她回答,他把腿伸出来,用脚趾按动一个弹簧,把衣柜的门打开了。"

"你怎么看呢?德拉·梅尔先生,你认为会怎么样呢?弗雷曼先生,衣柜里装着什么呢?""我认为,"德拉·梅尔先生说,"你引用错了哈代先生的原话。阿普兰塔斯伯爵没用脚趾去按弹簧。"

"当然,"我插话说,"如果他用脚趾去按弹簧,他就不像埃斯库罗斯了!"

"我也注意到,"德拉·梅尔先生说,"你强调了这句话:他被什么衣服绊倒了。"

"我这句话说得不连贯,"我回答说,"因为我以为他被什么衣服绊倒了,可是显然他只是刚穿上裤子,把一件宽松外套的纽扣扣好。"

"我认为,"德拉·梅尔先生说,"你过于强调一些细枝末节了。"

因为谈话似乎正陷入僵局,弗雷曼先生开始谈起《解放了的普罗米修斯》,忘了哈代先生,诗人们在对雪莱的赞扬方面又产生了分歧,我自己则简单地引用了第四幕中伟大的应答轮唱赞美诗,因为我已经说得很多,对我来说,听两个诗人背诵他们已经滚瓜烂熟的段落真是一件愉快的事情。

飞鱼,
从印度洋的深处跃起,
伴随着半睡半醒的海鸟。

这几句诗是德拉·梅尔先生说出来的吗?我糟糕的记忆力!我糟糕的记忆力!就像过去一个善于辞令者所说的一样。"我能谈论鹰、野鸽、燕、翠鸟,甚至从印度洋深处跃出的飞鱼的飞翔,但绝不会谈家禽的飞翔。"我喊道,我的读者都读过《情感教育》,他们都记得福楼拜是如何巧妙地逃脱对话的困难的:"在林荫大道上遇见佩勒林时,阿尔芒对他说:你好,他们于是开始谈一些无关紧要的事情。"我们,弗雷曼先生、德拉·梅尔先生以及我自己,也是在晚上探究着不同的问题:国家美术馆里所有伟大作品的精神死亡,画着乱七八糟的模型,适用于有时是灰色有时是紫色的弹子房,瑞伯斯德尔伯爵的奇异行为,他获得的猎物比宁录[1]时代以来所存在的所有猎物都还多;一件油布一样的灰色东西,被置于两个浮夸的车工之间,我们认为放的方式有

---

1 基督教《圣经》故事中的人物,作为英勇的猎手而闻名。

点恶作剧。我们还谈到当萨金特[1]的肖像画由运货汽车运来，停在站在台阶上发愁的馆长面前，而后者正在考虑怎么容纳9个巴勒斯坦逃难者以及大量杂役，等待着国家美术馆的将来是什么？从一辆运货车上下来6个穿着高靴的杂役，从另一辆车上下来12个，啊！第三辆车到了，从上面下来18个。12乘以3是36，36的两倍是72，72双高靴，这需要多少奖章啊！为了展出这些冰冷的雕像，将必须建一所新翼房。我们想象烦躁不安的馆长回到自己的办公室，考虑着建筑材料价格的不断升高，自言自语说："造一所新翼房也许需要50 000英镑，但纳税人不会觉得钱从他口袋里流走了。"他对照片和图画的崇拜之情如此高涨，以至于使他想起了自己最喜爱的艺术。但在诗人们之间谈论绘画不是一件容易的事，于是当德拉·梅尔先生开始讲他对哈代的一段描写某种灌木的文字十分欣赏的时候，我走到书架上拿了这本书回来说："如果这段描写包含着任何与范妮的坟墓风格不同的东西，我会感到很奇怪，因为某个人的所有作品只会有内容的迥异，而不会有风格上的差别。"

"描写矮灌木的那段在这本书的开头。"德拉·梅尔先生说。我谢过他的提醒，开始读：

最彻底的苦行者也许会觉得他天生有权漫游于爱敦荒原；

---

[1] 约翰·辛格·萨金特（John Singer Sargent，1856—1925），美国画家，长期侨居伦敦，以肖像画著称，后致力于壁画和水彩画，作品有《某夫人》《康乃馨、百合、蔷薇》，以及波士顿美术馆壁画等。

第七章　伯爵夫人与雕像之恋

生活中鲜艳的色彩，美丽或者温柔的东西是每个人天生有权利享有的。但苦行者们面对诸如此类的赤裸裸的诱惑，却要无休止地克制自己，沉溺于无边际的禁欲世界中。只有在最明亮的夏日里，他们的心灵才会感到一点点愉悦。庄重严肃比轻松明快更容易占据他始终紧绷的心灵，那种紧张的感觉常常伴随昏暗的冬日，暴风骤雨或者大雾弥漫的天气而来。随后爱敦荒原才被迫承认与这一切有关：因为暴风雨就是它的情人，风是它的朋友。再往后它成了那些怪异幽灵的家园，人们发现它是迄今为止那些晦暗的荒野的源生地，而我们只有在晚上梦到逃跑和灾难时才模模糊糊感觉到这些地方，而且梦醒之后再也不会想到，只有类似的情景才会重新将之唤醒。目前它是一个与人的本性完美吻合的地方——既不恐怖、可憎，也不丑恶；既不平凡、无聊、沉闷，也不温顺。但像人一样，它纤细而柔韧，有着巨大且神秘的潜在力量。正如那些长期与世隔绝的人，它的外表透着落寞。它有一张寂寞的面孔，仿佛预示着可能要发生什么悲剧。

我警觉地读了这段让人欣赏的文字，一边自言自语说："他们已经读过并记住了《复仇者》及《采蚂蟥的人》了，他们不可能已把兰多或佩特或吉卜林先生忘了。《吉姆爷》的任何一页都是英国文学的范本，使他们能够以之为参照评价哈代先生的散文。"为了不使我的客人尴尬，我没等他们认输就立刻转换了话题，并声明：如果他们能在他们挑选出来教导我的文章中，找出一个热情的句子，我愿意收回所有我说过的话，并且烧掉那些我一时感动而写下的文字。我说："对矮灌木的描写，不像对范妮坟墓的描写那样荒诞可笑，但同样是不合理的：写的都是晦涩昏暗的荒野地带。我们不应该害怕软弱这样的字眼，因为正是这样的字眼召唤着哈代先生回到了让他停泊的港湾，乡村学校的校长也应能写得比下面这段话还好：庄重严肃比轻松明快更容易占据他始终紧绷的心灵，那种紧张的感觉常常伴随昏暗的冬日，暴风骤雨或者大雾弥漫的天气而来。蹩脚的语法在软弱的心灵里滋长，而杂草需要经常有人去拔，这种句子读起来让人不舒服；事实上，我更喜欢他表达的那种委婉，至少这表现了哈代先生心中的挣扎和斗争。唉，我们无法克服我们天生的弱点，但是我们可以发现它们。哈代先生在漫长的人生旅程中应该已经发现，因为他的语感不允许他写出漂亮的句子，那最好全都不要。"听着，你们这些哈代先生的崇拜者：

　　再往后它成了那些怪异幽灵的家园，人们发现它是迄今为止那些晦暗的荒野的源生地，而我们只有在晚上梦到逃跑和灾难时才模模糊糊感觉到这些地方，而且梦醒之后再也不会想到，只有类似的情景才会重新将之唤醒。

"但是，"德拉·梅尔先生问道，"你对哈代先生的文字语法风格的批评有什么目的呢？"我回答道："我们三个人都是以文为生的，我们有责任去弄清楚为什么人们特别喜爱那些结构不妥、语法错误的闹剧，为什么这样的错误会发生在莎士比亚的故乡。一个艺术家从不会得到同时代人的公正评价，这是千真万确的。雪莱认为拜伦是英格兰最伟大的诗人之一，歌德同意这种说法。然而，今天每个人都能比雪莱和歌德更好地评价拜伦的诗，而批评本身实际上并未取得明显的进步。实际上，批评似乎退步了，而且，可以说最近以来报纸对永恒的东西几乎太感兴趣了。"

第八章
画家肖像（一）

就在此时，门开了，玛贝尔进来了，而且似乎特别高兴，还带回来了我去年从巴黎回来时没有带回来的镜子，这面镜子的镜身有点灰暗陈旧，但那道厚镶金边却保存得很好。一见到它，我的心里就打碎了五味瓶，说不清酸甜苦辣，我开始后悔当初为了一些无关紧要的经济原因而没有买下它，接着就自问我为什么希望拥有它，难道仅仅是为了向客人证明我是一个有品位的男人？如果真是这样，我所有的那些画也都是出于同样的目的得到的，或者——但我们为什么要冒险去探索我们的内心呢？因为我们都永远无法理解我们自己的本能；只知道我们的本能属于我们自己，我们的理性都是偶然得到的，这就足够了。斯蒂尔，我们之中直觉最敏锐的人，酷爱美好的东西，这种酷爱强烈到会使他收集那些除了他自己以外，不会有其他人欣赏的切尔西的画像和希腊硬币。我一边听着自己现在这个客人说话，一边不禁想到那些同我相处了几乎一辈子的人的简洁肖像，而《埃伯利街谈话录》的读者会欣赏到这些肖像画，其中包括：斯蒂尔的肖像画、汤克斯的肖像画、麦科尔的肖像画、哈里森的肖像画和西克特的肖像画。"但如何来展示它们呢？"我自问。我心里很清楚在文学中没有什么能比肖像画更有趣的了，但我必须视它们为肖像画。能行吗？就拿斯蒂尔来说，他是我从伦敦的画家中精心挑选出来的、唯一能填补马奈之死在我的生命中造成的真空的画家。

弗雷曼先生和德拉·梅尔先生继续着他们轻松愉快的谈话，对此我仅敷衍一下表示关注，直到他们使我想起他们是不是要去赶火车——等等。在送走他们后回来的路上，我脑海里浮现出斯蒂尔先生的形象：胖胖的，脑门发亮，坐在扶手椅里，两手虔诚地交叉放在凸起的肚子上，他的猫蜷缩在壁炉旁边的另一张扶手椅里，两者都小心翼翼地与外界气流的危险隔开。这只品种经过改良的猫喜欢安静地待在那儿，他的家保证了环境的稳定不变。他从不弄脏更不弄坏家里的摆设；他喜欢吃，喜欢睡，睡醒洗漱干净后就独自外出散步。从来没有两种不同的动物性格如此相似。但他们毕竟还是有区别的，猫肯定没有朋友，但他还是认出了那些经常出入于谢纳街109号的猫。斯蒂尔的猫偶尔还会躺在汤克斯的膝上取暖，但很快就厌倦了那双陌生的膝盖，然后带着尊严离开了房间。斯蒂尔，就如同他的猫，只熟悉认识了二三十年的人，但女士除外。威廉·伊登先生很讨厌他，所以玩儿牌时威廉先生的在场会使斯蒂尔显得很尴尬。

斯蒂尔每年6月到10月中旬都有一次例行出游（他本人是一个风景画家），但每年一到5月他就开始痛苦了，如果我和他共度一个5月的夜晚，根本不需要问他情绪低落的理由。我所得到的答案会和去年如出一辙："我想人们在每年的这个时候都疯了；

这里有一封信,是一个女人写来的,她竟然邀我共进晚餐!""但是,斯蒂尔,你6月才走呀。你无须现在就开始为三四个星期以后的出行打点行囊,你的仆人与你都已经是老朋友了。""但必须做很多准备呀!"他回答说,随后陷入了沉思,眼睛盯着自己的猫,显然,它很开心,丝毫没有感觉到即将发生的变化。

一旦斯蒂尔在自己选来避暑的乡下安顿好,他就全神贯注地投入了工作。不画画时,他就思考画面前景中的那些船是不是可以不去掉。它们能吸引人的目光吗?是不是一定要用它们来填补画中的空白?他与一两个画家出游时,他们伟大的幽默感总是伴随着他;他们曾是布朗和科尔斯。布朗现在已很少作画了,至于科尔斯,我早已忘了他身上发生了什么事。他们过去的地位如今已经被他人取代。三人晚餐时相聚,对斯蒂尔来说夜晚有时令他厌烦,因为他必须与朋友交谈,而他的口气又总是显出他的情绪。但是,虽然他的朋友们有时使他厌倦,他还不至于鼓励我去打断那些无聊至极的夜晚,因为他的思绪早已飞到第二天的早上了。若是天气晴朗,他就出去找找灵感;若是下雨,他就在仓房里工作,在帆布上涂水彩颜料,并加以修改。所以下雨天总是受他欢迎,因为斯蒂尔害怕被雨淋,他的猫也一样,他也同样害怕气流,因为气流即使在隐蔽的角落里也能横行无阻,它们就像野兽,虎视眈眈地盯着它们的猎物。用四五个月的时间在英国画一幅风景画是斯蒂尔生活中最重要的事,任何打扰他的人都令他厌烦!汤克斯曾不合时宜地给他写过一封信,坚持说他有责任来参加在斯莱德举办的绘画竞赛的评审工作。在很长一段时间里,汤

克斯一提起斯蒂尔到伦敦这件事,就引用荷马的话:

> 在希腊,这个糟糕的春天,阿喀琉斯发怒了,
> 上帝却还在歌唱那数不胜数的苦恼。

在经过了30年或更多时间的仔细观察和记录后,一个活生生的人应该开始浮出水面。实际上,读者们应该已经开始明白和理解了,但在大自然中总是有差异存在,作者必须消除这些差异,以防它们不一致。但我将大胆一试;我将包罗万象,我必须依靠我的读者来使我将要说的和已经说过的协调一致。没有一个人会想到这个又臃肿又懒惰的人曾一度热衷于跳舞,他的生活又被一个爱情故事所点燃。当那位女士嫁人时,我们为他的痛苦而深感难过。汤克斯、布朗、哈里森、麦科尔都催促他去把她追回来,不然一切就都无法挽回了。我想我们都希望看到斯蒂尔结婚。但他很高兴自己未婚,我们很自然地希望考验他的毅力。一个人永远只关心一件事——他自己的话,从中我能看到他整个人、他的身体,甚至他的灵魂。

我们都在朝着个人心目中的目标前进,但只有斯蒂尔成功了,他的追随者几乎像圣保罗的信徒一样多,他们中有蒂莫西、阿波洛斯、阿奎拉、普里西拉、莉迪娅、尤妮斯。布朗、科尔斯、汤克斯、格雷和惠特勒像他们的先驱一样喜欢崇拜,我们是否可以说是公元57年的先驱?科尔斯,就像巴纳巴斯一样,突然消失了。我发现布朗与佩特有相似之处,如果我深入思考这一

问题的话，应该能发现一个现代的提图斯[1]、盖尤斯[2]、埃拉斯都[3]以及许多其他人。但是一张肖像不应负载太多的细节；在这里只说一句就够了：布朗和科尔斯的地位已被罗纳德·格雷和惠特勒取代了，这导致了使大师略微不安的、过多的爱慕和崇拜，因为他的天才继续用于为自己作画，动力则来源于他从小猫身上得到的静静的同情，猫绝不会整日在他面前跳来跳去、大放厥词。如果让他选择的话，他宁愿自己听到的掌声不要像现在这样响。正如我的朋友龚古尔过去常说的：既成事实绝难改变。斯蒂尔很少写信，也很少发表任何苛刻的观点，但我禁不住想，在他内心深处，即使没有什么想法，也至少有一种感情潜伏着，罗纳德·格雷的欣赏也无法与之相提并论的感情，最谦卑的草图得到的赞美，几乎与几个月才能完成的杰作所获得的赞美完全一样。惠特勒有点又跳又叫，说不定斯蒂尔已经觉得惠特勒很可能会注意到猫的尊严，注意到它讨好自己主子的样子，如何在他周围徘徊，然后回到自己的扶手椅上，一声呜呜声就充分表达了它自己。我深信，斯蒂尔会认为猫的呜呜声是它最好的表达方式。

为了得到斯蒂尔的完整画像，我最好说说他在确保一所完全适合他的需要，并与自己完全和谐的房子时所表现出的精明。这

---

1 提图斯（Titus，39—81），古罗马皇帝，曾任执政官，与父皇共执朝政，镇压犹太人起义，夷平耶路撒冷，即位后所建凯旋门至今犹存。

2 盖尤斯（Gaius，130—180），罗马法学家，所著《法学总论》等成为罗马帝国后期的法学权威著作。

3 埃拉斯都（Erastus，1524—1583），瑞士神学家、医生。

件事他做得太好了，以至于每个读者都觉得自己可能会从以前发生的事，推测出斯蒂尔一定会找一所俯瞰着一条美丽河流的房子，这样，他的画就会在一间客厅里完成，而不是在一间只有画架和横躺着塑像的空阔的工作室里完成了——总之，这是一间连猫都难以忍受的房间。我也不需要告诉读者在斯蒂尔的房子里有多少漂亮的家具，以及一些精选的名画、收藏的硬币、切尔西的瓷器、日本的版画、波斯的铜质浅盘、美丽的雕刻。这些铜质的碟子或浅盘都是不久前他在废旧家具店里淘回家的。汤克斯和我都非常敬慕它们，嫉妒之火在我们心中燃烧，遗憾令我们窒息，因为我们都知道我们可能与它们擦身而过，却没有注意到它们的珍贵。我们叹息、懊悔，很遗憾自己没有花和斯蒂尔同样多的时间在几英里范围内搜寻旧家具店。斯蒂尔熟悉所有这些商店，他知道很多奇特的隐秘角落，在这里可以以极低的价格买到酒或雪茄。

但想要证明斯蒂尔在各个方面都精明，那将会脱离肖像的本质，而滑入细枝末节，如果我只注重细节——尽管这些细节是真实的，但这种真实可能对任何人来说都一样——只讲他如何忠诚于自己那个现在大约85岁或86岁的老仆人，他至今还记得自己小时候老仆人给他洗澡的事，这样读者或许能更明确地理解斯蒂尔。他的老妇人肖像，正如他自己所说的那样，是他付出了几个月的劳动和焦虑才完成的。我想我曾听他说过，老妇人为这张肖像已经在他面前坐了五六十次了。当我们开始欣赏那幅画时，所有看到这幅画的人几乎都认为它是奇迹，其中包括格雷、汤克斯和其他一些我记不起名字的人。这幅画在我们心中引起的敬畏久久无法消失，追随者和崇拜者们心悦诚服地离开了109号，而我们，汤克斯和我自己是他的老朋友，则留下来等待着主人的归来。我属于这幅画最热心的崇拜者之一，但我还有一些微词，因为当我们独自站在画前时，我鼓起足够的勇气问汤克斯：画中架子上的蓝花瓶似乎是一个色调不和谐的无足轻重的东西。他的脸色预示着他要责备我了，但当他用敬畏的声音说话时，我判断我绝境逢生了。他说："它会流传下去"，并请求我在斯蒂尔从前门回来时，不要向他提及我对这幅画是否色泽协调的怀疑。"当然不会！"我回答。即使我现在讲这个故事，那也是为了记录下斯蒂尔是怎样夜以继日地努力工作，甚至像我一样追求完美，因为第二次他再给我看这幅肖像画时，蓝色花瓶与整幅画是协调一致的。我自己也不清楚我在哪一刻最为我的朋友自豪——当我注意到他淡化了蓝花瓶的色泽，或当我意外得知他在一个自己并不适应的国家花了一个夏天画画，因为这里通火车，只要一封电报召唤他回到那个老妇人床边，他只需两个小时就能回到伦敦，可他一直坚持留下画画。"但你又能给她提供什么帮助呢？"我可能会这样问他，如果我这样问了，他不会回答说："我不希望她在我给她道别前离开。"斯蒂尔回答得不会这么俗套。我知道他心中的想法比他不敢说或不会说的话更好；但既然我必须理解他富有感情的木讷，我会说："我们一起生活了那么久，如果不得不分离，那真是太遗憾了。"一天晚上，当我在韦尔大街同他道别时，我理解了他，而且我因我朋友的高贵而产生的骄傲，使我觉得去埃伯利街的路途缩短了。在斯隆广场，我停下来问自己：我是否会停下正在写的书而坐在一个垂死的86岁女人身边，把我唯一有价值的东西作为礼物送给她：手的触摸、我的声音，她86岁了吗？我穿过伊顿广场东部，很高兴找到了自我，终极的自我，我说："这就是当我全身心地、不可遏制地投身于艺术之中时，只要我不愿意，我就一事无成的原因。我们无法抛弃自己，甚至圣人也不会为过去的罪孽忏悔，他们做得很好，因为如果没有罪孽，也就不会有悔悟，我们就成了荒野里的野兽。"

我的笔把我引入了神学的微妙，这与我的模特儿完全不一致，因为他就像他的猫一样没有抽象思维。他从来不像布朗那样厌恶皇家美术学院，也从不把它看成是一切罪恶的根源，而艺术正来源于这些罪恶。他懒得去想皇家美术学院是否彻底堕落了，考虑这种问题只会让人劳累，毫无益处，这样一来他的思绪就平静地回到流动杂货店上了；他对谢纳街门边颇具诱惑性的低语充耳不闻，只感觉那些是他无法进一步了解的东西，而且，对他而言，加入皇家美术学院就是临危舍弃他的朋友。他不可能想到对皇家美术学院而言，他太大了，容纳不下。他肯定考虑过这一点，但他并没有深思下去。这种想法来了又去了，就像一场梦。

我们现在结束第一幅肖像。

第九章
画家肖像（二）

在私下交谈中，汤克斯把斯蒂尔贬低为自耕农，而把自己说成是专家或商人，我没发现他对自己和自己朋友的这种分类有什么错；事实上，我很乐于利用这种分类，因为，这难道不是在一群精选的读者面前初次召见我的朋友吗？

汤克斯在成为画家之前，是一个医生，我不清楚他在医院的同事间名声如何；但我的无知在这幅肖像中并不重要，因为描写或画一个人并不需要这个人一生的资料；艺术知识通常是一种祸根，它能夺走我们的天真，任何一个了解人体的人，在他敢于将自己的一生托付给自己的眼睛前，必然抛弃许多东西。忘记解剖学或将其抛之脑后是汤克斯首先要做的事；抛弃比掌握更难。汤克斯内心对艺术的渴望肯定很强烈，因为这种渴望迫使他抛弃自己选择的并已获得成功的职业，而从事另一种可能会失败的职业。我记得自己也曾面临过如此的两难窘境以及从中感到的痛苦，想必汤克斯也犹豫了很久，直到他生活中的每时每刻都成为一种负担，甚至是极大的痛苦。他过去一直利用闲暇时间练习画画，但当医生的空余时间从诊室转移到英国新艺术俱乐部时，那就不但显得如此普通，甚至是可笑了——一个放弃自己职业的人面对世界时是坦白的，也是羞愧的。之所以羞愧，是因为放弃他选择的道路，就等于承认失败；之所以坦白，是因为他必须摆脱旧人（严谨的知识），从此以后生活于狂喜、梦想、愿望之中，或许是卑贱的愿望，但毕竟是愿望。读者们，想一想，对一个人来说，他在不知道自己还能获得另一个自我的时候，就离开了现在的自我，这是多么令人震惊的事呀！我流下了眼泪，最苦涩的眼泪。汤克斯流泪了吗？我不知道，但我确实知道他从未后悔迈出这一步。

他在英国新艺术俱乐部展出的第一幅画十分令人钦佩，布朗，当时是斯莱德的教授，不久以后就委任他做了斯莱德的绘画老师。就这样，汤克斯一边学习绘画，一边教绘画，因为教与学是相辅相成的，而人是不可能完全学会写作或画画的。我们一直在学习，但没有一个人能像汤克斯那样渴望教与学。他阅读一切与绘画有关的书；他听他的朋友所说的一切；他揣摸着，练习着，祈求上天昭示他艺术的秘密，好像艺术已经成了他的宗教信仰。"我们每个人内心深处都隐藏着一个信仰。"他说。很难想象这个高高瘦瘦的男人没有某种信念。他到底是谁，是圣人还是校长？他肯定不是快乐的享乐主义者，这一点连最漫不经心的观察者在街上遇见他时也会这么说。路人可能会选择他做校长或医生，因为没有人会把他曾经穿过的制服完全抛弃。他是校长！他对此当之无愧。难道阿诺德不是校长吗？但他同时也是一个优秀的英国诗人。汤克斯的艺术激情对斯莱德的重要性，将被布朗、斯蒂尔、所有与他一起工作过的人和正在他手下工作着的人认可。因为布朗退休后，汤克斯取代了他的位子，之后斯莱德越来越发展壮大，在成效和声望上胜过皇家美术学院。难道还会有别的结果吗？布朗一心厌恨皇家美术学院，汤克斯则根本忘记了皇家美术学院的存在，就像天堂的圣徒忘怀世间的罪人一样。

汤克斯高挑、瘦弱，长着长脖子、小脑袋、厚嘴唇、高鼻梁，他的眼睛永远凝视远方的某个高处，他像骆驼一样不断前进、步伐摇摆、头颅高昂。这只骆驼凝重而倔强，很少生气。经过漫长的一天旅程后，骆驼满足地吃着灌木的嫩枝，而经过漫长的一天教学后，汤克斯则是在自己的工作室里随意翻阅书刊，稍稍有点违背了他骆驼一样的本性；因为骆驼几乎什么东西都吃，而汤克斯则不会坐下来吃新西兰羊肉，但他声明，他能一眼看出新西兰羊肉和英格兰羊肉的区别。不过，有一次他在我家享受到了吃正宗新西兰羊肉的乐趣，这使我认为他的偏爱是出于原则而非贪食。提到他对乳酪的鉴别力，他显得自鸣得意，但我只相信他对酒的鉴别力。但我不是豪饮者，我或许喜欢喝啤酒而不是白酒，我喜欢普通的葡萄酒而不是高档的葡萄酒，为此而深为汤克斯轻视，而他则用又长又宽的嘴唇呷饮着一杯波马特酒，因为他从来无法拒绝对美酒的喜爱；喝酒的快乐超过了戒酒的快乐。他曾一根接一根不停地抽烟，一天不知抽多少根，而现在已减少到饭后抽两根，不是一根——而是两根，也不是三根——而是两根。最近几年他已戒掉了布丁和糖果，然而他却说不出自己禁食的原因。他因此像骆驼一样饮食有度，这是他的天性使然。但我怀疑他是否会少喝一杯酒。梅沃伊的看法与我不同，他坚信他将以水代酒，为水彩画放弃油画，为蜡笔画放弃水彩画，最终，他或许会成为蛋彩画画家，或许成为壁画画家，把他的一生都花在脚手架上，花在爬楼梯上，做一个英国式的皮维·德夏凡纳[1]。梅沃伊的预言完全是夸张，但汤克斯却为伦敦大学完成了一幅精美的壁画，而且无疑是他最好的一幅作品。据说没人看见过走时留下痕迹的骆驼。汤克斯画画时非常腼腆和害羞，他作画都是极其秘密地进行的；当我问他正在画什么时，他只是回答说，你总有一天会看到的。无论忙什么，他都不会在画室里有明显的表现。我试图让汤克斯变得自信起来，但我那些关于留痕骆驼的调侃，关于动物因腼腆害羞，甚至在月圆时分也能隐藏起自己巨大阴影的玩笑，所有这些也都不能使他开口。他明确发誓不说出来，只是回答说："在我们的生活里，画画仅是偶然的事情。"但在汤克斯的生活里，画画却是重大的事情。我能从这个答案里得出什么结论呢？我想方设法吸引汤克斯的注意力，但他对我甜蜜的赞美充耳不闻，只是对我说："我画画，是因为我对画画比对其他任何事情都更感兴趣，但是——"这最后的"但是"表明他有什么失望之事，当我和斯蒂尔一起上街时，我表示自己对此很同情。斯蒂尔却使我相信我所观察到的失望只不过是暂时的情绪而已：他过去常常向我们展示他的画，只是自从那个不幸的夜晚以

---

[1] 皮维·德夏凡纳（Puvis de Chavannes，1824—1898），法国壁画画家，以为巴黎大学和市政大厦等公共建筑物所作大幅壁画而闻名。

后——毕竟，他承认了我的猜测是对的，并接受了我的意见。

汤克斯曾接到一份工作，为一对生活在维多利亚时代的夫妇画肖像，他想象过这对上流社会的夫妇在具有维多利亚时代色彩的客厅里谈话的情景。他用手势示意我们注意画室里刚建起的壁炉。我们很羡慕那水晶般的光彩，想知道感情是如何在他和那又长又丑的楔型炉孔之间蒙上一层面纱的。他很幸运地发现了炉前地毯的复制品，他父亲过去常站在上面，我们也为他感到高兴。他给我们看别人送给他用作画画模型的照片，这些漂亮的银版照片都是50年代拍摄的，都像凡·爱克[1]画的头像一样清晰准确。"这个男人，"他说，"长着髯发，穿着手织的外套和上部带孔的裤子，背对着火炉站着。他的妻子戴着盒式项链坠，她的纱裙铺满了棱纹小沙发，正在读一封信——"他的心中充溢着创作的激情，他给我们看他最近两个月以来一直在创作的作品。

"为什么？你的这个男人竟有10英尺高！"我突然惊叫起来。

令人尴尬的安静顿时充斥了整个画室。

汤克斯开始解释道："虽然这看起来似乎是错的，但画的角度是正确的。"

我于是转向斯蒂尔，乞求他的支持。斯蒂尔很不情愿地同意了我的观点，然而却承认女人的头看起来确实太小了。

"天啊！辛勤工作两个月的作品就这样被彻底毁了！"汤克斯

---

1 扬·凡·爱克（Jan Van Eyck，1385—1441），早期尼德兰画派最伟大的画家之一，被誉为"油画之父"。

大叫道,"这都是我的错。我为什么要拿出这些东西给别人看呢?难道我以前做蠢事得到的警告还不够吗?"

"确实就像斯蒂尔所说的,汤克斯,女人的头太小了,仅此而已。"

"不!整件作品都毁了!我必须重新构思,重新再画!我为什么要展示这些东西呢?已展示过的画不再令我感兴趣。"

"但是,斯蒂尔画画时我们能看到,汤克斯,而且——"

"每个人都和别人不一样,"汤克斯回答说,"我的画在完成之前除了我谁也不能看。"

"但模特能看到,汤克斯!"

"模特从不看画,对画也丝毫不感兴趣。即使画作成功了,得到好评,他们在画中的形象看起来很好,他们也只喜欢听人谈画,但对画本身却从来不感兴趣。我不得不重画!没有别的事情可做了——我不得不重画!"

看到汤克斯如此伤心沮丧,我也变得一样沮丧,甚至比他还难过。我请求他不要放弃他的画,只要把那个女人的头像放大即可。

"不,如果那样,这幅画就不再是我的作品了。摩尔,我并不怪你,让你们看到它是我的错。"

"但是,汤克斯,如果你坚持要重画的话,那么你就应为展示过它而感到高兴才是。"对此,汤克斯没有回答,但那晚我们最后道别的时候,他向我道谢,说:"你说出了你的想法,你是对的。我本应在三四天之内发现这个错误的,即使不能,也应能在一两周内发现。你使我避免了不少麻烦,在画完成之前,我们所看到的、所听到的,仅仅是关于这幅画而已。"

读完这几页的读者会以为,汤克斯从此以后会乐意接受别人的评论,因为评论使他避免了主观臆断以及由此可能导致的错误。但是,我们的性格是不会变的,即使能变也会变得很慢。要找出为什么汤克斯不愿意在作品未完成之前展示的原因,我们就不得不推测,那是因为他内心不允许不属于他自己的东西进入到他的作品里。对这种蠢事,没人比汤克斯更了解了;什么是我们自己的呢?歌德不是说过吗?——"当我们来到这个世界上时,我们就再也不是最初的我们了。"这句格言,我以前从不接受,或许是因为我不知道这句话的背景。也许正如歌德所说,一个艺术家,在借鉴了别人——不管是古人还是今人——之后,会在这些借鉴来的东西上赋予自己的思想色彩。色彩本身似乎还不够,我将走进厨房,并要求读者们想象一下,一只挂在食橱里被拔光了毛或被拔掉了一半毛的鸡,和装在盆子里的一碟可口的、颜色诱人的、肉香四溢的、夹杂着熏鱼肉和香肠片的鸡肉之间的差别。在这两种情况下,所用原料都是相同的,但是它们的外表和吸引力却有着多么大的区别!艺术也一样。莎士比亚借鉴《俄瑞斯忒亚》写出了著名的《哈姆雷特》,同样的材料在烹饪中被变成了不同的菜肴。那么我们为什么害怕"在烹饪中"这些单词?我们不能贬低艺术,那是不可能的。而且,我们在这几页只是尽力解释在汤克斯的工作室里所理解的那种艺术。他说:"我认为其他人借鉴是对的,但是我不能这样做,这么做违背我的良知。

我无法告诉你这是为什么，但就是这样。""但最伟大的艺术家也都借鉴过别人，例如伦勃朗、米开朗琪罗和莎士比亚。"我回答道。"我知道，我知道，"汤克斯说，"但我与他们不一样。"他感兴趣的是听我说兰多比弥尔顿更注重自己作品的纯洁性。"但是，"我问道，"汤克斯，你是怎么得到这种良知的呢？你有没有把它带到世界上来呢？你来自一个职业阶级或商业阶级。现在，告诉我，你做外科医生时，曾经帮助过你的你所属阶级的偏见和习惯，现在是不是成了你尽可能想避开的枷锁和障碍呢？"汤克斯回答："我认为没有一个人希望自己成为自己的反面。"当我认同了这一点后，他发誓说：如果我也能认真审视一下我自己的生活，我也会发现自己良心上的不安，不是他那种不安，而是其他限制性的影响，总之，我并不比他更自由。从这些谈话中出现了这样一个问题：我们身上有多少东西是遗传得来的，有多少东西是偶然发生的，又有多少东西是我们从周围环境中得来的？

对于汤克斯这样一个具有哲学鉴赏力的人来说，他很容易被引入一种辩论中去，这种辩论随着人类的出现而出现，并且只要人类在地球上存在就会一直被争论，这是非常有趣的辩论。在这种辩论中，斯蒂尔在几道隔离气流的屏障的遮掩下，沉思着某个下午他在一家旧家具商店看到的一尊涂有金箔的西藏神像，感叹其举世罕见。他没听见汤克斯在说："如果我们在俗人的世界感到不舒适，或不自在，那是因为我们有宗教信仰而他们却没有，他们只是漫无目的地从一种享乐转向另一种娱乐，却没有从花朵上得到任何蜜，就像是一座没有蜂蜜的花园里的蜜蜂一样。古代的圣徒，当俗人在他们的隐居之处寻找他们时，或是他们应召进城时也一定是这样。"我打断他道："你的话使我想起了圣特雷莎[1]著作中的一页。她告诉我们，俗人参观女修道院时，修女并不高兴，所有的交谈很容易被认为是一种欢迎方式，而实际上根本不是一种欢迎，而只是一种厌恶。'当我们的亲戚来看我们的时候，'圣徒说，'我们就听他们谈话，我们尽量随着他们情绪的变化而表示高兴或不高兴。但他们情绪的变化似乎与我们没有任何联系，当他们离开时我们感到高兴，因为我们又可以和上帝以及永恒在一起了。'"

过了一会儿，汤克斯开始谴责社会上的妇女都没有花些钱买画，艺术家的永恒在于满足于自己的才智，了解一个没有艺术赞助人的社会，这时斯蒂尔从对西藏神像的沉思中被唤醒了，或几乎被唤醒了。"我们可能处于艺术的淡季，"我打断他说，"我并没说我们没有处于艺术的淡季，但我不知道我们做什么事可以带来艺术的旺季。""是的，"汤克斯喊道，"我们能够做到。艺术总是潜藏于人类之中，而要促生这个旺季只需要一种鼓励。如果有人回应，就会有艺术，可是却没有任何回应。"从这一点，我们开始讨论工艺的消失，或许还谈到了这对与美好事物同时消失的教育的有害影响，最后我说："汤克斯，你是不是赞成收这样一种税，即当人们的收入超过一定水平之后，每个人每年都应

---

[1] 圣特雷莎（Saint Térèsa, 1515—1582），西班牙天主教修女、神秘主义者，著有《到达完美之路》、灵修自传《生活》等。

该买一件艺术品,不管是好的还是坏的?"汤克斯回答:"我想我赞成!"

我们现在结束第二幅肖像。

第十章
画家肖像（三）

就在我想着西克特，以及我如何将他视为一幅肖像时，我陷入了一种梦境，我突然从梦境中醒来，问自己，是什么让我联想到了一艘驶往特洛伊的船上的瑟赛蒂兹[1]，在寻求可以让我的思绪倒退到三千年前的途径时，我又一次突然坠入梦乡，而这一次是被毕修唤醒的，他是在亨利·莫尼埃[2]的作品中被发现的，并被加入到《人间喜剧》中去了。"西克特，"我对自己说，"如果我有生之年能做到的话，我也要把西克特加到《英国新艺术俱乐部喜剧》中去，因为就像这些人一样，他也是一个嘲弄者，与他在文学上的先驱一样也不一样，他比他们更深奥难测，却一点也不比他们仁慈。"我的思绪继续奔驰，很快，在我眼前呈现出了英国新艺术俱乐部聚会的场景：斯蒂尔、汤克斯还有布朗（我恐怕得承认他们是前所未有的智者尤利西斯、勇敢的阿喀琉斯和无畏

---

[1] 荷马史诗《伊利亚特》中的一名最丑陋、最会骂人的希腊士兵，在特洛伊战争中因嘲笑阿喀琉斯而被杀。
[2] 亨利·莫尼埃（Henri Monnier，1799—1877），法国素描画家、小说家、戏剧作家。

的埃阿斯[1]），站在香农先生画的一幅画前，斯蒂尔、汤克斯和布朗伸出了赞许之手，其他人也都跟着这么做；木匠们以为这幅画被大家一致接受了，就准备为它标上A（A表示已被接受，以保证这幅画不会因空间问题和观点的改变而受到影响）。然而，西克特却及时喊道："我反对！"木匠们显得很惊愕，而评审团的理解力虽然好些，也对他突然用法语说话感到惊奇，西克特此时开始呈现出这样的外表：柔软的身体，圆圆的头，或尖或不尖的手。他的很多神奇的文字游戏已经消失了，因为我现在读的是其作品的重写本，但凭想象补充了一些，下面就是一段：

> 我已冒险收回一幅画，而如果我没将手留在口袋里，这幅画可能已经被举手表决一致通过了。我保留这些画带有一点炫耀的意思，因为，如果评审团面前的这幅画是一个没有恶意的女士度假期间买的一件小东西，只配待在不起眼的小角落，我就不会这么做了。但香农先生的肖像给了我们俱乐部致命一击，而我一直认为这个俱乐部的成立就是为了反对皇家美术学院喜欢的那种错误的艺术。我这样想对吗？我问你，斯蒂尔，我问你，布朗，我问你，汤克斯；问你们所有的人，评审团的绅士们，我请求你们决定这个至关重要的问题。成立俱乐部是为皇家美术学院服务还是为了反对皇家美术学院？

---

[1] 希腊神话中，特洛伊围攻战中的希腊英雄，臂力及骁勇仅次于阿喀琉斯。

西克特等了一会儿，让英国新艺术俱乐部的成员回答。"布朗，你是目前俱乐部最老的成员，我请求你回答。"一头公牛一看到红色的旗子就会低下头，西克特提出的这个机敏无比的问题，使布朗站在了他这一边："这个俱乐部当然是反对皇家美术学院！"

当斯蒂尔和汤克斯以及其他在场的人，都勉强同意布朗为俱乐部所定义的目标时，西克特继续说："既然我们都认为英国新艺术俱乐部的使命不是支持皇家美术学院，你们——斯蒂尔、布朗和汤克斯（不要大家一起说，因为那样我就听不清楚了）能不能告诉我，刚刚带回来的肖像画与香农每年在皇家美术学院展出的肖像画有什么区别呢？我只看到同样的背景，生硬、令人不愉快、像浮石一样凹凸不平，在画面上用一种比浮石更硬的材料，画了一个锡一样的公爵夫人，脸颊和嘴唇涂上了厚厚的色彩，手指则是玫瑰色的。我只看到浮石和锡。现在，如果你看到了任何别的东西，并且可以向我解释为什么我的看法是错的，你们就可以指责我不适合坐在英国新艺术俱乐部的评审团的位子上。如果你们不能告诉我这幅画和香农那些全是用浮石和彩锡完成的作品有什么区别，我希望你不会通过展示这幅画来威胁我们俱乐部的存在，并迫使我辞职。观察一下背景，先生们，观察一下脸和手。"

"香农在皇家美术学院一直很受欢迎，"布朗说，"他为什么要将他的画送到这里来？"对于这个问题，有些人回答说："对呀，为什么？他把自己最好的画都送到皇家美术学院了。"这些辩论以及其他许多辩论似乎对评审团都有好处，大家一致决定：

什么事都比英国新艺术俱乐部可能出现的组织分裂好，特别是组织分裂的原因，可能被某些报纸确定无疑地描述为观点的分裂，说成是俱乐部的某些成员渴望遵从美术学院强制推行的传统，而与此同时，其他成员则希望与美术学院脱离。"我们都了解马斯特·西克特，""勇敢的阿喀琉斯"喊道，"他就是这样处置的。"经过一番商议，已被标上A的油画现在标上了R。有人问是不是忘了吃午饭了。"过一小时再见，"布朗说，评审团解散了，西克特在和我的一个朋友出去时，使我想起了一个叫约翰的豹子，我过去经常为了逗它玩抓它笼子的栅栏；我曾用伞尖这样逗过它，但伞的撑条卡在栅栏上拿不回来了，约翰很快抓住了机会，将我的伞据为己有，并在我眼前将我的伞慢慢撕成碎片，从我的痛苦中获得极大的愉快。就像约翰一样，西克特似乎也从我身上得到了快乐。

我并不完全欣赏约翰的胜利，但我对西克特的赏识，比对评审团里的其他任何人都更多；因为我自己也有点成了瑟赛蒂兹，所以我在《说话人》上的文章里，不能隐瞒对这一事件的记录，结果在英国新艺术俱乐部每年的例行晚餐会上，布朗告诉我，香农想结识我！"为什么？"我问布朗，他回答说：香农对我的不满，不是因为我说了他作品的坏话，而是因为我揭露了陷入困境的委员会的秘密。"但你为什么替他捎口信给我？布朗，我认为你的行为很不理智！"我曾请教过"智者尤利西斯"，他认为我最好缄口不评论那些挂出来的画，并且同时还要抵制那些没挂出来的画的欺骗。但是，布朗——他为什么从香农那里给我带来建议？他是不是想看到一场战斗？"但没有什么战斗，""智者尤利西斯"说；他和布朗以及汤克斯都已经忘了这回事，如果我没有在一两年后宣布，我在辞去《说话人》的职务时，将写出够一本书的文章，并且建议主编让西克特取代我的职务，他们可能一直就把这事忘了。沉默使我紧张。"我们很遗憾你不再写关于艺术的文章了，我们认为这很遗憾。"斯蒂尔说。"我们希望，"汤克斯说，"虽然你不再是固定投稿人了，但你还会继续写下去。西克特的文章写得很聪明，但谁也不知道他将要说什么，或者他对问题持什么观点。我们了解马斯特·西克特。"他继续说："比他自己还了解他；他的行文总是曲曲折折，以至于每当我听说他在写一篇文章，我总要找出一种我所能想起来的最与众不同的观点，当作他最可能支持的观点。""但是，除了汤克斯为艺术家画像本身可能是一种轻浮的举动外，"我回答道，"如果他写关于艺术的文章，他应该非常严肃，或者干脆就不写；艺术是我的宗教。"汤克斯接着说："西克特对波因特僵硬风格的赞赏是否严肃呢？"我回答说："西克特想得到波因特的天才，但以不同的方式使用它。而且，汤克斯，我听你说他非常友好地谈论过早期的波因特：一个坐在维多利亚时期的桃花木镜前梳理头发的女人。""那不是一回事。我可以原谅他所有关于波因特的文章，但我唯一不能容忍他那篇文章，他在文章里称赞《幕间休息》里的肖像。我想你也许知道，《幕间休息》是根据照片画出来的。"

《说话人》星期六发行，但个人订阅者在星期五晚上就能收到，每个星期五晚上，我们用颤抖的双手翻开报纸，期待着读到攻击伦勃朗或提香，或对两者同时攻击的文章，但对其中任何一人的攻击，都不过是要把切尔西置于一个尴尬的地位，这再明显不过了。

"不管人们怎样评价马斯特·西克特，但都不能说他的言论意图明显。""愤怒的阿喀琉斯"说。

我回答说："只要他远离斯莱德，一切都会好起来。"

"每个星期我们都会因他在专栏里用了斯莱德一词而看不起他，如果没发现这个词，我们就开始把他忽略对布朗教学的攻击，看作是一种几乎可以说是罪恶昭著的独创，"我对自己说，"他似乎沉湎于'音乐厅是灵感的来源'的主张，并且还谈到了利马修女。"

布朗和汤克斯更喜欢谈论透纳[1]、康斯特布尔[2]和庚斯博罗[3]；梅沃伊一定感到很孤独，因为斯蒂文森的名字不止一次出现在西克特的文章中。

"什么！"我不禁大叫，"他又写了一篇谈利马修女的文章？这实在是太多了。"

---

[1] 威廉·透纳（William Turner，1775—1851），英国19世纪上半叶学院派画家的代表，英国最伟大的风景画、水彩画和版画画家。其代表作有《被拖去解体的战舰无畏号》《海上渔夫》《狄多建设迦太基》等。

[2] 约翰·康斯特布尔（John Constable，1776—1837），英国皇家美术学院院士，19世纪英国最伟大的风景画画家之一。

[3] 托马斯·庚斯博罗（Thomas Gainsborough，1727—1788），英国肖像画和风景画画家，结合尼德兰美术的写实风格和法国洛可可式技法，形成自己光色清新、富有诗意的风格，代表作有《蓝衣少年》《清晨漫步》等。

"但只要斯莱德被忽略——德加[1]毕竟已在歌舞场中发现了神圣的艺术。西克特目前不可能摆脱惠特勒,后者痛恨英国,一直保持着法国的传统。"斯蒂尔说。

"但西克特永远什么都不是,而惠特勒则将一次次被拒绝。"

切尔西也是如此,它被万众所期待,毫无疑问事情不可能再像以前那样继续下去了,大家每周都期待着一次爆发。爆发肯定会来的,但是什么样的爆发?我们一遍遍问自己、问别人这个问题,直到西克特突然厌倦了利马修女,开始写文章讨论转印纸在平版印刷中的用途,并宣称这种实践都是欺骗性的——即使原话并非如此,也是那种为他和他写文章的报纸带来诽谤攻击的文字。他确实有理由离开《说话人》,并开始在《星期六评论》上发表观点。这种转变是如何发生的,历史学家最终会发现,但是此时此地,我们只能讲述在他受到诽谤之后不久所发生的事。西克特在巴黎成立了工作室;虽然听说法国同行对他的画大加赞赏,并且他的画展每隔一年左右都会在一些画廊举行时,我们也非常高兴,但我们还是希望他能回来。我们爱他,甚至爱他所有的缺点。我们的宴会派对在我们的生活中变得毫无乐趣,透纳、康斯特布尔和庚斯博罗这些名字也已经激不起我们的兴趣,因为西克特不再用其机智幽默的文笔使我们的爱好变得一文不值。斯蒂尔、布朗和科尔斯到乡下,然后携画作回来;汤克斯在沉思拉

---

[1] 埃德加·德加(Edgar Degas,1834—1917),法国画家,早年为古典派,后转向印象派,擅长历史画与肖像画,也擅长色粉画,擅长描绘人物瞬间的动态,主要作品有《芭蕾舞女》《洗衣妇》等。

斐尔前派的问题。所有结果都于1850年集中在泰特收藏了。我们读到过康迪和拉特的言论,但他们的言论如同垃圾,毫无意义,因为我们在想西克特会怎样评论温达斯、桑兹和休斯。我们生活在对他的回忆中,我们最好的谈话都围绕着他在《林荫大道》上赢得的令人嫉妒的名誉以及有关新闻。我们挑剔他的局限,赞美他在迪耶普街的那幅华丽的画,听闻他的价值节节攀升也毫无嫉妒之心。我们很高兴听到这些事,因为我们希望西克特过得好,并且渴望在餐桌旁见到他,但我们知道,在他在法国的前途开始没落之前,我们是等不到他回来的。除非他自己天性中的放纵不羁把他带回来给我们,我们说;而我们都盼着他现在厌烦了法国的工作室、法国食物、法语,甚至他的朋友雅克·布朗什。

我们随后得到的消息是:有人在伦敦见到了他,我们闻此顿感欢欣鼓舞,因为我们需要他的笔;没有第二个人可以写下我们之间出现的可怕的异端邪说。"愤怒的阿喀琉斯"如是说,我们都赞同汤克斯的看法,即西克特回来就是为了结束后印象主义的主流地位,因为后印象主义是一种邪恶的东西,它引诱了斯莱德的学生中最有才华的人,汤克斯本来对这些学生寄予厚望,希望他们能继续透纳、康斯特布尔和庚斯博罗的传统,并不时想到米莱斯[1]和霍尔曼·亨特[2]的传统。大约就在这个时候,强壮的温

---

1 约翰·米莱斯(John Millais,1829—1896),英国插画家,拉斐尔前派奠基人之一,主要作品有《盲女》《释放令》等,并为丁尼生的诗歌、期刊《恭维话》等作插图。
2 霍尔曼·亨特(Holman Hunt,1827—1910),英国画家,拉斐尔前派奠基人之一,代表作有《世界之光》《良心觉醒》等。

德姆·刘易斯胳膊下夹着那本名为《狂风》的厚书趾高气扬地登陆了，他为自己赢得了"切尔西新魔王"的称号。还有罗杰·弗莱，他一从法国回来就开始演讲，讲他在一个名为艾克斯的小镇上看到的一些画；信徒们聚集在一起，蒂莫西、阿波洛斯、阿奎拉、普里西拉、莉迪娅这些过去时代的人物又都出现了，因为世界已厌烦了象征艺术，人们呼唤着：塞尚[1]，塞尚！心灵在创造；物质只是寓言，我们不应该再画那些花园或田野里的可怜的罂粟，而应该描绘那些在天堂中的原始罂粟。这种学说似乎威胁着斯莱德的生存，英国新艺术俱乐部，其附属物，开始考虑拯救它表面的一部分比全部失去它是不是也好不到哪里去，如果革新派的作品被阻止与大众见面，俱乐部很可能就会垮台。但斯蒂尔、布朗和汤克斯不可能依照委员会的命令行事，后者的首要工作便是给他们认为是反真理、反阿波罗的罪孽的画布找个悬挂的地方。他们本人和他们的艺术都会信誉扫地。为了给委员会减少麻烦，他们像三四世纪的诸神一样自我流放了。

在这个世上，或许再没有什么比流放中的诸神更悲哀的了，我想，我不会忘记那些在韦尔大道谢纳街109号度过的悲凉的夜晚：大家坐在一起讨论西克特会不会来给我们表演圣·乔治和龙，写文章评论将在英国新艺术俱乐部展出的新旧信仰混合的画作；只有他是这方面的权威，因为他有无数的追随者。他会站在

---

[1] 保罗·塞尚（Paul Cézanne，1839—1906），法国画家、后印象派代表，认为自然物体均与简洁的几何体相似，对运用色彩和造型有新的创造，代表作有《玩纸牌者》等。

谁的一边？站在温德姆·刘易斯一边就等于不赞成他自己那优美的画，而我们相信，西克特不会这样做，哪怕只是为了在口头上取悦于人——他已花了九牛二虎之力戒绝了这一快乐。我们在猜想，他是否会试图辨析立体派和后印象派的优缺点。发表关于这两个流派的文章会使整个切尔西议论纷纷。但是西克特近况如何？我们已经好几个月没有他的消息了。我们最后一次听说他是说他在威尼斯有一个画室，这一画室或许现在还开着；他在迪耶普街还有另一个画室，不知他放弃了没有；还有菲茨罗夫街的那个画室和夏洛特大街的两个画室也不知怎么样了。也许能在其中的一个画室找到他；如果他不在那儿，照看画室的人也应该知道他的地址。我们也曾经想认真查访这些北方的大街。但我想没有人去找西克特；每个人都不愿使自己的生活受到侵扰。直到几个星期后，我们才听说西克特搬到了卡姆登市，收了许多男女学生，都在他的指导下工作。过了一段时间，我们听说西克特当上了威斯敏斯特学校的绘画教授。我们对他的这些活动毫无准备，不禁疑惑地面面相觑。西克特来拜访过我们一次，在度过了一个使人回想到旧日时光的快乐夜晚后，我们就再也没有见过他了。他又一次抛弃了我们，我们似乎没法指望他返回切尔西了，我们又重拾起在谢纳街和韦尔人道的老话题：康斯特布尔、庚斯博罗和约翰·米莱先生刊登在《笨拙》杂志上的画；或者去汉普斯特德听梅沃伊给我们谈斯蒂文森的绘画和雕塑。我们喜欢他充满睿智的谈论。但是，西克特总萦绕在我们的脑海中。寻找事情的原因是人的天性，但我们不理解西克特有什么必要同时拥有好几个画室：威尼斯一个，巴黎一个，迪耶普一个，伦敦三四个。在切尔西盛传一个谣言，说他在卡姆登市给几个学生做家庭教师，每天晚上在威斯敏斯特艺术学校教绘画课。有人说他好像已停止作画潜心教学了。可当天晚上或是第二天晚上，我们又听人说古皮正在安排举行一次他的大型作品展。汤克斯嚷道："这些消息不可能全是真的！他不可能在同一天里又绘画又教课！"这句话是我、布朗和斯蒂尔都没有情绪反驳的格言。简而言之，西克特的影子笼罩着我们，我们无从逃脱。某种可怕的事情就要进入到我们的生活中来，我们仿佛是田野中眼望着暴风雨的迫近哀叫着的牛群。终于，雷电交加的一刻到来了：西克特从法国带回了他本人发明的绘画方法，运用这种方法，任何聪明的学生都能学会画画，虽然所画的不是受人敬仰的传世之作，却也不会被任何一个通情达理的评审委员会摒弃。"恐怕我们都得失去一半的学生了。"汤克斯说。"读艺术学校就只是学会画一幅作品参加画展。"布朗说，这种自哀自叹的说法，我们没人敢反驳；我们感到他又有点轻率了，他还说："艺术的进程不会受到影响，但是——你怎么看，汤克斯？"不等汤克斯回答，他又说起来："即使有一天你们发现自己能够接受西克特的某些绘画方法，也没有什么背弃可言。""但我们也教一种我们不相信的方法，""愤怒的阿喀琉斯"吼道，"我要辞职！"

没人开口了，大家暂时忘了流放中的诸神，我自告奋勇来给读者们讲一讲西克特的伟大发现：学生怎样才能获得"品质"——天才带给这个世界的礼物，人们一直这样认为。我已经有点夸张了；西克特从未声称他的方法会把他的天才转移给学生。他只不过声称他的方法可以使学生摆脱那种和油毡没多大区别的品质。读者会问："但什么是和油毡容易区分开的品质呢？"为了帮助读者理解，我只能说："每个女人都知道三四个先令一码和520先令一码的丝绸在品质上的差异。但是只有画家们才知道马奈和惠斯勒的品质比任何丝绸、亚麻布、象牙和黄金的品质更美丽。"读者又要问："他们怎么知道呢？"我回答道："在钢琴或小提琴上，风格的美很容易辨别出来。"但如果我进一步说"甚至在书页上也能辨别出风格美"，读者就会放弃希望说"我是永远不能辨别出品质了"。但我不会让他失去希望，为了把他从绝望中拯救出来，我会毫不拖延地回到西克特身上，后者正在沉思怎样才能教会学生避免如此夸张地用油毡表达的品质。他一定常常自言自语说："油毡品质是随着第二种绘画出现的，只有找到一种学生能够掌握的教学方法——我不是说品质（品质是神的礼物），而是说某种看起来像是品质的东西，教育是徒劳无益的。"在这一点上，西克特陷入了更深一层的沉思，通过这种沉思，他内心形成了这些想法，但没有说出来："为什么不能在画上加一些小圆点？这样画出来的人脸也许会使模特看起来像是染上了天花，但至少可以避免看起来像油毡。但怎样克服绘画的困难呢？画画已经成为安格尔和我生命中令人烦恼的困难了，而画正是在被修改的时候变成了油毡。那么学生怎样才能——"他叹了口气，没把话说完，问题似乎仍无法解决，直到有一天他从椅子里跳起来大喊道："我找到了！画画毕竟或多或少是一个主题问题。如果我们忽视一个弹钢琴的女人的手，用她的袖口将手遮住，大部分困难不就消失了？而一个站在炉前地毯上的男人不必靠在壁炉架上，他可以双脚站立，就像一根柱子，他还可以将双手背于背后。而且，学生不必为手、脸，甚至人形烦恼。我们所追求的是品质，或某种被认为是品质的东西。对我们来说，一个以绵延不绝的人行道结束的山形墙已经足够了。学生也不必为价值所困；色调——是的，但没价值的画也可以有品质。价值是16世纪的发明，我们将它们留给斯蒂尔。天空：深蓝色夹杂着朱红色。一个山形墙的末端：棕色夹杂着浅红色。一条金光灿烂的捷径，一个用来激发学生灵感的音乐厅。阴影：自然的棕色。浅色：黄褐色。亮光：那不勒斯的黄色。绘画大师不是精通画画，而是懂得有关教学的ABC，我们不得不做的不是嘲弄绘画大师，而是去改进他的方法，从而使他不落后于时代。那美丽平滑的品质，在圆刷翻转不停画出那一点山脊时，就表现出来了，这是无法传授的。但通过踏、踏、踏的轻声点击，学生将能避免出现油毡现象，而将其固定于自己的位置：背景。"

年轻女士们被西克特快乐的举止以及原始的美貌（这是对作为年轻男人的西克特而言）所吸引，纷纷整理好行囊，两人一组、三人一组或独自游遍整个欧洲，画山形墙的末端。不久以后，带着玻璃装饰品的壁炉台开始流行，这一切的结果，也是结束，是在阿尔伯特音乐厅举行的众多图片展览，其中也有画。斯莱德的教授们齐集画展，思考新出现的情况。盼着退休的布朗沉思着穿过画室，然后突然回来请我就这个问题写篇文章。"当然可以,"我回答,"我在你掌握之中,但我怀疑我们是该忧郁呢,还是应该脱帽欢呼:'奇马布埃[1]时代回来了!'问题不是怎样去阻止泄露,因为根本没有泄露。斯莱德人头攒动;某一天你可以开始拒绝学生,报纸给绘画安排的版面比以前任何时候都多,而且——"

"问题是,"汤克斯说,"在我们斯莱德是否应该采用西克特的教学方法,如果不,那我们是否能与威斯敏斯特艺术学校竞争?问题就是这样。"

"但是,我亲爱的汤克斯,你没理由修改你的教学方法,我们有足够的空间给两所学校和立体派。"

"我亲爱的摩尔,你不为良心所困,将永不能理解生活的特定一面。我不能教我所不信的东西。如果这场关于立体派的讨论还不结束,我就辞职;它正在杀我。幸好我意识到我手中还掌握着我的观众。"

我说:"西克特已经爱上他的一个学生了。我忘了她的名字,但她有最美的奶油似的脖子。"

"您认为,"汤克斯说,"一个陷入爱河的男人除了爱之外就没时间做别的了?"

"是的,如果他真在恋爱的话。"我回答道。

"因此,"斯蒂尔说,"女士的吸引力将把斯莱德从在画上加

---

[1] 乔凡尼·奇马布埃(Giovanni Cimabue,约1240—1302),意大利佛罗伦萨最早的画家之一,具有拜占庭绘画末期风格,被称为意大利文艺复兴的铺路石。

圆点的恶作剧中拯救出来！""美来帮助艺术了，"我答道，"但你只听了故事的一部分。那位女士虽然很喜欢西克特的求爱，却不能确定，一个更年轻的男人——"

"女人怎么会这样！"汤克斯喊道，"她会成为第一个拒绝这个男人的女人吗？他虽然已经50岁，但仍是最潇洒的男人之一，而且肯定是最成功的男人。"

"青春战胜了天才，"我回答说，"但如果她见过西克特——"
"怎么不继续说了？"汤克斯问我。

"我的思绪回到了过去，"我说，"回到了二十多年以前。我离开伦敦和雅克·布朗什一起到迪耶普过了一星期，并且在餐厅里和他以及他母亲谈了谈他们有幸在某一家旧商店遇到的挂毯。这记忆是多么清晰，又是多么模糊！我能看到颜色，每一片绿叶，但设计的样子却不记得了。还有桌子，已经摆好了，还有亚麻布、玻璃及反光的银器。我印象中记得，在傍晚的时候，西克特进来了，肩膀上挂着画箱，滔滔不绝地说着、笑着，他姿态优雅，而他浑然不觉自己就像一只树枝上的小鸟。不，我认为那天在迪耶普的任何一个人都不及西克特年轻。几个月以后，他在伦敦刮了自己的小胡子，金黄色的卷胡子——天知道为什么！从那以后他一直在试图重新损毁自己的外形：剪短头发，蓄着胡子。你今天所看到的他，都是他和时间无法改变的，他那头形和脸形的线条美，他无法抑制或减少的才智，一直通过他的口源源不绝地流溢出来，如果连我们都被他征服了，那么女人若要被他吸引会是多么容易呀！或者是我夸张了？"

第十章 画家肖像（三）

"汤克斯，你等于什么也没说。你说的话很多是对的，我希望年轻女人们应感激自己的运气。""善跑的阿喀琉斯"回答说。

我的视线从他身上移开转到"智者尤利西斯"身上，我问他："你呢，斯蒂尔，你怎么想？你认为她会选择一个天才还是一个年轻人？"

"我认为，""智者尤利西斯"说，"老贾维斯，一个哈默史密斯的家具商，曾对你们说过这样的至理名言：'我并不是说年轻女人嫁给50岁的男人时并不爱他，而是说一旦一个姑娘与人发生了性关系，就会开始关注年轻一些的男人。'你们一定不会忘记，西克特的妻子每天都去看他，我认为他不是那种可以吸引人天天看的男人。你们知道那个关于小丑妻子的故事，她说：'是的，我丈夫在马戏团健谈得不得了，但他在家里就像一只蟑螂一样安静、忧郁。'"

"我们希望，"布朗说，"我们'勇敢的埃阿斯'遇到的这个年轻女子趣味无比高雅，她能使西克特摆脱后印象主义的罪恶。"这些话激励了"善跑的阿喀琉斯"，在晚上余下的时间里，我们又像往常一样指责这一说法以及其他类似的异端邪说，过了11点，这些被同一种思想聚集到一起的男人又像往常那样各自回家。

我不知道在我度过的这个周六之后的哪一个周六，有消息传到韦尔大街，说西克特最终成功地劝说那个年轻女人相信他是好还是坏，天才的召唤最终证明比青春的呼唤更有力量。"我们必须请他们吃顿晚饭。"我说。大家一致同意，我作为西克特最早结识的朋友,应该做东。"我们一定不要穿晚礼服,以示尊重新娘。"斯蒂尔说。汤克斯提醒我说:"如果我忘了买鲜花,忘了在桌子上装饰花环,婚宴就似乎太平淡无奇了。"而他自己则自告奋勇要在新娘到来的时候亲手献上一大束花。"在他们离开的时候献花是不是更好一些?"我问,"好了,汤克斯,你喜欢什么鱼?我可以从德文那里搞到鲈鱼——""鱼无所谓,但一定要有香槟,因为没有香槟就成不了一顿晚饭。因为你不喜欢写信,我就写信告诉他们说我们希望他们8点到。""就这样吧,"我回答说,"一切都将遂你心愿——鲜花与香槟。"我们言犹未尽地分了手,彼此都是一脸神秘。当我们聚在阳台上时,我们的视线落在了维多利亚大街的尽头,因为他们将从那条路来,夜晚变得越来越值得纪念,直到我们再也无法忍受等待的紧张气氛,于是我说:"如果他们拖延太久,我的晚宴就要泡汤了。"

钟声不祥地又敲过了半小时,斯蒂尔问我们应该再等多长时间,我回答说:"如果他们到时发现我们正坐在桌旁,那的确不太好看。"看到斯蒂尔软弱无力的建议没有立刻得到采纳,汤克斯显得很失望,他同意等到9点。

出租车一辆接一辆驶过,直到钟表的指针指向了8点45分,汤克斯喊道:"看!这个司机正在街上找门牌号,一直没找到。他朝我们开来了!车上一定是他们!"出租车停下了,我说:"现在,就要出现漂亮的鞋子、丝质长袜、灰色的丝质长裙,灰色,不是白色,等着看吧;登记过的新娘都是穿灰色衣服。"当西克特跨出出租车的那一瞬间,气氛真是紧张极了;紧接着的一瞬间气氛更紧张,因为新娘没跟他来。"为什么他不把她带来?她在哪儿?"我一边喊一边离开阳台跑下去迎接他。"你很快就知道了。"西克特说,声音轻得几乎听不见。"她没死吧?"我口不择言。"不,她没死。"他回答。在一种沉痛的悲哀中,我领着自己沮丧的老朋友进了屋上了楼,见到了刚从阳台走进来的汤克斯和斯蒂尔。"她嫁给别人了!"他所能说的只这一句话,我们坐在那里面面相觑,不知说什么好,他像我们一样沉默不语。

"晚饭准备好了,先生。"

"晚饭后我会把一切都告诉给你的。"在楼梯上他低声对我说,但我们的好奇心一刻也等不及了,我们宁愿不吃这顿晚饭以换取他晚饭后要讲的故事;我唯恐西克特改变想法,晚饭后不讲那个故事了,于是就不停地劝他喝酒,直到我突然想起,如果他喝醉了,我们就听不到那个故事了。斯蒂尔和汤克斯也一定有同样的想法,因为当上来第三道酒的时候,他们都拒绝了。"不要酒了,玛贝尔,我们在客厅里喝咖啡。"我说。但玛贝尔似乎无法靠近餐柜的抽屉,而且因为我不敢让她离开,我们就都不高兴地坐着,直到最后的关门声才使西克特开始讲他的故事。他用一种低沉的、受过伤害的语调开始讲起来:"她总是祈求第二天,说如果我给她时间习惯结婚的想法,她就会嫁给我。最后,我的忍耐到了极限,想不出还有什么摆脱困境的方法,于是就强把她推进一辆出租车说:'一看到结婚登记处你就什么疑虑都没有了'。""卡登镇登记处坐落于一条并不出名的街上,"西克特接着说,"但她没必要注意它。然而,她注意到了,在她眼里,这家登记处太不上档次了。我说:'我们再也看不到这条街了。''如果你真有你对我说过的那种爱,你就不该要我在这样一条破烂不堪的街上嫁给你。我真不愿意让我的朋友知道我在卡登镇结的婚。''这曾是一座美丽的村庄。'我答道,并说出了各种各样的理由,每种理由都是善良的、诚实的,我试图说服她到楼上来,但她还没跨过门槛,就好像突然失去了勇气:墙上没有画!看到除了她自己所属的教区外,没有什么可以使她满足,我就说:'你事先并没有告诉我。'但她回答说告诉过我。'但在结婚登记处关门之前我们赶不到皮姆利科了。''你为什么要今天结婚?'她问道,并突然转身走了,我感到无论如何自己都是无所适从、每言必失了。我们上了一辆出租车,驱车兜风去了。'到哪儿都行,不论到哪儿都行,只要路途长就行。'我喊道。出租车司机似乎理解了我说的话,带我们去了汉普斯特德西斯公园,一路上我不停地说着同样的话:'到哪儿都行',我们就这样一直开到巴尼特。"

"你们真走那么远吗?"我忍不住好奇地问。"在她注意到我们已身在乡村之前,我们离巴尼特只有两英里路程了。看到田野和灌木丛,她感到有些恐惧,就说:'我们必须回去。'我叫司机掉头转向,但他说汽油快用完了,我们必须继续去巴尼特。我们在巴尼特拖了很长时间,因为司机还没吃晚饭,而就在前往汉普斯特德西斯公园的中途,汽车却坏了。我谈到我的朋友,提到哈默斯利先生,但司机就是不离开他的车,她建议他到车里面陪她。""你们三个就在出租车里过了一夜!"我打断他说。"你睡

第十章 画家肖像(三) 189

着了吗?""没有,他睡着了,而且还打鼾,她靠在我肩膀上打了一会儿盹,当西斯公园出现在我们眼前时,我请求她出来散散步,她回答说:'司机会认为我们想不付钱就离开;所以我们最好不要离开。'8点时,司机发动了汽车,因为我们总不能让他自己推车,所以就帮他一起推,但我们却推不太远,我不知道如果我们没有遇到另一辆出租车会发生什么事,后来出现了另一辆出租车,它拖着我们乘的这辆车出发了。哈默斯利穿着长礼服来了,并且听我说我还没有结婚,伊迪丝不喜欢在卡登镇结婚。他给我们提供了早餐,这时,司机回来了,他的车子修好了,她告诉我她决心已定。但刚到结婚登记处,她就说:'看!看!欧内斯特!'她指着登记处门口的一个高个子男人说。那个男人斜靠着手杖,身穿蓝色上衣,戴着灰色帽子。'你要嫁给他还是嫁给我?'我问,她答道:'我不知道现在该怎么办,你们两个最好把这事定下。'我们一致同意将决定权留给她,但她说:'你们两个来决定。''因为你不能下决心嫁给我,'我说,'我想你最好嫁给他。我不能再等了。'我把她留给了欧内斯特,她和他结了婚,并且肯定是在坎伯韦尔登记处结的婚。"

"西克特,"我说,"你来了一个精彩大逃亡;她会让那个家伙变得像当初的你一样可怜。""我宁愿与她同吃黄连,也不愿与另外一个人快乐无边。"他回答说,他话中蕴含的深厚感情令我们肃然起敬,同时也为自己把他轻蔑地看成瑟赛蒂兹或毕修而感到羞愧。也许斯蒂尔和汤克斯不像我那样后悔,他们说了很多装模作样的话,让西克特自己想一想他深陷其中的情形,促使他急于找到合适的词,来表达他自己以及对这种情形的看法。即使狗也会成为演员;只有猫眼中永远只有自己。因此,很可能西克特仍是西克特,即使在悲伤中也是如此,就像我所讲的这样,我们大家都理解了这个平凡的故事,但当我回想起那个晚上时,我突然发现了西克特和汤克斯之间突然爆发的那场争吵的原因。那是一个与绘画有关的问题,不可能是别的什么问题。斯莱德或许是这一争吵的根源。却是在这样一个时刻!我只能回想起那个被打败的、无法为自己辩护的男人形象。

  燃起的愤怒之火很快便平息了。我们的谈话又回到了那个负心之人。我说得最多。我不说了,因为西克特一次也没说起。整个晚上他说的都是实话:"我宁愿与她同吃黄连,也不愿与另外一个人快乐无边。"当他站着环视整个房间时,他对悲伤有了一些麻木,他慢慢意识到他给我的画没挂在墙上:"我看你没挂我的画。""我墙上的光线不够,没法展示它,"我说,"听众席上的人都显得那么小,而且都笼罩在棕色的阴影里,使得画只成了一个黑点。""如果是这样,"他答道,"我能把画拿回来吗?""当然。"我一边找画,一边感到恐惧,唯恐汤克斯和斯蒂尔为此批评我。但他们什么也没说,我们在阳台上看着画家迈着沉重、悲哀的步子走着,手里拿着他的"音乐厅",走到漫长、凄凉的埃伯利街,朝维多利亚街走去,他将在那里搭公共汽车。

  第三幅肖像到此结束。

第十一章
画家肖像（四）

在80年代初期，我住在坦普尔，我想是西克特将我带到了鸡尾酒吧，说他已安排好斯蒂尔来这里见我，我们在一个单间或围起来的空间里见到了他，里面有六个吃饭的人，桌子两边各有三个，当他们取饭后到桌子上吃时，发现连放胳膊肘的地方都没了。桌子对面的地方空着，我们就和他一起坐到了那里。在我看来他似乎是一个安静、富有同情心的年轻人，我很高兴拜访他的工作室，并收下了他的一幅画。我们继续互访；我们的友谊一年比一年深厚，直到布尔战争爆发，我被吓得逃离了伦敦为止，我们的友谊中间经历了很大的断裂。关于英国新艺术俱乐部，我在离开期间一无所知，当我回来时在斯蒂尔的圆桌上，有人给我介绍了俱乐部的一个重要的新成员：彼得·哈里森，一个个子高高、潇洒无比的人，他像西克特一样潇洒，但面孔比西克特看起来更坦率，金发、金须、高鼻梁、白皮肤、蓝眼睛、具有牡鹿的神态和高贵——我不久后发觉他是一只多才多艺的牡鹿。假如读者已经熟悉了我的《致敬与告别》，那么我只需要说晚宴的目的是欢迎我从爱尔兰回来。记忆的耳朵仍能听到汤克斯悦耳的声音:"让他回到我们中间真是太好了,他可以批评我们的画。"但我们现在谈的是哈里森,他的绘画知识令我困惑,于是我就去找斯蒂尔打听,后者咕哝着说:"他和我们一起参加展览。"我们一起上楼时我了解到:哈里森是一个业余画家。

屠格涅夫是一个富有的土地主,兰多也是,而他们各自却为俄国文学和英国文学增添了巨著。斯温伯恩和雪莱都不是为钱而写作,然而谁能说他们是业余诗人?瓦格纳是个穷人,但他宁愿向朋友借钱,也不愿为钱而写作。他的传记作者写他的借钱之事,是向我们揭示他的一切细小的人性方面。这些事以及玛蒂尔德和她的丈夫可以供我写好几页,每当写到关键的词,笔就受到了控制;但我不会受制于我的笔,而是受制于我的主题,那就是彼得·哈里森,他没有画出堪与《戒指》媲美的杰作,瓦格纳的名字为什么要不可原谅地牵涉其中。顺便说一下,他的名字叫哈里森,而不是彼得·哈里森。彼得只是他的一个绰号,至于他怎么得到了这个绰号,我一点都不知道。现在我可以继续我的晚餐会故事了,我要说西克特不在场,他的缺席虽然总是令人觉得遗憾,但这次他却被忘掉了。因为彼得·哈里森的面孔看起来与他风趣的谈话一样令人愉快,而当哈里森在场时,他的光彩总是或多或少暗淡一些,或许是这样,但同样令人愉快。如果我说彼得·哈里森的谈吐更像马奈,西克特的谈吐更像惠斯勒,读者是不是可以从中了解点什么?现在我想起来了,哈里森的着色和他的举止使人想起马奈。马奈也是位富人,在新雅典娜咖啡馆里,他的外貌,实际上连他的言谈举止都不同于靠绘画为生的人。

第十一章 画家肖像(四)

无疑，兰多的外表也使他与——我们可以说与他的良友——某些谈话中的战友骚塞区别开来。哈里森虽然经常和我们在一起，但在我们中间似乎总是一个陌生人，一个误入到我们团体中的人；他的画虽然在很多方面也和其他参展画家的作品一样完整，但也似乎是误进了英国新艺术俱乐部，缺少某种很难定义的东西，可能是习惯。我们希望，报纸也希望，但我们的希望都成了泡影，因为彼得·哈里森事先没有任何征兆就不再给我们的展览送画来了。我写的是"我们"，因为我和这种艺术运动是一体的；实际上，即使我愿意，我也无法与这个运动分开，因为我从一开始就是这一运动的思想批评家和文学阐释者。然而，运动是实际存在的；我曾为这一运动而写作，为我们的展览写作！因为有一段时间我们因为墙上见不到他的画而深感遗憾，并且希望下一次展览时能看到他的归来，时间慢慢流逝着，我们仍没看到哈里森的画，下一次、再下一次仍是如此，当我们在他家吃饭时，他也没给我们看什么画。他以前画的三四幅画仍挂在墙上，但没挂出什么新画；当我们问其中的原因，他说他不再画画了，他的原话是："我已不再为展览画画了。"我记得他说："我不是个傻瓜；我知道什么是好画，我不想让人告诉我这一点。"从那时一直到现在，我一幅彼得·哈里森的油画也没看到过。

艺术并不总是与我们在一起的。我们不知道它来自何处、走向何方。当我们贫穷且不快乐时，缪斯就和我们在一起；而当我们富有时，她就抛弃了我们。这有很多例子，相反的例子也不少，据说缪斯就要求轻松舒适的环境，拒绝跟艺术家到阁楼上去。

缪斯也不会忠诚于年轻男人；她拜访他们，而当他们耗尽半生时，她却又抛弃了他们。而在男人年老的时候，她又来到他的身边，激励他去工作，因此他们又陷入平庸之中。然而，一定存在着某种法则。我们手中的笔写"一定"这两个字太容易了！为什么一定要有一条法则？一定存在着某种秘密，一种艺术家在沉思时既痛苦又不痛苦的秘密。为什么诗人在早晨要坐下来写首诗，有时还写两首或三首？为什么六个月过去了一节诗都没写？他身体状态很好，他睡得很好，吃得也很好，他的女人也爱他。然而，诗人就像扶手椅上的猫一样毫无收获。有时思想的贫瘠是一种缓慢的瘫痪，艺术家的作品一年比一年少，直到他再也创作不出作品。然而，他像以前一样聪明，而且比以前更聪明，他的健康也比以前更好。他能一连走20英里而不觉得疲劳，他能做自己年轻时所能做的一切，除了绘画。

哈里森的健康不是警察的那种健康，也不具有警察的那种力量，然而，我还是愿意相信那句话："我已不再为展览画画了。我不是个傻瓜；我知道什么是好画，我不想让人告诉我这一点。"18世纪有人讲了同样一个故事，他说当他浏览自己出版的一些书时，他对它们并不是完全不满意，但他也清楚地看出它们并不是一流的。换句话说，它们并没有把他提升到英国文学的历史长河里，所以，他宁愿过乡绅那种舒适的、实用的生活，也不愿再在文学领域多费功夫，我认为哈里森的想法就是这样。然而，还有问题的另一方面。一个几乎跻身于一流画家之列的法国画家，一年画20幅画可以有20 000法郎的收入，一个画商找到他

第十一章　画家肖像（四）

说："为什么不只画5幅呢？比你现在画的画大两倍，要多三倍的价钱呢？画小幅油画所用的时间几乎和花在大幅油画上的时间相同。"对此，画家回答说："但我余下的时间做什么？"如果画家在这个国家有一个地方，有几条狗，或一个农场，如果他计划修一条街道或建几所花园，并且一点一点地为花园增加东西，买几本书放在铁书架上，并与法国公司取得联系，请求代为修建一条旧式小道，他的时间会过得很愉快。在早餐和午餐之间可以睡一小觉；午餐时间到了——一天中一次愉快的休息，午饭过后，绕着他大大小小的财产散散步。还有打猎、钓鱼，当他老得无法打猎时，很好——午饭以后再来次小睡。妻子正在沙发上读一部小说。朋友们进来了。下午茶时间到了，朋友们离开了，然后就盼望着晚餐。根据他老到什么岁数，应该鼓励他多吃，还要喝点酒。哎哟！该睡觉了，不知不觉一天已经过去了。

当雄心不再像毛布衬衫一样令人烦恼时，我们都在向快乐的日子出发，为英国文学或艺术增加杰作的无意识的欲望停止了。哈里森在那里，我们不在。当我们在他美丽的房子里与他共进晚餐时，看到眼前都是来自切尔西和德累斯顿的精美画作，以及透纳的水彩画和斯蒂尔的画，我们的怜悯和悔恨为何被浪费了。在我们脚下，是一张可爱的奥比松地毯，这种地毯许多年前我曾犹豫过买不买，但在奥比松地毯前犹豫的人却失去了地毯。啊！啊！这种地毯的美一直是我的痛，但那种痛苦已经被移开了，因为哈里森不再邀请我赴他每年一次的晚宴，而那时我、汤克斯和斯蒂尔都会在场。晚餐在继续，汤克斯在右边，斯蒂尔在左边，但我的位置被谁坐了——谁？或是一直空着？这些都是我想了解的事情，因为我不出席哈里森的晚宴已使我怀疑自己了。我不再是原先的我了，或者应该说不再是我眼中的我了，而这是非常重要的。我被迫离开这些晚宴聚会，这使我多年来形成的对自己的看法变成了零。我将自己看成只给少数人吃的一道菜中的鱼子酱。有机会品尝到这种鱼子酱的人再也忘不了它，吃过牡蛎的人将一生都忠诚于牡蛎。因为喜欢鱼子酱和牡蛎的人都是忠诚的，所以我的朋友都曾忠诚于我，但现在，突然地，事情完全不同了；曾喜欢让我陪伴的人第一次不喜欢我陪伴了。我说错了，还有一个人喜欢我陪伴——一个女人，但她的名字不必在这里说出来。

现在结束第四幅肖像。

第十二章
画家肖像（五）

当我说，多年来我一直是英国新艺术俱乐部的批评家和其观点的阐释者时，我误入歧途了。应该说我与梅沃伊分享了那种荣誉，他是一个多面人，从他的名字上看，他是个苏格兰人（让我们感谢他不是爱尔兰人），长老制支持者（让我们感激他不是罗马天主教徒），一个被苏格兰教会驱逐的人（这一点我们也应表示感谢），而他注定要成为一个苏格兰教会的教徒，他是受教会资助在某所一流学校接受的教育，随后进了牛津大学，在那里获得了各种各样的荣誉，他是一个出色的希腊文和拉丁文学者，获得过纽迪吉特奖[1]，出色的水彩画画家，一个有望做成任何事的人，有些朋友希望他从事绘画，另有一些朋友则希望他写诗，还有一些朋友贪婪于他的名声，希望他两者都做；苏格兰教会，一切教会中最贪婪的教会，则要求他偿还教会为他所花的一切费用。梅沃伊，一个最讲荣誉的人，就回苏格兰还钱。他用自己的钢笔和铅笔获得了成功——天知道他是怎样获得成功的，我是不

---

[1] 英国的罗杰·纽迪吉特爵士1805年在牛津大学设立的一种诗歌奖。

知道。这是一种无法想象的工作，若换成我，可能最终将导致我自杀，或得某种会将我带离这个充斥着债务和神学的世界的愚蠢的病。他是一个最著名的人士，这一点读者可能已经猜出来了，而如果我不亲自告诉读者他长什么样，我不知道读者会赋予他什么外表。他，即梅沃伊，又高又瘦，长腿小头，长着鹰钩鼻子和小而睿智的眼睛，使人想到一只鹤。鹤有长长的腿，长长的喙，聪明的小眼睛深陷。虽然是来自南方的鸟，鹤却带着一种凯尔特人的忧郁气质。下雨时，它把自己裹进翅膀里，就像穿着一件法衣，看起来就像一个沉浸在原罪或是宿命教义中的苏格兰人。我想一定是梅沃伊个人观点的严肃性，促使康德注意到或发明了无论女士们何时聚拢在这个评论家周围，都可以扣上夹克纽扣的方法。我们对此都表示嘲笑，并嫉妒梅沃伊。

梅沃伊在《观察者》上开始了自己的文学生涯，可能是先寄给编辑一些诗，后来被推荐出来，由诗走向了艺术评判。他长期从事写作，又在假期里练习绘画，并创作了很多深得斯蒂尔欣赏的画，然而，在这些画中，却可以发现有一点过于谨慎的感觉，尽管他自己没有说。梅沃伊就像惠斯勒一样，也害怕失败，他坚持这样的信念：肉体上的罪孽无所谓，然而，与感觉上的罪恶相比，它在数量上却是巨大的。在这里，神学再一次起到了自己的作用，因为并不是所有的学派都坚持认为，不管一个人犯了多少轻微的罪行，它们集中起来也抵不上一个致命的罪行。虽然梅沃伊表面上将绘画艺术与文学艺术区分开了，但他更愿意绘画，而不是写作，或许就是为了逃避写作和有更多的时间画画，他才成为泰特美术馆馆长，但是一个来自长老会家族的人不会一事无成，梅沃伊的良知总是促使他探索出新的责任。有多少人在努力追求那一缕希望，即责任时迷失了自我？但让我们不要卷入道德评论中，谴责别人对我们来说已是足够了。后来，梅沃伊被授命照看华莱士的收藏，被一种责任感驱使，他花了很多时间编纂一个个谁也没要求他编的目录。斯蒂尔、汤克斯和我都很欣赏他的画，对他放弃画画一事感到很绝望。但是梅沃伊不受任何阻碍地继续着自己有些阴沉的方式，无节制地培养自己的责任和感觉，直到斯蒂尔和汤克斯开始将他在《周六观察》上的文章（他已经离开《观察者》到了《周六观察》）当成广为传阅的汉普斯特德的权威文章来谈论。斯蒂尔和汤克斯虽然觉得这很可笑，但从没失去对他的钦佩之情。斯蒂尔有点苦恼，因为梅沃伊的判断有时很粗鲁。汤克斯被激怒了，他靠回忆自己与梅沃伊在汉普敦一家花园里的偶然聚会寻求解脱，当时斯蒂尔去那里赏花，而梅沃伊则是去证实他脑海里出现的某种疑虑，即大自然是否有能力处理自身的色彩。

梅沃伊总是比斯蒂尔先到，通过好几个小时的切身仔细观察和思考以后，他得出了对牡丹花的许多错误印象，并深信不疑；有些玫瑰开得还可以，但成堆的过于绚丽的旗杆花却使他眉头紧锁，心情阴沉。毫无疑问，斯蒂尔对花圃和花盆的不经思考的赞美，有可能激起一场冲击到他们友谊的争论，他对他的朋友说了再见。但斯蒂尔无法隐藏自己对这次不欢而散的困惑，坚持不肯离开评论家，而评论家呢，很可能觉得，离开一个完全不知道自己表现出了粗暴行为的伟大画家也是不对的，于是就带着他在花床和花盆旁漫步，然而，斯蒂尔一心一意注意着他的长篇演说，结果没有注意到他后来很后悔忽略了的景点，他在一个晚上就是这样对我们解释的。梅沃伊的谈话中总是有一些东西，虽然很难弄清这一点是什么。而且——随后他的幽默感救了他，他用一种甜美而平淡的声音承认，他愿意听梅沃伊批评希腊花瓶，但认为应该允许花自由自在地开放。

梅沃伊有一部长篇著作，是和一个女士合写的，谈的是希腊花瓶，该书表现出巨大的信息量和细腻的写作风格。我毫不怀疑，希腊陶工被拔得像落入猴子手中的鹦鹉一样干净。如果坟墓可以打开，尘埃被允许说话，陶工将会像鹦鹉一样哭喊：他带给我们一个地狱般的时代！啊！那些苏格兰家伙；我们很难容忍他们。我理解英国人和法国人，但苏格兰人却使我迷惑不解，其中尤其是威廉·阿彻，他把皮内罗的剧本《中间通道》看成不折不扣的杰作。一天晚上，我正坐在剧院里听这部戏，我想起了受一盘录音带折磨的雕塑家托马斯。"这不全是痛苦，"当我们问及他的客人时，他会这样回答，"更不如说是一种强烈的不舒服感。""同病相怜。"我说，我的思绪又回到了阿彻，很多年以前，当我向他咨询独立剧院的事时，他回答说："皮内罗有许多与生俱来的平庸之处，他是永远不能克服的。"阿彻先生在写作这部不折不扣的杰作时，是不是就摆脱了他与生俱来的平庸？或者说阿彻的感觉已经渐渐变得有一些僵硬了？梅沃伊与阿彻之间的区别是世界上最大的区别，然而，他们不相似吗？常言道，异性相吸。我要讲个故事。

斯蒂尔买希腊硬币。这个事实我已经在他的肖像中提到过了，但我或许忘记说了，他是因为它们的美丽带给他快乐才买的，从没想过要借此获得个人名声。他在遇到也同样能够欣赏这些硬币之美的人之前，甚至都忘了谈这些硬币。就在不久前，他从背心口袋里掏出一枚树莓大小的金币，这枚金币铸造于马其顿王国菲利普统治时期，连我都因其美而狂喜。"但你为什么将它放在口袋里？"我问，他没有回答，直到第二天，或更晚些时候，我才了解到他为什么将金币放在口袋里：因为他不愿意与自己的珍宝有片刻的分离。只有放在他的口袋里，金币才是他的，他才可以独自欣赏，或者如果他估计自己周围的人也能欣赏它的美，他就拿出来和大家一起欣赏，因为一旦金币放进小抽屉，它们就变成抽象物，成为思想，而不是私人朋友了。放在柜台上的表和放在表袋里的表是不一样的。恐怕我在这样一个浅显不过的问题上花费的时间太多了，我们最好还是继续讲我的故事。过了没几周，就在我头顶上的房间里，在我的客厅里，谈话转了话题，使我想起了斯蒂尔的金币。汤克斯和梅沃伊都在场。因为我还没看到过金币，所以深为遗憾，但这种遗憾被斯蒂尔打断了。"我口袋里装着金币。"他说着把金币递给了我。"一个古希腊的梦。"我回答，把金币递给汤克斯，在我坐着沉浸在对斯蒂尔品位的敬仰之中时，梅沃伊眉头紧锁。当金币传给他的时候，他严肃地告诉我们，在他看来，金币上两轮敞篷马车和马车夫总的来说是好的，但占的地方太多了，如果这枚金币早造100年，这种错误就可以避免了。金币正面的头像被他斥之为平庸,当时钟指向11点时,我们很高兴谈话开始了。汤克斯说还有一天繁重的工作等着他,我想汤克斯和斯蒂尔的道路与梅沃伊不同真是太幸运了,因为汤克斯可能不会控制自己。梅沃伊可能会受到一些严厉的责备,甚至可能会有人问他:"你有什么权力怀疑斯蒂尔的趣味?怀疑斯蒂尔的趣味肯定会引发他的愤怒,但不会是大怒。在我看来,主要让人生气的是对希腊趣味的怀疑。当然,这里的希腊是指马其顿人的希腊,但毕竟还是希腊。然而,梅沃伊在牛津获得过第一名,还获得过纽迪吉特奖;他的水彩画并不缺乏趣味,充其量只能说他的趣味有点过度了。趣味一词又引起了大家的激烈争论,在我沉睡之前,我一直在构思一封长篇通信,在信中,梅沃伊以及其他一些苏格兰人,可能还有威廉·阿彻,应该争论创作中的节奏问题,直到他们发现编辑躺在椅子里死去了。

现在结束第五幅肖像。

第十三章
魏尔伦

中世纪的圣徒在耶稣离开他们时谈到了自己的苦难,当我们过于沉迷、过于贪婪地献身于艺术,为艺术而忘记了其他一切时,睿智的阿波罗就会抛弃我们。在去年炎热的8月就是如此。我将忒奥克里托斯和兰多放在一边,说:"我们似乎并不能在我们自己的艺术中得到解脱,而只能在一种邪恶的艺术中才能做到这一点。我陷入沉思,想象自己在25年前为了逃避自己,是如何离开自己的家去欣赏《罗英格林[1]》的演出,此剧虽然很普通,却使我在从沙夫茨伯里剧院到维多利亚大街的路上一直兴奋不已。我在都柏林流浪的时候,阿波罗再次从我身边抽身而去。我说:"为什么坐着呆呆地看着路灯一直到午夜?一些业余演员在演出《玩偶之家》。为什么不去看看他们肯定要演得一团糟的演出?"我肯定能找出不少毛病,但我都忘记了,我只记得我在返家途中所感到的狂喜,经过梅里恩广场到埃利广场的路上,我犹如在空中散步。如果我是国王,我将保留一个歌唱团和演奏团,可以随

---

1 德国神话中的圣杯骑士。

时听从我的命令尽情演出,但我只是埃伯利街上的一个穷作者,在上帝离我远去的可怕时刻,无处躲藏,只能靠睡觉打发时光。我在说一个炎热的星期天,去年8月的一个下午,我舒展地躺在扶手椅里,断断续续地睡着,6点的时候,钟声将我唤醒了,或者说我本来就是半睡半醒,我不记得了。"再过一小时,"我说,"克拉拉就要来收衣服了。玛贝尔去度假了。"——在等钟声再次敲响的时候,我又睡着了,这次睡眠是被走廊里勺子和叉子的叮当声唤醒的。克拉拉问我是不是感觉不舒服,我回答:"虽然我身体很好,精力充沛,但我却意识到生命正从我身上消失。"克拉拉没有回答,为了打破沉寂,我就问她准备了什么晚饭。"煎鳕鱼片,先生。""克拉拉,我今天晚上不能吃鳕鱼片。""那就煮着吃。"她说。"不要再说什么鳕鱼了,其他还有什么——""肉片,先生。""克拉拉,整个下午我都感到很烦闷,我想到餐馆去吃。""好吧,先生,肉片就留到明天吃吧。""明天再说吧,"我说,"现在看能不能找到我的帽子。"在克拉拉的帮助下,帽子找到了,我快步向斯隆广场走去,一边走一边想:在皇后餐厅我或许会遇到从剧院回来的熟人;但他们一个都不在,我正为此感到遗憾,目光被菜单吸引住了。我点了一份咖喱烩饭,因为我需要吃点可口的东西,我几乎还没开始吃,一个穿得花里胡哨的人,一个介于苏格兰地主和西班牙贵族之间的人,衣着精美,就像堂吉诃德的影子一样,穿过这个现代世界的屏幕,走了进来。

"坎宁安·格雷厄姆!"我说,我正准备邀请他坐在我旁边,他已准备坐下了,这比他接受我的邀请才坐下要好。因为他希望坐在我旁边使我能有如释重负之感，因为我怕他发现我是一个令人厌烦的同伴，我的担心是多余的，因为他和谁在一起都不会感到厌倦。他要了一份汤，是什么汤？面包皮炖汤！对，肯定是面包皮炖汤；我记不得他吃了什么鱼，然而却清清楚楚地记得我问他是否喜欢吃小羊肉。"很少吃。"他回答，他懂得了我的暗示，即我不想和他一起吃小羊肉，但他点了一道烤鲽鱼片和一份里昂炒蛋，随后我要了一份草莓，但我并没按照英国习惯加奶油冲淡，而是在上面倒了一点葡萄酒。"对蒙马特区的回忆。"他说。

我们喝着咖啡的时候，一个想法在我脑中成熟了：我将邀请他到埃伯利街121号，享用一个小时贵族的灵魂。他同意了；与这样一个西班牙人交谈对我来说是一种精神享受，但在去埃伯利街的路上，我却痛苦地想到，我只能给这个人提供几根香烟，而他，就像全世界都知道的，像堂吉诃德一样说西班牙语，并且大部分时光都生活在原始部落之中，他的话中尽管夹杂着各种各样的方言俚语，却仍对英语情有独钟。他的语言中有一种真正的苏格兰风味，这一点任何人都看得出来。

坎宁安·格雷厄姆一直和有欧洲与美洲印第安人血统的牧人生活在一起，只需在想象中强调一下牛呀、牧犊呀、公牛呀，甚至跑动的骆驼，就可以看见他了。他以确定不疑的口气谈到这些事实，结果使得我们心里总以为这些事都是他自己做的，只要情况许可，他还会再做的。从斯隆广场到埃伯利街的路上，在我想象中他继续一只腿横跨在马鞍上坐着，昏昏欲睡——这些游牧民族总是这样睡的，人和马都是这样睡。我发誓，我纯粹只是为了鼓励他给我讲一些可以使我变成英俊少年的故事，除此之外别无其他目的，所以我才讲了我骑过不会小跑的阿拉伯马的小小经历，以及随后旅行的疲劳，在长时间地寻找合适的修道院之后，我们是如何被困在死海东岸线的干燥沙漠之中的。"坎宁安·格雷厄姆，在野营地打盹儿醒来之后，问你来自哪里、去向何方，或者说你是否注定要死在飓风今天造成、明天又会摧毁的沙丘之中，这时是什么滋味，你知道吗？""我知道！"他回答说，他立刻谈起了他的经历：坐在牧人收拢起来的灌木火周围，灰色的牛群在月光下漫游，像鸟一样，还有什么步枪呀、手枪呀，以及手掷石块的呼啸声，他说自己在60码外可以用石块击倒一头牛，或在一定距离内套住一匹野马，那天晚上我没弄清他到底能在多大距离内用石块击倒一头牛，因为我的客人还没讲完野马的故事，就转而讲起一个男人在海德公园的趣事了，这个人看到坎宁安·格雷厄姆用套索套住一匹马后说："我敢说你套不住我。"我的客人请求那个男人相信，如果他被套住，会摔个大跟头，但那个男人坚持己见，说他完全可以逃得掉。套索抛出去了，那个男人被套得牢牢的，他环顾四周，一脸困惑，就像在职业拳击比赛中被上击拳击中一样。

但这些故事也有讲完的时候，我们的话题转向了天气，炎热的天气给这个文明人带来了精神上的痛苦，他在扶手椅上打瞌睡，脑子里想着一本书中写不出来的一章。我又回到痛苦的根源了；我告诉他，我正在写一本书来代替《印象与观点》。

"利用你做一章节如何？你会介意吗？"我说，"我明天就不得不写了，我给你讲讲我计划怎样处理这一主题，这样大有帮助。"

他回答说："我偶尔会打断你的话增添一些内容，是确实发生在我身上的事，你不会反对吧？"

"恰恰相反，"我回答说，"如果你能谈谈魏尔伦和兰波，不论是什么，都会让我感激的；你从他的诗中获得的任何印象我都可以发展。我所要的就只是一个暗示，某种来自外界的东西；而在内部，他们的名字令我厌倦和疲劳。我将发展你偶然泄露出的暗示，但我真不能再写：魏尔伦的诗歌像忧郁的小溪，而兰波的诗歌就好像在阿弗黑镇的树林里响起的尖锐响亮的声音。《印象与观点》就充满着这种东西。"

"在这种情况下，"坎宁安·格雷厄姆说，"你最好不要写这些文章。"

"但我不能不写这些文章，因为就是我将这些诗人介绍到英国的，也几乎可以说是我把他们介绍给法国人的。如果我没有从外界得到什么暗示，我将会写另外一篇文章，发表在某家杂志上，文章名字为《魏尔伦和兰波天才的某些方面》。亨利·詹姆斯的天才有那么多方面已经被人写成文章发表过，所以编辑一定还欢迎这样的文章名字，即使我在长达12页的文章里什么也没说，他们也会欢迎的。令人奇怪的是，在现在这一代年轻人中，竟有那么多的人愿意写艺术论文，他们就这样一直写下去，却始终没发现自己实际上根本没什么东西可说。"

"还有更奇怪的，"坎宁安·格雷厄姆说，"就是20年或30年才写一部杰作，却一连50年都生活在由此带来的逐渐衰微的荣耀之中。"

"兰波就是这样的人，"我回答说，"他18岁时写了一部杰作，自那之后就归隐到阿比西尼亚赶骆驼去了。"

"现今时代，人们读书不是为了获得书中的知识，而是因为作者的性怪癖。"精明的西班牙贵族说。

听我谈了一段时间后，他问我怎么将兰波文学作品的贫乏与魏尔伦联系起来，因为后者一直到生命的结束都在写美丽的诗。我回答说："魏尔伦和兰波的名字是因为他们彼此之间的相互吸引——既有精神上的吸引，也有肉体上的吸引——才被联系到一起的。"我们又谈起在布鲁塞尔发生的枪杀事件，以及魏尔伦因被控谋杀罪而被囚禁的事。随后我们一直随意地聊着，直到坎宁安·格雷厄姆记起了兰波曾加入过唐·卡洛斯的军队，但他一拿到钱就擅离职守，溜走了。可他想不起来他是在什么情况下加入军队，并代表荷兰军队在爪哇服役，事实上，船刚一靠岸，他就又溜走了。我们一直认为他在英国当过翻译，随后我们就失去了联系，直到有消息传言他乘船去了亚历山大港。我们在想象中与他在埃及又见面了，他正骑着骆驼走在去阿比西尼亚的路上。

坎宁安·格雷厄姆说："如果你选择写一本关于兰波的小说，你就必须亲自到阿比西尼亚去体验当地的民俗风情。"

"我亲爱的坎宁安·格雷厄姆，如果我追随兰波的踪迹去阿比西尼亚，我就必须重温所有旧地，而不是重开新途。"

"兰波没有对他的旅途做任何记述，"坎宁安·格雷厄姆回答说,"如果你不打算讨论魏尔伦的诗,也不去了解他和兰波、吕西安·莱蒂诺瓦的关系,你的叙述可能就只局限于魏尔伦的宗教感情和经历方面。你会将他的转变和《智慧集》归功于他在蒙斯被捕的经历。"

"但这是事实吗?我怀疑魏尔伦是否被改变了,事实上不是向神学转变。你觉得,坎宁安·格雷厄姆,在魏尔伦身上就没一点苏格兰味道吗,虽然他可能会喜欢灰蒙蒙的天空和多雨的天气,但在争论鬼魂是来自父和子,还是只来自父的争论中,他萎靡不振。"

"他对宗教的依恋,"坎宁安·格雷厄姆说,"仅仅局限于彩色玻璃窗和教皇的赦免。而这些,奇怪得很,并没有阻止他抢去母亲的钱交给吕西安·莱蒂诺瓦——他手里拿着匕首冲向母亲。在我看来,魏尔伦声称,在不道德者之间,他与阿瑟和吕西安不同,他最著名的要求是免除任何形式的道德本能。"

"你忘了,坎宁安·格雷厄姆,这个世界上的道德和信条一样多。"

"请你原谅,"我的西班牙贵族回答说,"道德本能。"

"忘了吗?"我回答说,"美是一种道德,魏尔伦从没有违背过他所意识到的唯一道德。这样的诗人你说有多少?像魏尔伦的诗一样美的诗,从来不曾比令人昏昏欲睡的说教和传统法律的赞许有更永恒有力的影响,的确是这样吗?他的邪恶只是他自己的,已随他一起死亡了。"

坎宁安·格雷厄姆说:"你叫我去寻找人生的目标,我现在找到了一个，就是刚才你的回答。我很高兴你认为我有目标，我会再寻找另一个，因为你鼓励了我。如果魏尔伦的美感不能将他从邪恶中拯救出来，我就不明白它怎么可能去救他人。因为美归根结底是一种比恶更有影响的力量。"

"隐藏在每个苏格兰人身上的神学家开始出现了，"我回答说，"但我想，我能给出一个更好的理由。很少有人能被分成两半。魏尔伦是一个例外，他是一个你会发现很难相处的人，我相信你会同意我的观点，如果只以他的思想去评判他的人，那结果会比以他的行为评判他的人更接近事实。我亲爱的摩尔，难道你不认为魏尔伦的日常生活与他的诗歌完全脱离吗？"

"魏尔伦，"我回答说，"并没有违背他自己的道德标准。不管主题如何，道德总是一样的：

灵魂啊，你记得他吗，在那天堂的尽头，
从奥特伊车站和过往的火车里
每天把你从那个小教堂接来。

"诗歌结尾表现出一种奇怪的喜悦：

我可怜的孩子，从布洛涅传来了你的声音。

"这是一首写给帕西法尔的十四行诗，是他病卧在一家酒店时在床上写出来的，我和迪雅尔丹去看他时，他正在编《瓦格纳评论》。如果我没去看他，我就不会得到写这篇文章的灵感了——也许一个字也不会写，也可能永远都不会写。我不能确定我心里所想的都能实现。坎宁安·格雷厄姆，难道你从未发现自己最终被欺骗了？

> 神和人，我们都如此迷惑。
> 我们追着一个少女，握着一根芦苇。

"怎么会是这样？但不要让你的记忆费神了。我永远不会将这种双重生活付诸纸笔。我会阐述矛盾是如何协调的，以至于同生共死，不可分离却又永远被分开。你有雪茄吗，坎宁安·格雷厄姆？"

"啊，不，谢谢，我从不吸烟，我忘了。当然，一个西班牙人以前没有，将来也不会，永远也不会这样的。我们在说什么？"

"你告诉我和一个名叫迪雅尔丹的人一起去找生病的魏尔伦。"

"噢，是的，魏尔伦曾答应过迪雅尔丹，要为帕西法尔写十四行诗，我们去要。这首诗发表在《瓦格纳评论》上，这一点我是肯定的。因此，一定是在80年代早期，在1884年或1885年，迪雅尔丹对我说：他还没拿到十四行诗。第二天我们就去了报社。但等一下，迪雅尔丹，你已经跟我说过他住在圣殿区，我想我不介意——'等他死的时候，你会为你今天的顾忌后悔的。'迪雅尔丹打断我说。我相信了他的话，就跟着他坐上一辆汽车，到了终点又换了一辆电车,过了一会儿我们换乘了另一辆电车,这辆车载着我们驶过几个工厂和运河。'我们是不是还要坐船?'我问。我的朋友笑了起来,然后停下来问船夫们是否知道莫罗大街,他们的回答对我们并没有什么帮助,于是有很长一段时间,我们迷失在混乱嘈杂的街道里。我们在散发着霉味并喧闹不堪的院子里,不断向每一个路人询问去杜米蒂酒店的路,当我们终于找到这家酒店时,却发现也没多大用,因为六号房间和这家酒店本身一样难找。我们爬了很多台阶,敲了各户的房门,不断得到去六号房间的新'指示'。我们爬得相当吃力,结果,当六号房间出现在我们眼前时,我都几乎不敢相信自己的眼睛。

"一个男孩为我们开了门,他那玫瑰色的脸蛋让我想到了烧饭童。我们在一床肮脏的被褥间见到了魏尔伦。他凶恶的眼睛似乎透射出监狱牢房和围场里那种冷酷的寂静,他光秃且前凸的前额和浓密的眉毛使我惊恐不安。当魏尔伦要向我们展示他那条腿时,迪雅尔丹也一样惊呆了。据魏尔伦说,他那条腿已经好多了,但仍旧给他带来巨大的痛苦,甚至很可能不得不因此再次住院。如果他此时不是想起作为主人应该给我们倒些酒的话,他可能就要掀起被子让我们看看他的腿了。那个烧饭童打了一升酒回来,我们喝着16苏一升的酒,魏尔伦看着我们,为他的玩笑自鸣得意,他认为这个玩笑要比他第一个玩笑——向我们展示他那令人反胃的脚,要好得多。我们年轻、热情、被寄予希望,并且直到如今幸运都一直在宠爱着我们,所以我们应该在喝酒的同时,说服魏尔伦朗诵他的十四行诗给我们听。可猫是不会被老鼠抓住的，魏尔伦在与我们周旋，他说他不会剥夺我们读那首十四行诗的乐趣，他要为我们朗诵它。我们很高兴听他这样说，因为《瓦格纳评论》需要有一些能使所有的读者都感兴趣并支持的东西。他用一种能引起他自己耳朵兴趣的元音连续朗读着，而毫无疑问，这种出乎寻常节奏的韵律使我们的耳朵厌烦。我们认为他的耳朵不能容忍不和谐的音符；我们确信这一点，但投鼠忌器，一想到诗歌的主题，我们就忍住没有表现出我们的质疑。当他开始讲述主题时，他转向那个小男孩，并把女人描述成垃圾。当谈及他的儿子——他没将儿子培养成咖啡馆儿童，可是，魏尔伦断言，有什么买卖比做咖啡馆儿童更适合年轻男子呢？无疑，在那一刻，无论哪一种职业都没有魏尔伦把人贬得这么低，我们也无法忍受与他以及那个烧饭童共处，就起身离开，并告诉自己：我们不能发表那首十四行诗。

"这就是那首你听魏尔伦朗诵的自传体十四行诗，迪雅尔丹第二天对我说。'你不能发表它！'我大叫道。'听着，'迪雅尔丹说，'现在我对你，坎宁安·格雷厄姆，也说同样的话，听着：

> 帕西法尔征服了女孩们，她们的温柔
> 唠叨和有趣的欲望——还有她们的癖好。
> 处男，就让他尝试
> 喜欢轻浮的乳房和那温柔的唠叨。
>
> 他用微妙的心征服了美丽的女人，

她张开冰凉的手臂，喉咙里发出令人兴奋的呻吟；
他战胜了地狱，住到帐篷里
稚气的手臂上挂着一个沉重的战利品
用长枪刺穿了最高大之马的肋部！
他治愈了国王，他自己就是国王
和至圣至尊的祭司。

穿着他钟爱的长袍，荣誉和象征，
闪烁着血液色泽的纯白花瓶
孩子们的歌声回荡在穹顶！

"这首诗的韵律在法语中沉睡了几个世纪，如此之久，使它在法语中显得古色古香。"

"你有没有再见到过魏尔伦?"坎宁安·格雷厄姆问。

"是的！我在回忆录《我的死了的生活的回忆》中叙述了另一次见面，此外还有第三次。我的那本《一个青年的自白》在《独立评论》杂志上发表时，迪雅尔丹请了顿午餐，我的老朋友马拉美出席了，魏尔伦也到场了。我不记得于斯曼来没来，但迪雅尔丹绝不会漏掉他。没有比迪雅尔丹更好的主人了；他使每位客人都很愉快。玛丽·劳伦特，我在回忆录《我的死了的生活的回忆》中曾写到过她，她也露面了。她在餐桌的另一端用眼神传来讯息：她未曾忘记几年前在马奈工作室里缠绵的风流韵事，她可以摆平这件事，并最终以一个优美的鞠躬了结此事，可她绝不愿以此拘束自己，当我没在听魏尔伦说话时，就丢个眼神给予她鼓励。在魏尔伦卑微的声音里，我找不出一丝个人的自豪感，但即使在当时他也一定知道，他是个伟大的诗人。在他的发言中，亦如在他的书中，他就像维永的三节联韵诗里的老妪——一个可怜的基督教徒，缺乏财富和荣誉，但她一直执着地和她的庄园主及上帝一起追求优雅。魏尔伦的名字将永远和维永连在一起，而如果维永不为我们所知，那么我发誓就没有三节联韵诗里重复句的出现：'我在恐惧中生与死'，这是魏尔伦的一行诗，收入《智慧集》？"

第十四章
兰波与波德莱尔

我试图挽留坎宁安·格雷厄姆,因为我还有一半的话没对他说,但看到他眼中浓浓的睡意时,我说:"既然你要走了,剩下的我就不说了。"于是他说以后我们两人要互赠书籍,还答应来摩洛哥旅行,我也答应明天将《克里思溪》寄给他。目送他消失在朦胧的月色中之后,我仍难以入眠,于是就在画室的沙发上躺了下来,因为这样能让我静下心来思考,但脑中仍一片空白,双耳传来漂亮的路易十六时代的大摆钟发出的滴答声。这个钟,是我姑妈20年前在邦德街花了12英镑给我买的,那也是我最成功的一次还价经历。那天离开那家店之后,我碰巧看到对面一家店里正在卖两个灯架,与这只钟很般配,售价16英镑。这些经历在我那本自传小说中已叙述过了,这里就不再重复了。但我还是很乐意提一下,每当钟声响起,我抬头看着它,就会情不自禁地想到我亲爱的姑妈。没有人会厌烦漂亮的东西,要是当初没有选择写作的话,现在我可能已培养出了高雅的艺术情趣,靠这些收藏品,在我死时也许能积攒一大笔钱。然而,文学太吸引我了,我从中得到的收获,绝对不会少于收集那些切尔西陶瓷和路易十六时代的大摆钟所带给我的东西。我收集了18世纪中对我影响很大的大部分作品，除了诗歌。18世纪的诗歌太平淡，但平淡对于自由诗却很适合，因为自由诗不讲究节奏和韵律。正如其他一些无序的东西一样，自由诗是用巧妙的、似是而非的隽语对世界的另一种阐述，因为只有通过放弃自由才能真正获得自由。如果下次去法国，我会就"人类必须被束缚，否则他们将软弱无力"这句格言与迪雅尔丹及他的小诗歌团体讨论一下。他们一定会仰慕魏尔伦，因为他和邦维尔两个人创造了有两个句读的诗歌体：

　　　　他用微妙的心征服了美丽的女人；

以及一些豪放的诗句：

　　　　穿着他钟爱的长袍，荣誉和象征；

还有一些以元音连读结束的诗句：

　　　　孩子们的歌声回荡在穹顶！

但他们为什么同时又仰慕兰波，他的诗歌与雨果的诗、康德·德·伊斯里的诗或赫拉迪亚的诗一样正统。他们崇拜他的诗，不是因为它不流畅，而是因为兰波的诗像戈斯的诗一样清晰连贯。戈斯曾取笑《醉船》这个标题，事实上，有时一个题目用英语说会让人觉得可笑，但用法语说却让人推崇。我们会说一只在波浪中摇晃的船和一个走路踉跄的醉汉，但如果我们把《醉船》说成是一只喝醉的船的话，就变得很可笑了。但这种批评不是很恰当，戈斯本来应该做得更好，那就是不但不会取笑它，反而会注意到这首诗中那些奇妙的诗句，诗人通过这些完美的诗句再现了大海的波涛汹涌。我知道迪雅尔丹和他的团体崇拜拉福格[1]胜过崇拜魏尔伦，因为正是拉福格的天才使自由体诗得以广泛普及，而他们喜爱的却是他的散文：

这个温泉小镇从来没有，从来没有，从来没有怀疑过，由贪婪的登山者委派的市政委员会实际上一点用都没有，尽管他们的华服绝对不是喜剧中的服装。

啊！这一切都不是喜剧！——在这首英国华尔兹舞曲《勿忘我》中，一切都随着时间的推移而演变，那年，我们在赌场听到（很抱歉，我当时在角落里，正如人们所想的那样）华尔兹舞曲如此优雅而忧郁，绵长如河水东流不可断绝，那是我最后的美好时光！——哦！华尔兹啊，要是我能在让你进入这个故事之前，给你一点感觉就好了！

噢，汽油永远不会使手套恢复活力！啊，这些辉煌而忧郁的历史轮回！哦，幸福的表象如此可以原谅！哦，那些穿着黑色蕾丝，在炉边变老的美人，却不了解她们以如此纯洁

---

[1] 朱尔·拉福格（Jules Laforgue, 1860—1887），法国印象派诗人，擅写抒情讽刺诗。

的忧郁，给这个世界带来了谁！

我是通过翻译才知道《道德传奇》的，难道我和他不是同代人吗？当然，我们是同代人。我们曾在《瓦格纳评论》这本18世纪象征主义杂志上读过对方的文章，而且，在我心中还有一点拉福格精神。在《奥利雷的情人》这本小说中，通过露丝的故事，我更加了解拉福格了。在小说中，露丝死在茶色玫瑰花丛中，这是因为拉福格不愿让她和她的诗歌沾染到血红色，诗歌最后的结局也同她本人一样凄美。要是当初他叫我替他翻译这本书的话，我怎么会拒绝呢？因为每次打开《道德传奇》，我都会忍不住激动。露丝这个人物在文学中是独一无二的，我甚至认为她几乎就是他妻子。我敢肯定他是在柏林滑冰时认识她的，这是因为我在翻译这本书时看到他描写到她纤细的腰、在空中舞动的长丝巾以及她黑色裙子下微微抬起的脚。在完成了这部作品后，他就隐退文坛，专心做一名读者，然后结了婚，并带着他的妻子去了巴黎，希望文学能使他聊以度日。迪雅尔丹出版了他的作品，其他没有任何人会这样做。朱尔从他妻子那里传染上了疾病，那个英国姑娘只好端着煎好的药，穿梭于他们的两个房间之中。他们非常感谢星期四晚上爬上来看他们的那几个朋友。不必说，迪雅尔丹也在其中，他已出版了《道德传奇》，就是朱尔放在自己书桌上的那本书。露丝在丈夫死后几个月也死了，没有任何人知道她葬在何处；我并不是想调查清楚事实真相，而只是想继续珍藏他的《模仿圣母月亮》和《善之花》而已。但当迪雅尔丹向拉福格表达忠诚时，他和他的伙伴们也向波德莱尔表达了同样的忠诚。波德莱尔的美学似乎是在一条街上形成的，这条街，如果让我命名的话，我就不叫它里沃利街，而是称之为波德莱尔街，它的水烟管、有琥珀色吹口的长笛、穿洞的黄铜灯、土耳其地毯、燃着的香炉、琥珀色的串珠和象牙，甚至店员戴的土耳其毡帽，这些都令我如此难以忘怀，它们使我想起了《恶之花》，如果我可以给它重命名的话，我会称其为假货一条街，因为里沃利街上的所有东西都是假的。在发生了这些变化之后，我要给波德莱尔的诗集重新命名为《小贩之花》，因为里沃利街上的东西——水烟管、香炉、琥珀色串珠——并非都比杰尔姆更有土耳其风格，比他自己的雕刻更虚假。我们买这些巴黎制造的土耳其灯具时，我们确实还很年轻，从那以后，我们就一直生活在恐惧之中，唯恐更年轻的一代侮辱我们，他们会伸着手指指着我们大叫："波德莱尔！水烟管！土耳其灯！水烟管！"但是，这些年轻人不但没有取笑我们，而且崇拜波德莱尔更胜于雨果，更胜于戈蒂耶，更胜于邦维尔，他们还公开贬低德·缪塞，德·缪塞的诗里的确充满了陈套的话语，却不像波德莱尔那样平民化。我的思绪停止了，我开始意识到微笑已不知不觉爬上了我的双唇，我开始陷入了另一种思考之中。我想到在一天晚上，迪雅尔丹和十几个诗人在瓦尔·樟宜朗诵我的一首十四行诗，在这首诗里，我解释了1920年我没去拜访他的原因：我当时正在写《爱洛伊丝和阿伯拉尔》。

鱼肉煎得好，

比酒吧还精致，
但塞纳河很远，我不敢
放弃皮埃尔·阿伯拉尔。

我是艺术的奴隶；
非常聪明的爱洛伊丝摆出姿势，
不穿衣服，不戴头饰，不化妆，
让我很容易忘记鲱鱼。

但我看到了透明的房子——
树木、草坪和雕像！
迪雅尔丹，我听到了你的教育。

拯救的理性，杀人的信仰，
祭坛响起
被屠戮的神像倒地的声音。

"乔治·摩尔是唯一拜访瓦尔·樟宜的人，他获准遵守规则，"迪雅尔丹喊道，"但他肯定要被指责，因为他用木屑填充神像。这种用木屑填充神像的侮辱性行为以前从没在神像身上发生过，而要不是押韵的需要，这也不可能发生。我曾经试着为他修改最后一行，却无从下笔。用'玩偶'代替也不行，'神像'这个词也不能换掉。用金子、珍珠、宝石、除……以外的所有东西，都不行。"我一听到玛丽批评我的那首十四行诗，我就给他写信道："我会尽力找出令你满意的三行诗来。""不要三行，两行就可以了，"他回复我说，

但我看到了透明的房子——
树木、草坪和雕像！
迪雅尔丹，我听到了你的教育：

传奇终于沉默了，
因为潘已从树林里返回，
烟斗在他的手指下，跳舞。

他写道："老朋友，你的三连音已经不再以两个音韵为基础了。""这种批评不适合于一个完全放弃音韵的人。"我回信说。我修改过的音韵都很普通，因为我放弃了严格押韵所具有的那种鼓舞人心的影响。但是支持自由诗的观点和反对自由诗的观点都超越了我们所能支配的时间。直到今年，我问这个群居部落，如果我在他们的十四行诗里发现14个错误的话，他们是不是可以不再以崇敬的口气说起《圣城商人》。他们没有回答，但似乎急于听我对那首十四行诗进行分析：

恋人之死

> 我们将拥有弥漫着淡淡香味的床,
> 像坟墓一样深的沙发。
> 和架子上奇怪的花儿,
> 在美丽无比的天空下为我们开放。

"我不会用'为什么情人们要睡在同一张床上'这种问题来为难你,但我要问你:'两张床是否并不意味着是在一家酒店;当他有了摆着双人床的房间时,他发现自己已摆脱不开那张长沙发了。'第三行比前两行更糟糕,因为没有人会把鲜花放在搁物架上,不管这花是常见的还是稀有品种。茶杯和茶碟可能放在搁物架上,但鲜花却从来不会,除非是粗俗的韵文需要这样做。请注意,新奇的花儿是在美丽无比的天空下开放的;但事实上将花放在搁物架上使我们无法解释它们怎么能在美丽的天空下开放,如果我们不将其理解为是省略了'我们'的一句话。

> 他们以最后的体温相互温暖,
> 两颗心就像两个巨大的火炬,
> 如一双镜子,
> 相互映照。

"对于那些喜欢音韵的人来说,这首诗是美妙的,尽管它也有很多俗语。让我们把它改为散文,所有好诗都应该能改成散文:

他们以最后的体温相互温暖,
两颗心就像两把巨大的火炬。

"但是如果两颗心毫不吝惜地散发自己最后的热量,他们很难同时成为两把强大的火炬;也许只是冒烟,但不可能熊熊燃烧。

如一双镜子,
相互映照。

"也许会有人说这些话不适合翻译,但翻译能使我们看出它们是多么荒唐:

在玫瑰色的和蓝色的夜晚,
我们交换(èchangerons,这儿我们又押了ron,ron)了一下奇怪的眼神。
像一声长长的抽泣,一切都意味着告别。

"当我说我可以在每行诗里都找出一个错误时,我有点夸张了。'在玫瑰色的和蓝色的夜晚',这句话就没有错误,但不会放过第二句:'我们交换了一下奇怪的眼神。'在一个'玫瑰色的和蓝色的夜晚',我们竟'交换了一下奇怪的眼神'!但如果眼神是奇怪的,那就不能交换了,而且很难理解一个交换过的奇怪眼神,怎么能像一个充满惜别的抽泣。这首十四行诗尽管有错误,却仍然很让人喜欢,被人喜欢的程度不亚于魏尔伦写给帕西法尔的十四行诗,这首诗歌的每一行都很完美。这种混乱的赞美让我迷惑又让我着恼,我通过自己对人这种动物的了解解释它,人不时会昏头昏脑地去喜欢一种美丽的东西,而丝毫不被其丑陋所影响。"

第十五章
文学的热度

1922年年初,重新回到批评界的想法在我心里开始骚动,而当米莱关于三个阿姆斯特朗小姐的画,从都柏林被带到皇家美术学院展出时,我表达内心长期积聚起来的、对拉斐尔前派米莱的崇敬之情的时刻似乎来到了,因为这幅画属于拉斐尔前派,虽然不是家具商所谓的那种一个时代的杰作;整个冬天,我常常坐着问自己应该向哪家报纸投稿。戈斯先生已经和我谈过,让我为《星期日泰晤士报》的某一个或某两个专栏撰写短篇故事,但这些故事在我的头脑里变成了文章。然后我给编辑写信,他大体上接受了我的建议,但希望可以和我谈谈具体的细节问题。于是我们约见了一次,谈了文章的篇幅和稿酬,以及每个月我需供稿的数量,一个月两次对我来说足够了。我向他保证,我的文章不会影响到他的艺术评论文章,如果我严格围绕我邀他谈过的主题写,一切都会很好。但我对这些想法的兴趣很快就超越了我的设想,我忍不住开始写起一篇我认为能抓住大多数人想象的文章。编辑消息很灵通,文章后来于圣诞节发表了。发表的日期似乎并没有什么好处,我的发现并没引起多大关注,这令我很沮丧。我的思绪又转向了迪雅尔丹，他去了法国南方，是为了写一篇酝酿已久的作品。毫无疑问，在这部作品里，耶稣将以被秘密崇拜的巴勒斯坦神的形象出现，在犹太教衰败的时候他才开始出现，而犹太教在此时几乎失去了所有精神价值。"迪雅尔丹从南方回来时，"我说，"将能告诉我为什么我的文章会遭到惨败。"在想象中，我可以看见他在狂热写作的情景，窗户开着，窗帘上轻拂着清甜的地中海的微风，有时整天工作，有时一天工作10个小时、12个小时，或14个小时，他将一整年的工作压缩到两个月做完了。

迪雅尔丹在我好多书里都出现过，但我却没有对他进行充分的描述，而在此却需要谈谈他，我首先让读者们了解一段开始于《瓦格纳评论》时期的友谊故事。5月的一天早上，我碰见了他，他几乎没有胡须的脸上，带着意大利文艺复兴早期的那种纯洁无瑕。我告诉他，我昨天晚上在布兰奇家听说"你已放弃了写作"，他的回答比波提切利更深远，回到了14世纪："因为我认为自己摆脱不了瓦格纳。"现在，无论是谁，只要写得多，就会重复得多，我如果犯了这个毛病，我就会向所有人道歉，并会增加一个迄今为止从未有人说过的新思想：上述会面的结果，就是我和他之后保持了三十多年的亲密交往，我彻底了解了他的思想，我对他的了解就像上帝对他的了解一样——又完整又完美——对我来说，一直未把他作为我的一个文学主题简直就是一种耻辱，因为他是不可比的，是莎士比亚的一个摘要、巴尔扎克的摘录，更多是巴尔扎克式的，而不是莎士比亚式的，是《人间喜剧》中一个尚未发展充分的灵感。除了"外省生活场景"，我几乎能在《人间喜剧》

中的所有故事中见到他。而如果我克制住没谈，那也是因为我没能找到一句能够毫无增删地包容一切的话来表达。上帝知道，当我们穿过枫丹白露使人忧郁的小径时，或者在傍晚抽雪茄时——此时他的妻子已经上床睡觉，他像一只小鸟一样突然开始唱歌——我的思想都在日复一日地寻找寓言故事。就是在这时，当我听着他讲述古巴勒斯坦的神话故事时，我把他想象成了一座布满岩石的小山丘，把我自己当作一个雕塑家，在山上看到大量自己因为金钱不足而永远无法实现的艺术。巴尔扎克也思考着许多从来也没写出来的主题，我们是同病相怜者。在一天早上，在一辆供两人乘坐的轻便双轮马车上，他开始构思一个将军对一场战争的详细描述，而一场马车事故却使他失去了必要的信息。哦，我是说事故吗？一个毫无意义的词，因为事故不可能是独立的，因为所有事物都是彼此相联系的，我们的思想和行为是连在一根锁链上的环，每个环都产生了另一个新环，然后不断依次类推。我们检查我们自己锻造的锁链，急切地想移开那些使我们不高兴的环，但我们发现没有一个环可以挑出来，因为锁链连接得如此紧密。从谁那儿，在哪个咖啡馆，我听到了那么多的教义？咖啡馆的那个穷小伙子怎么样了？奥古斯塔斯过去在认真听完我的讲述之后常常这样说，因为他曾开玩笑地说，我所接受的教育都是在咖啡馆里完成的。奥古斯塔斯会怎样看迪雅尔丹，而迪雅尔丹又会怎样看待奥古斯塔斯呢？因为我永远也不会知道这些事情——奥古斯塔斯已经走了——所以我回到迪雅尔丹身边，请求读者接受一个简短的陈述，以代替我欠读者和迪雅尔丹的一篇长

第十五章 文学的热度

达20万字的文章。

在我们早期交往的日子里,正如前面所提到的,他放弃了音乐,选择了诗歌。从那以后,他做过诗人、编辑、小说家、赌马者、金融代理人和记者。他曾经设法把戏剧作家不一致的活动和圣经批评联系在一起,而所有这些可能性和一些琐碎之事都联系在一根锁链上,这就是迪雅尔丹。在我开始叙述之前,我还要再道个歉。亲爱的读者,他的全部故事是不能在一篇文章中表述出来的,但这可以帮助你们了解到,当他的音乐雄心以平庸和毫无意义的怪癖结束时,他转而编辑评论,首先是《瓦格纳评论》,然后是《独立评论》;在这些刊物都失败后,他花了一小笔钱,购买了一份名叫《世纪末》的报纸,然后又在这份报纸的基础上附加了一份报纸《笑约翰》,从中赚了一大笔钱。他将一部分钱用于创办其他报纸,但都没有赢利,于是就中断发行了。他将另一部分钱用于建造那幢我经常描述的房子,而我还想再描述一下这幢房子,因为这样做令我非常愉快:房子呈长形,有两层楼,从每个窗口看出去,都能俯视山谷;因为樟宜这个村庄并不令人愉快,而迪雅尔丹的房子有一面平坦的墙正对着村子。他的仆人认为,这是一个建筑上的缺陷,因为他们发现,正是这堵墙使他们听不到大街上及院子里的争吵。房子建在摆满了花瓶的石阶之上,又长又直;一楼的所有房间都彼此相通,中间的大厅看起来就像一个圆厅,如此巧妙的景观效果是安格坦设计的,他还创作了一幅伟大的壁画和一个天花板,上面画着三个青铜色的少女绕着枝形吊灯在疯狂地跳舞、旋转;卧室在二楼。阁楼是给仆人住的吗？对于房子底楼以上的部分，以及在5月给我留着的三间翼房，我知之甚少。樟宜山谷是真正的夏之屋，因为如果在空中有一束光线，它就会寻找窗户，而窗户也是如此喜欢阳光，这致使我相信，如果我们忘了打开窗户，它们也会自己打开的。一只黑鸟鸣叫着飞过森林环绕的草地，山羊在高高的草丛中叫着，等人给它带来新鲜的枝条，因为山羊喜欢春天的树枝，就像我们很久以前就在西西里所注意到的那样，此时我们真是心旷神怡。甚至是躲藏在巨树里的石头仙女，也在春天的早晨，愉快地迈开了脚步；当哲学家不再浇灌或修剪他的花时，他就漫步走过微风荡漾的小径，默想着巴勒斯坦的民间传说。樟宜山谷真是个天堂，但每个天堂都迟早会爬进去一条蛇，来到樟宜的蛇是一家锯木场，迪雅尔丹曾犹豫自己是否应该买下那个带花园的毗连的房子，但他没有预见到那堵墙和锯木厂，我想那是战争的一个后果。锯木厂轻微的嘶鸣声几乎被鸟儿的歌声淹没了，但那些租房子度夏的人却因此而抱怨，并试图让房租变得便宜些。去年迪雅尔丹接待了一个应邀于一个星期日来看房子的人，那个来访者说："我听见了樟宜山谷的噪音。"对此迪雅尔丹回答说："是的，人们总是在抱怨，的确有噪音，如果听一听，你就会听见。但我什么也没听见，除了森林的低语声。"那个来访者说："我喜欢森林的低语，而且不能理解为什么人人都期望森林是沉默无语的。"这种声音永远不能远离迪雅尔丹的思想，他一开始哼唱歌曲，鸟儿的歌声就会将他打断，他解释说所有的灵感都是从另一个灵感开始的。为了证实这个理论，他毫不迟疑地发现鸟儿和林中小径完全是一样的。

就是为了来到这个森林避难,迪雅尔丹才中断自己的许多活动,商业的和文学的,退隐到这里休息。樟宜山谷保存着各种各样的书,一打开书架,你会发现堆满了手稿。我想知道在这些手稿中是否能够发现一些关于打赌的书,在这些书里,迪雅尔丹记录了自己每星期日早晨,驾着一辆轻便双轮马车去朗尚时所做的或听到的奇闻逸事,他还相信自己的理论体系,是唯一能够成功对抗以赌赛马为业者的所谓科学的东西。我相信,这是一条奇怪的规律,除了迪雅尔丹之外,没有任何人用过,但如果你仔细想一下,就会发现它虽然奇怪却也合理,就像赌马者或根据自己在报上读到的消息,或根据预兆,或根据提供赛马情报的人的建议,或根据各派的势力影响,或根据某匹马在开始阶段的表现,选择这匹或那匹马,正如一个或所有以赌赛马为业者同盟的人所说的那样;但是,忘掉所有关于马的知识,换句话说,就是忘掉所有的偏见,赌马者的胜利机会就会大大增加。迪雅尔丹说,去赛马场不需要什么专业知识,除非在最后一刻马突然加速,否则就别下注。如果发生了这种情况,就要把所有的钱都押在那匹马上。因为如果一匹马在最后半小时内能突然加速,我们就可以很有理由推断它一定会赢。毫无疑问,这条规律能帮迪雅尔丹赢一大笔钱,这使他在朗尚很受人尊敬。但灵魂是不安定的,生活中充满了变故。一天,迪雅尔丹从朗尚回来,当他从香榭丽舍大街急驰而下时,他的马受了惊,他无法控制自己的马,他所能做的只有使车子保持原来的路线,大声叫前面的马车让路，那些马车也都照做了。快到香榭丽舍的圆形广场时，马似乎累了，看起来会在协和广场前停下来。但是进入大街的最后一段时，情况又有了变化：一个马车夫大概在打瞌睡或是耳聋，当他注意到逼近的危险时，事态已不可挽回。迪雅尔丹的马车和那辆车撞在一起，车里两个上了年纪的老夫人当场晕了过去，巡警来了，赔偿开始了。法院不允许迪雅尔丹庭外和解，最后对他处以10 000法郎的罚款。这次官司上的损失使他大为沮丧，也可能是他对每星期天去朗尚凭运气发点小财，从而缓慢积累财富的速度感到厌烦，于是他放弃了巴黎的赛马场，到了蒙特卡洛。输光了在朗尚和奥特伊赢来的钱后，迪雅尔丹停止了自己的赌徒生涯，成了一名记者，而且是一名成功的记者，位于河谷省尚日市的那所房子就是证明。

我从未弄明白，干扰了《世纪末》成功运作的到底是康德、尼采、巴勒斯坦的传说呢，还是这些报纸一度曾有的吸引力已经消失了？凡事都有自己的旺季，报纸、宗教和我们自己都是这样，迪雅尔丹比他的音乐、他的新闻报道、他的赌马、他的诗歌和戏剧创作都更持久，因此他除了转向圣经批评外，也就无事可做了。肉体和灵魂不能完全被分离，但能从心理的反常现象得出分析结果的一定是敏锐的心理学家。迪雅尔丹高大、英俊并受过良好教育，他说这样的男人外表看起来不像是法国人，倒更像个英国人，长手长脚、小脑袋、宽肩膀，他的情绪总在冲动化和情绪化之间波动，他的感情很容易就倾向平衡。当我们观察他的脑袋时，我们注意到，它并不像我们原先以为的那样圆、那样高，但再往下看，我们可以说：他的前额是一个没有持久目标的人的前额。再观察一下他的眼睛，我们认为：这是一双梦想家的眼睛，而非艺术家的，而且我们记得，迪雅尔丹从没能为他的梦想找到有效的实现形式，不管他的梦想是充满诗意的、充满哲理的，还是充满宗教性的。他的第一个梦想和宗教有关，他曾经希望成为一名神父，但神学院的崇高地位被贬低了，而没有崇高地位，迪雅尔丹就不会向我们展示他的高级神父或天才演员的面孔。尽管如此，我们并非是从他的高鼻子里了解真实的他的，他的嘴更能说故事。迪雅尔丹个子高大，对自己并不太严格。他那并不太光滑的舌头总是舔着嘴唇，当我们留意到他的舌头时，我们会想到他是对生活无比贪婪的人，他简直像动物那样要一下子占有所有的东西，不留一点力气去维持他的渴望。如果他性情中的一种品质和另一种品质不冲突的话，他倒是具有艺术家的那种绝妙的气质。我认为我在他的一部剧本《夫妇》中发现过这一冲突：亨利克·易卜生那沉思、理性的心灵并非其天生具有——我们所说的不是他的全部，而只是一半的他。

我恐怕我这样描述与我维持了一生友谊的朋友，不会受到其他任何人的欢迎，只除了我的朋友们。他们认为，艺术可能是艺术家们用来填充他们的钱包和鞭笞世界上某位偶像的手段，他们利用艺术时傲慢、残忍。我对所有这些看法的回答是：我只是在为少数人写作，为我的朋友写作。关于这一解释，我还想补充一点：我很抱歉我的才能还不能让我在我想去的方向上走得更远，因为我想要仿效霍尔拜因[1]的真实性,他在画布上勾画出自己模特的大致轮廓,目的只是要在画布上表现出模特的灵魂。我也想仿效迪雅尔丹崇尚音乐和文学的那种诚心诚意,他总是那样做,除了艺术的欢愉外,从不要求别的东西,因为艺术对他来说,总是一种秘密完成的仪式,而不必考虑金钱甚至荣耀。他有很多嗜好又敏感。我还记得他创作三部曲的时候,他以自己第一次的爱情故事为动机,在此基础上创作了三部不规则诗体形式的剧本,当最后一部上演后,他对我说:"如果我把所有这些文学作品都寄给她,她是否会离开自己所嫁的牧师,让我回到她的身边?"我记得,在迪雅尔丹尚是个充满激情的年轻人时,他的快乐就是去宣传和教导,在白天或夜晚的任何时候,你都可以得到他的帮助。如果一个门徒凌晨3点来拜访他,站在他的床边说:"迪雅尔丹,我想知道为什么布林希尔德不过是沃坦意志的产物,应该受到沃坦的惩罚,让她长睡不醒,直到一个真正的英雄穿过烈火将她救出?"迪雅尔丹这时就会从床上起来,揉揉眼睛,用他的灵感回想起瓦格纳的人生哲理,我觉得他甚至在梦里都没有停止去歌颂那些哲理,然后开始告诉来访者那些经常在《瓦格纳评论》中争论的要点。但他不会让闯入者仅仅去读最后几行诗,而是表现出很大的耐心,邀请他坐在床边,当他向来访者阐述音乐的玄妙,我在脑海里浮现出他们两个人的形象,在耳边回响着他们的

---

[1] 汉斯·霍尔拜因(Hans Holbein,1487—1543),德国肖像画画家和装饰艺术家,其作品注重表现对象表面的质感与装饰品细节,不注重心理刻画,其代表作有木刻集《死亡舞蹈》。

谈话。我的唇边绽开笑意，我的心中有着慈爱的感受，同时我开始写一个小小的寓言。

在我的寓言中，迪雅尔丹是一个在窗户下的摇篮中沉睡的孩子，在倾泻而下的月光中走来一个善良的仙女，她站在摇篮边说："你将比世界上的任何人都更纯粹地热爱艺术。"而且她预言他将有一项才能，这项才能将在他成年的时候能够抛弃瓦格纳，但是她的话却被一个躲在烟囱里的邪恶仙女听到了，当那个善良的仙女离开后，这个邪恶的仙女站在摇篮旁边说："我无法夺走已经给予你的天资，但我将给予你另一样东西去破坏它：对生活超常的热爱。"所以迪雅尔丹一直就像仙女们所预言的那样，受着两种影响的同等制约，就像被悬挂在天堂和地狱之间，不时满怀着悲痛忧愁返回到艺术之中，就像一个亵渎基督的罪人。有一天，我们一起走下一条从电车道通向山谷的铺满灰尘的小路时，我明智地忠告他在生活上要更加严格一些，他回答说：那样你将把一切生活的滋味和感受从我的生活中驱除！此时谁会不理解迪雅尔丹呢？这种性格对他来说是多么意义深远呀！几天之后，他又说了另一些重要的、意味深长的话："我厌倦了无止境的挣扎，当责任加重时我往往会犹豫不决。"为了更深地了解他，我说道："我总是试图去避免责任。"他回答说："我一生都在收集责任。"这短短几句话蕴含着我们生活的故事，这样简略的陈述将会使读者去想：只追随自己的本能不考虑后果的迪雅尔丹，比那些逃避所有的责任而只承担一项责任的人，更接近于他这种人的本质。这个世界认为，一个男人尽管抛开自己曾抱在怀中的女人而去拥抱另外一个女人，他也比那些强迫自己不结婚的男人更有人性，更容易得到原谅。但是如果所有的人都相似，这个世界对我们来说就显得乏味无趣。然后我的思维忽然一转，想起了博马舍，一个走私犯，他还有其他很多身份，在从巴黎到马赛的旅行途中，他就在马车上写下了《费加罗》，而苏格拉底的形象在他的口述中，比在任何手稿或是手书中更饱和鲜明；耶稣也一样。穆罕默德从不写作，他只口述，这表明，我们赋予读和写的价值只是现代社会愚蠢的一部分。我在上一页写道："像基督的罪人那样满怀着悲痛回归，似乎是相信阿波罗将会板着面孔接待浪子的回归。"

而今天，一本从巴黎传来的、详细记述迪雅尔丹成就的小册子告诉我们，《上帝之死与复活》受到人们的称赞。我对它的全部了解是：《上帝之死与复活》是一本美丽的小书，它一出版我就喜欢上了它，并促使我去寻找别人共同欣赏它，最终我找到了志同道合的人，后者毫无疑问迟早会发现另一部名为《闹鬼》的作品。我是带着疑虑参加这个合唱团的，因为我开始将迪雅尔丹看成一个播种者，他散播着思想，让别人去收获，因此也使他立足于我们生活于其中的无数拙劣作家之上。我开始认为他是其中一个伟大的传教者，一个用话语而不是用"不必惊慌"这样的文字来布道的牧师；事实上，迪雅尔丹最终已经发现自己无法反证那个古老的谚语：无论是谁，他找到了自己就必然失去自己。他不会去写很多书，而且一个写但是写得很少的人似乎比写很多的人更能让人记住；只有巴尔扎克靠很多书流传百世。马拉美说过：任何人都至多能写三四本书——这是对我很有用的至理名言，因为我喜欢听胜听过读，我从来没有这么热情地聆听爱德华·迪雅尔丹的话，对其他任何人都没这么热情过。马奈、德加、莫奈都只是偶然的投稿者，如果有人问我在谁的领域里收获最多，我将回答：迪雅尔丹。每年5月，我都会到俯视着草坪的屋顶，当夜幕降临在花园里，圣保罗作为一个古老的巴勒斯坦宗教的主角从阴影中站起来时，时间就一小时一小时地过去了，我从来都无法接受这种宗教，这就激怒了迪雅尔丹，使他有时会把声音提到不适当的高度，而当我介绍我的信仰时，我会说圣保罗的一些手稿已经包含在了人称《使徒行传》的杂录中了，此时他就更生气。

"我的困难是，"我对自己说（我的肉体在埃伯利街，我的灵魂在河谷省尚日市），"如何说服他能客观公正地看待《使徒行传》。"因为他内心有自己的理论，所以他会轻视与这种理论相冲突的一切，这在我看来，似乎不是什么幽默的行为，有一次他就是这样做的。当我告诉他，我把吉纳萨雷斯描述成竖琴形状的湖，而当一个印度学者告诉我吉纳萨雷斯来自希伯来语，词根就是"竖琴"之意时，我很钦佩自己敏锐的观察力。"一个完全错误的词源！"迪雅尔丹大叫说，他已接受了一种适合其理论的说法。他抗议，他暴怒，一边将拳头在空中挥舞，一边绕着屋子走来走去，一个小时后他到我的卧室向我道歉。但我当然不会生气；我为什么要关心一个我对之一无所知，而他也只知道几个单词的语言中一个单词的词源呢？可不管他对阿拉伯语是否所知甚少，但他通晓《圣经》，如果我能说服他和我一起思考《使徒行传》，或许能够从我在《星期日泰晤士报》上发表的一类文章里选出一篇思想深刻的文章，然而，却无须抽出我曾对以弗所老人们所说过的告别词。毕竟，只有一件事与我有关——保罗的作品被收进了《使徒行传》。

很不幸，我离开报纸就不能思考。因此初稿仅仅只是准备活动。《星期日泰晤士报》的文章我还没思考成熟，还处在谈论阶段。而我的思想常常有三个阶段：谈论阶段、情节构思阶段、文本阶段。对《使徒行传》的讨论至少需要六个专栏，而因为我手头没有六个专栏，所以我就应在第一段说，《使徒行传》里的文献都建立于其他文献的基础之上，是在很多支离破碎的片段基础上修订出来的，在语言和风格上与保罗的作品非常相似，尤其是在感情方面，更是如此。无论谁读到这本书，只要抱着这种认识去读它，以后都会永远被一种想法困扰，即保罗的手稿已被编入汇编。因为我很渴望检验一下自己对下面这段话的理解，我现在就开始谈：

——从我来到亚洲的第一天起你们就知道，我以什么样的方式与你们共度四季。我用全身心的谦卑，用无数的泪水，以及等待耶稣降临的诱惑来为上帝效劳。对你们有益的东西我无所保留，但我已公开向你们显示过，也已经逐家逐户地教导过你们。我向犹太人，也向希腊人证实过我对上帝的忏悔和对耶稣基督的忠诚。现在，看啊，我本着这种精神启程

第十五章　文学的热度

去耶路撒冷，也不知道在那里会有什么降临到我的头上：拯救圣灵在每个城市所目睹的一切，诉说我所遭受的痛苦和折磨。但所有这些都不能打动我，而我生命中的任何东西也都不会打动我。所以我会快乐地结束我的行程，以及我从耶稣手里接受的证实上帝的绝对真理的牧师职务。现在，看啊，我认识你们所有的人，在你们中间我曾宣讲过上帝的统治，你们将不会再看到我的脸。因此请你们记住今天这个日子，在这一天，我洗去所有人的鲜血。因为我没有回避，我向你们宣布了上帝所有的忠告。留心你们自己，也留心所有的人。圣灵使你们成为监督者，来扶持上帝的教堂，这是他用自己的鲜血买来的。因为我知道，在我离开之后，让人难以忍受的残忍之人将会来到你们中间，来到所有人中间。你们自己也应该站起来，说出邪恶之事，把追随这些邪恶之事的使徒拉走。因此看着吧，记住吧，三年来我日日夜夜眼含泪水不停地提醒你们。现在，教友们，我将你们托付给上帝以及他的圣言，这些将能使你们强大起来，给予你们所有那些受上帝庇护的遗产。我未曾贪图人类的银子，或金子，或华服。是的，你们自己知道，这些也是我所需要的，我也拥有这些。我已向你们展示了一切，这是多么辛劳的工作，所以你们应该帮助弱者，记住主耶稣的话，记住他是怎么说的，给予比接受更令人愉快。

他这样说话时，他跪下了，和所有的人一起祈祷。他们都伤心地流泪，扑倒在保罗的怀里，亲吻他，大多数人都因为他说的话和再也见不到他的脸而感到悲伤。他们陪他一起走上船。

"保罗，只有保罗。"我说着，陷入了沉思。我想，这些文字比我想象的更漂亮，更意味深长，更忠实于人性。我继续想，那些伟大的作家也做过其他许多事，但他们唯独没有做这件事：除了保罗，没有别人，甚至保罗自己也很少像在这篇告别辞里那样，邀请我们进入其真实的灵魂。他这些年所经历的一切，以及它们使他形成的品质，全都在这里了。我们仔细看他的眼睛；我们可以感觉到他的呼吸；他的话让我们了解了他的思想和他的本能，但学者们却把这段话归因于路加的所见所闻！这种批评太粗鲁了，使我不得不想，学者们在美学方面还只是小孩子，他们仅仅擅长语法结构，而忽视了文字里所蕴含的灵魂；他们只是讨价还价的专家，只能看到没有灵魂的外在的东西。一个造房子的人一眼就能辨认出某处的接合是一个熟练工做的还是学徒做的。一个一流的作家容易说这篇告别辞是一颗受伤的心在倾诉，而且是那种无法用文字创造出来的哭诉。我知道有一个可爱的书呆子，在他看来文本就是一切，而大自然却不算什么。他可以走过数英里的乡间小道，而注意不到一朵小花或一只小鸟，而如果他在一页印刷物上看到这些东西的话，他会很欣赏这两样东西。我知道一个人，并且每个人都知道别人，但对事物的自然感觉在人身上却是罕有的，而在一个有学识的人身上这种感觉比一个农夫更少，这就是博学的人常常不能区分开，源自个人感觉的文学作品和源自思考、沉思和文献的文学作品的原因。

如果我能把我的想法传达给《星期日泰晤士报》，而不是写那些根本不像我本人的生硬文章，那该多好，因为我不会写作，我只能思考——但还有另外一个原因——是的，的确，还有另外一个原因，而且是最重要的原因，因为我相信保罗亲手写的告别辞，因为它是我在《星期日泰晤士报》上所描述的那种充满"个人激情"的文学作品中的最引人注目的例子。"个人激情"这个词并没能最大限度地表达出我的意思。我把它说成"个人热度"可能会更好，甚至如果将"个人"这个词也去掉，或许还要更合适点；仅仅用"热度"便已足够。聪明的校长无须因学生不能够理解这个词而责备学生，因为即使是才华横溢的诗人玛丽·鲁滨孙，也在回信中引用了卡图卢斯[1]的一些诗句来反驳我关于保罗的观点，我认为保罗是第一个拥有"个人激情"这种最罕见天赋的作家，这种天赋虽然不是最伟大的，却是最罕见的。我又犯老毛病了，我应该说"个人热度"，而不是"个人激情"。因为"激情"一词使读者想到雄辩、高调、激进，而我们所了解的保罗的品质，却不是雄辩，也不是高调，更没有激进，而是一种热。但我究竟能不能向读者清晰地表达出我所谓的"文学热度"的意思呢？给它下个定义是不可能的，但有一些例子能够帮助我们理解它的意义，在保罗的书信中处处可见他的热，有时候像熔

---

[1] 卡图卢斯（Catullus，约公元前84—前54），罗马抒情诗人，尤以写给情人莉丝比娅的爱情诗闻名，其诗作对文艺复兴和以后欧洲抒情诗的发展产生很大影响。

炉般炽热，有时候像野火般狂热。我的思绪回到了《罗马书》中的一段：

> 谁将使我们脱离基督的爱？苦难、贫穷、残害、饥饿、赤裸、危险抑或是战争？正如《圣经》所说，因为你，我们整天被残害，我们被当作了准备送去屠宰的羊。不但如此，冰浴着基督的爱，我们在一切所经之事中就不仅仅是胜利者。因为我相信，无论死亡、生命或是神灵，王位或是权力，从前的事或是将来的事，人或是动物，无论其他任何生物，都不能将我们从上帝的爱中脱离，这种爱是耶稣基督——我们的上帝所赐予的。

现在，在被唤醒了之后，所有人都应该了解到这告别并不是来自清醒的头脑，而是发自内心。这就是我所指的热，这种热直接发自内心，不会因为一些想法而变冷，我应该说"变弱"，但理性不会变弱；"变冷"才是合适的词，因为所有来自理性的东西都使人想起"寒冷"；我们也再也找不到比保罗热度更柔和的文章了，正是这些体现了保罗善良本性的文章为他赢得了所有人的爱。

《腓立比书》无须翻阅，因为在几乎每一页上，我们都会看到一些经文，让人想起在米利都向以弗所长老告别时，弥漫着的那种友好、亲善、温暖的情绪和气氛。为什么我没有在《星期日泰晤士报》中写出我对保罗的单纯欣赏，而避免人们徒劳地找出一些现代或古代的体现热度的文学著作，冒充有学识之人对人进行平庸的训诫？我现在都明白了。我用冰冷的词汇来写热；争论总是冰冷的，学术、理性、思想、沉思、推理，都是如此。总有一天学者们会认识到：这段告别辞是保罗的，并且只是保罗的，因为学问不是做梦，而且只会消失在语法之中。在保罗的希腊语中，人们至今没有充分认识到，语法书没有任何影响，这一点已被忒奥克里托斯和彭斯充分证明了。

"这会使我专心致志于追踪圣保罗为文学注入的一种特质，"我继续思考着，"《爱洛伊丝和阿伯拉尔》中爱洛伊丝的信就充满了这种特质，800年后，我们在圣德肋撒的自传中又遇到了这种特质，甚至比爱洛伊丝不多的几封信表现得更明显。福里埃尔在他的《民间诗歌史》中认为一首《破晓歌》——其中有这么几句：'噢，上帝！噢，上帝！那一天不会远啦！'——是一种负担，对于一个女人来说，这种评论比较深刻，因为一个女人的激情无论如何都会比情爱之夜——不管这一夜是多么漫长——持续得更长久。这就是古希腊女诗人萨福，这就是后来经斯温伯恩扩展的那首原不为人知的西班牙《破晓歌》，它后来就失去了一些原始的热度和自然。雪莱的《印度小夜曲》更为真实，但其中的情感仍是理智的。只有女人才能讲述一个爱情故事，因为女人在恋爱中比男人付出了更大的代价。这就是为什么自然赋予她们比我们更长时间的快乐。曾经有一个女人跟我谈到爱情的快乐，她说：爱情开始时像泡热水浴一样一阵激动，美妙极了；但是我们渴望更激烈一些，于是被融化的感觉随之而来，好像整个身体松弛了下来，之后产生一种撕裂的痛苦，直至灵魂和肉体即将分离。我们搞不清楚这到底是一种痛苦还是一种愉悦——在某一时刻简直是疯狂了，激烈得让我们感觉受不住了。但无论怎样，我们还是挺住了。此后，我们的血液变得凝重，好像是被驱使一样，然后是长时间的快感，整个思想都被淹没了。爱情是这样令人心醉神迷，使人的心不禁怦动。"

第十六章
纯　　诗

摩尔：我亲爱的德拉·梅尔，金玉良言不能与牢骚话混为一谈，我们需要区别对待。我帮你弄的那些鸟儿上星期一从苏格兰运到了，今晚它们就会成为最美味的佳肴了。送它们来的那位朋友将打野味、种蔬菜作为他生活的一部分。他喜欢种完芦笋种豌豆，种完豌豆种豆角，所以我餐桌上的菜蔬总是时令菜。

德拉·梅尔：你因为在法国住久了，所以滋长了你对水煮蔬菜根深蒂固的厌恶，而且你总是很轻蔑地看着我们吃面包酱。

摩尔：面包酱在我看来更适合刚出巢的小鸟，而不是人。但也许正如德拉·梅尔所说，我是在法国时产生的这种偏见。水煮鸡从未出现在这个餐桌上。

弗雷曼：看到大比目鱼让我大吃一惊。

摩尔：这是一种松软、没有味道的鱼，我已经吃了30年，却像其他所有英国人一样深信它的美味。

德拉·梅尔：你是在什么时候，又是怎样发现了比目鱼是一种松软、无味道的鱼？难道是你的味觉突然抵制它了吗？抑或是偶尔听到的一些话唤起了你潜在的厌恶感？

摩尔：我们的艺术品位是随着年龄增长而日益纯净起来的，或许我们在味觉上的要求有了一定的提高，但鱼贩子却并没有考虑到这一点，因为除了鳎鱼、鲟鱼、黑线鳕、鲑鱼、鳟鱼之外，全伦敦几乎不可能再找到其他任何鱼。或许我们偶尔能吃到菱鲆或鲽鱼，但最好的鱼，也就是西鲱鱼，最近50年内在伦敦都吃不到了。过去都是从荷兰将西鲱鱼运到伦敦，但现在任何想吃西鲱鱼的人都必须在5月赶到法国。西鲱鱼5月出现在罗亚尔河，这给人们带来了无法想象的喜悦。西鲱鱼和鲈鱼很相似，不过鲈鱼是在鲑鱼之前、西鲱鱼之后出现的。然而要吃西鲱鱼的话，我们必须去法国。我从来都没弄明白，为什么我们要将灰色的鲻鱼送到法国。鱼贩子们告诉我说，伦敦人太愚蠢了，蠢到连鲻鱼都不吃，但我敢说，他们是因为一些我没能看透的原因，从而决定让我们的生活中没有鲈鱼和鲻鱼。错误可能出在伦敦鱼市场对鲈鱼的联合抵制，这或许最终会迫使我去组织一个鲈鱼俱乐部。如果我能招收到100个会员，鱼市场就不得不对我们让步。我们去客厅喝咖啡吧，德拉·梅尔。你，弗雷曼，要不要再来点酒呢？还有你，德拉·梅尔，不要吗？那么我们不如上楼去吧。你不抽雪茄吗，德拉·梅尔？弗雷曼，我知道，你不抽。很抱歉上次你在这里时我没给你一支烟抽，不过今晚你可以在一个小檀香木盒子里，也就是一个老式的茶叶罐里找到一些雪茄，因为我不喜欢用那种常见的银盒子放烟。噢，就像我不喜欢比目鱼一样,它们也常常不令我开心。我已很长时间没抽烟了,是因为担心,但我又重新开始抽了,因为并非盒子里的每一根雪茄都值得抽,不管你买100支烟要花多少钱。我不知道一根上等雪茄带给人的愉悦能不能充分补偿一支不好的烟所带来的失望。你们两个愿不愿意在关于雪莱和斯宾塞的演讲之际与我共进晚餐?

德拉·梅尔:我不知道在伦敦还要举行这个演讲。

摩尔:那么我必须读一读他们的诗了,因为我认为,即使雪莱和斯宾塞也不会把我骗出伦敦。这两个名字连在一起是一个多么美好的结合啊!我的眼前立刻出现了一对缪斯姐妹:埃拉托[1]和墨尔波墨涅[2]。

弗雷曼:演讲稿写出来是让人听的,而不是让人看的。我敢肯定,这个演讲还会再讲一次,你必须听一听。如果德拉·梅尔不能通知你日期,我会通知你的。

摩尔:请一定这么做。因为我尽管现在只不过是一个散文作家,但我一直对诗歌很热心,在年轻时几乎可以说是狂热读诗的。

弗雷曼:你曾在吃饭的时候说过你读诗一直读到20岁。

摩尔:30岁之后我几乎没看过一本诗集。

德拉·梅尔:诗集!你本应该吓我们一跳的,但我们并没有被吓住。这些话是多么——

---

[1] 希腊神话中缪斯之一,司爱情诗的女神。
[2] 希腊神话中缪斯之一,司悲剧的女神。

摩尔：玛贝尔来了，她给我们送咖啡来了！

德拉·梅尔：诗集这个词唤起了的热烈想象，让我想到了维多利亚风格的整洁的客厅和室内摆设：斜纹布沙发，蜡制的水果，在宁静的星期天下午从窗外传来低声的祷告。

摩尔：我不敢肯定你说得对，弗雷曼，实际上，我认为你是非常错误的。而如果搜索一番律师、医生，甚至军队里的陆军上校们私下里写的那些东西，我们将从中发现大量的诗，成千上万的诗，都是作者从20岁到30岁之前写的。

弗雷曼：但可能你找到的诗都只不过是打油诗而已。

摩尔：很可能是这样，但关于诗的观点是改变的，我倾向于这样的事实：每个人，或几乎每个人，在20岁到30岁之间都写诗。

德拉·梅尔：爱情诗！

摩尔：每一本诗集都主要包括爱情诗，这些诗虽然不是最好的诗，却是最受欢迎的。如果去搜寻律师、医生、陆军上校、警察和内阁官员们私下写的东西，毫无疑问，我们在其中所能发现的诗大部分都不过是对爱情的呼唤而已。虽然如此，要回答为什么这些爱情诗在人们30岁时就会销声匿迹，仍会让人感到迷惑不解。因为对爱情的呼唤这时不会停止，而且很久以后也不会停止。

弗雷曼：你能肯定医生和律师在30岁以后不再继续写诗吗？

摩尔：大多数人都是在15岁和30岁之间读诗、写诗，而以后就很少了。因为年轻时我们会被各种各样的观点和现代诗所吸引，这些现代诗几乎无一例外都是关于同一种观点的，即我们是靠责任、自由和博爱生存的，就像变色龙是靠阳光和空气生存一样，直到我们最终从观念转入现实，认为我们已经失去了对诗的感受力，或许除非我们是古典学者。

德拉·梅尔：我开始理解了。你将确定一个诗的标准。

摩尔：你对这件微不足道的事做了很高的评价。如果你不介意，我就多说几句吧。我认为，不通过阐释性的密码就难以理解生命的真谛，在试图阅读文本之前，一定要牢记这些密码，人生理论都会被充分吸收，即使是一个与众不同的天才，在对这种人生理论进行过简短的审度之后，也乐意躲避在权威和传统之中。圣保罗的校长是泯灭天才的教育权利和环境的典范，即使不是泯灭天才，也至少可以说是泯灭了对天才的表达，使其成为传统和偏见的卑贱的奴隶。例如，他十分了解，作为一种罪孽，乱伦是现代社会的产物。法老们几乎总是与他们的亲姐妹结婚；在古代波斯，儿子可以与他的母亲结婚，而且结合的成果在当时也被认为是神圣的。如同我所说的，校长非常清楚当今习俗不允许乱伦，但是如果有人问他，他会说：拜伦勋爵与他同父异母的姐姐有了私情，是犯了一个非常大的罪孽；然而，我们承认远房堂（表）兄弟姐妹之间的婚姻。父系一方的堂（表）兄弟姐妹和母系一方的堂（表）兄弟姐妹可以结婚，这比妹妹与她的同父异母哥哥结合更有可能。圣保罗的校长也知道，同性恋从本质上说是一种基督教的罪恶。他知道，希腊人——我们将自己的文明归功于他们，而且我们的所有艺术都劣于他们——结婚是为了延续他们的种族，但他们并不爱自己的妻子，只有极少数例外，然而，现代的习俗可能会迫使他去提倡或至少勉强接受被反常的爱所折磨的那些烦扰。

弗雷曼：在过去的两千年间，道德准则一直被连续地筛选着。

摩尔：从基督思想诞生时始。

弗雷曼：如果你愿意这样说的话，可以说是这样的；我们很难相信，在经过了所有这些道德筛选后，我们竟仍不比希腊人更接近真理。

摩尔：在你所说的这些年里，我们的审美观念已经变得很粗糙了。

弗雷曼：但是，在道德层面，我们的观点则更清晰了。

摩尔：我现在明白了，将道德问题引入争论或者谈话中是错误的。如果我忍住不谈，你们会更好地理解我，我也不会手忙脚乱地回到美学上来，问你我说的是不是不正确——即没有任何文学批评家，不管他多么有才华，能使60年前的大众相信雪莱浪费了大半生时间去写自由。没有人生来就拥有比雪莱更出色的才智，然而，为了自由，我们必须放弃自由，这种简单的推理却没被人领悟；他似乎就没意识到这一点。有一天，我开始读《赫拉斯》，然而不论它的诗句如何美妙，我都不能继续读下去，因为他对自己所写的东西——自由——的理解是那么模糊不清。华兹华斯提倡义务，就像雪莱鼓吹自由一样不遗余力；他也无法对义务这个词进行确切的解释，就像雪莱无法确切解释"自由"这个词的含义一样。没有人会否认米尔拥有一流的才华,但他也像其他人一样被愚弄了;他因责任而欣喜。当我们记得始于16世纪的对《圣经》的审查,在18世纪60年代或70年代开始结出果实时,为什么用责任观念代替自由思想,就一目了然了。有些人会称之为死海之果,有些人会称之为年代的不朽成果,但我们是诗人,并不关心公众道德。事实很充分,60年代对上帝的信仰已被道德信仰所替代,而同时那些逃脱天堂和地狱而转向新信条的皈依者也很高兴;尽管如此,他们仍会感到冷,于是就通过阅读和写一些赞美责任的诗来保持自己内心的温暖。现在,为了总结你们以极大的耐心听下来的短篇讨论,我想读一下《远足》中的几句话,我小时候很欣赏这几句诗:

> 财富消失了,观念也变了,
> 激情在摇荡;
> 但是,风暴并没有激荡环境,
> 主体既没消失,也没减少,
> 责任存在着——永恒存在着,
> 一种抽象的才智,
> 为我们提供支持、标准和形式,
> 它的王国里没有时间和空间:
> 至于思想、灵魂和心灵的逆行,
> 需要你集中精力去做,

什么不会枯竭？你这可怕的源泉，

至高无上的、万物自存的因果，

充满着存在的空间，

无论是在我们人类领域之上还是之下，

稳固不移，永恒不变。

让人怀疑的是，今天是否还有人把这几句话当作诗——但是，在这儿，我又引入了我最好放弃的、与内容无关的争论或谈话，因为我想引起你们注意的是：如此接近华兹华斯的观点，与我们的距离却那么遥远，以至于我们很难理解当吉尔伯特把义务奴隶引入《潘赞斯的海盗》时是什么意思。道德已经等同于责任，我们称其为维多利亚主义者，当我们提到丁尼生的《田园诗》时，每个人都在笑。无疑，自由、责任和道德观念会再回来，但它们曾经激发出的诗则不会再回来。你为什么笑，弗雷曼？你认为当少女变得贞洁时，我们还应再把丁尼生看成一个伟大的诗人吗？

弗雷曼：我的思绪已经漫游到卡莱尔对柯勒律治用鼻音说话的描述，当后者穿过一片草地时说："主观性！客观性！"这是一篇奇妙的散文，但其残酷接近于野蛮。我们或许会平淡地讨论对方，但是值得怀疑的是：是否任何人都有权利侮辱与诽谤他人？

摩尔：只有太监可以诽谤别人。软弱的苏格兰人怎么敢轻蔑地谈论《克丽丝特布尔》的作者！

夜晚寒冷；森林空旷；
是风在凄凉地呻吟？
但是空气中没有足够的风，
从可爱少女的面颊，
吹走她弯曲的卷发。

没有风能使它蜷曲，
那片火红的叶子，已经是最后一叶了，
它尽情地舞着，舞着，
在仰望天空的枝条上，
挂得那么轻盈，那么高。

一朵像这样的梦中之花，时间不会让它凋谢，习俗也不会使它变得陈旧；在完成了超越它本身的创造后，也许是这种心境将它变成永恒。

弗雷曼：这些诗句简直不可思议，像云朵和鲜花一样美妙，诗人一定是在梦中作的这些诗，也许是一场醒着的梦。

摩尔：华兹华斯的诗句中从来没有描述过如此美丽的天空、彩虹和星星。

德拉·梅尔：柯勒律治已经超越了华兹华斯的影响，然而曾经有一段时间，人们竟无法区分开华兹华斯和柯勒律治的诗句。但华兹华斯并不是完全没有客观性的诗。

摩尔：到处都是这样的片段，但是没有一首完整的诗。

弗雷曼：你读过《绿红雀》吗？

摩尔：我已经想不起来了。

弗雷曼：就是说你还没读过它。因为无论是谁，只要读过它，只要他有诗歌鉴赏能力，就会一生牢记这首《绿红雀》。

摩尔：请你将它复述一遍。

弗雷曼：我不相信自己的记忆力，你可以复述它吗，德拉·梅尔？

德拉·梅尔：

水果树下坐落着一间小屋，
雪白的花朵在我头顶绽放，
在晴朗的春日里，
　　明媚的阳光将我环绕，
在这个幽静而隐蔽的地方，
坐在果园的椅子上多么美好！
小鸟和花儿再次笑脸相迎，
　　我的老朋友都在这里相逢。

我记得那位最快乐的客人，
在这个仙境般的林荫下，
忘我地对你欢呼，
　　享受着歌唱和飞翔的快乐！
是你，山雀！在绿色的行列中，
掌握着春天的脉搏，

第十六章　纯　诗

领导着五月的旋律；
　　这就是你的统治。

当鸟儿、蝴蝶和花朵，
聚合组成了情人乐队，
只有你，在凉亭里到处漫游，
　　传递艺术是你的快乐；
生命，像空气那样流动，
不经意间撒播你的快乐，
为所有事物祈祷幸福；
　　这是你自己的快乐。

你在那片榛树丛中，
在阵阵微风中闪着光芒，
他一直在那里注视你，
　　看着你从静止到翱翔；
注意：他的翅膀在摆动，
他要向这里猛冲过来，
树荫和耀眼的阳光，
　　已经将他全部遮掩。

他的欺骗使我感到目眩，

一片舞动的树叶的兄弟;
在空中快乐地飞翔,
　　在屋檐上放声高歌;
仿佛是因为过分的快乐,
他嘲笑和鄙视地对他。
当他在丛林中振翅欲飞,
　　他一言不发,选择伪装。

摩尔：在鸟儿的飞舞和歌唱中发现那么多的快乐后,我想他可能已经忘掉了：

他一言不发,选择伪装。

弗雷曼：如果除了描述外在世界的诗歌外,你无法接受其他作品,那么,你的阅读将只局限于莎士比亚的作品。

摩尔：我很乐意重新阅读这些几乎已被我忘掉的诗句。现在你可以吟诵一首吗？

弗雷曼：你认为呢,德拉·梅尔？

德拉·梅尔：你是否还记得那首赞美猫头鹰和布谷鸟的诗歌：《胖琼打翻了锅》,朗诵一下。

弗雷曼：这是助理牧师、校长、小丑和其他人在《爱的徒劳》结尾所唱的歌。

春　天

1

斑驳的雏菊和紫罗兰变蓝,

　　女人穿上银白色衣衫,

布谷鸟幼雏一身金黄,

　　绿意盎然,她们快乐地歌唱,

每棵树上,都有布谷鸟,

　　在讥笑婚后的男人;唱着,

　　　　　　布谷;

布谷,布谷;噢,可怕的声音,

　　让已婚者的耳朵痛苦不堪!

2

牧羊人用麦秆吹出笛声,

　　快乐的百灵鸟是耕地人的时钟,

海龟在散步,伴着乌鸦和穴鸟,

　　少女们则在漂洗夏天的衣衫,

每棵树上,都有布谷鸟

　　在讥笑婚后的男人;唱着,

　　　　　　布谷;

布谷,布谷;噢,可怕的声音,

　　让已婚者的耳朵痛苦不堪!

冬　天

3

冰柱悬挂于墙壁，
　牧羊人迪克吹着指甲，
汤姆将圆木运进大厅，
　桶装的冰牛奶送到家里，
路儿泥泞，血亦凝固，
　不眠的枭鸟夜夜唱着欢乐的音符，
　　　　　　呜——，呜——，
听得胖琼出了神，
　打翻了锅，沾了身油污。

4

风儿肆虐呀，四处横吹，
　呼啸声声，淹没了牧师的祈福，
鸟儿在雪中缩着颈，
　玛丽安的鼻尖儿冻得紫红，
碗中咝咝作响，蟹肉已烤红，
　不眠的枭鸟夜夜唱着欢乐的音符，
　　　　　　呜——，呜——，
听得胖琼出了神，
　打翻了锅，沾了身油污。

摩尔：我亲爱的朋友们，我给大家提一个建议。如果你们赞同我对纯粹诗的定义，即诗人创作的外在于自己个性的作品，那么我们三人或许可合编一本书——一本关于纯诗的诗集，一本书架上唯一缺少的诗集，它将是诗歌研究领域一个真正的进步。

弗雷曼：乍一想这不失为一个有趣的主意。德拉·梅尔，你看如何？

德拉·梅尔：那么人类语言中很多最美的诗篇将要被拒之门外了，譬如说，雪莱在情绪低迷时，在那不勒斯附近的海岸上写的诗：

> 阳光温暖，天空清朗，
> 海浪欢快地舞蹈，闪耀着金光，
> 蔚蓝的岛屿、雪覆的峰峦，
> 披上了正午透明的紫色日光，
> 微潮的泥土散发着淡淡的芳香，
> 萦绕在未知的胚芽旁；
> 就像阵阵欢呼声飘过，
> 这海风，这海鸟，这声声不息的海涛，
> 仿佛是孤寂的回声，这城市轻柔的喧嚣。

随后的两节诗，雪莱是带着主观性的，但在第三节，他开始把自己看作一个疲倦的孩子：

而今绝望不再苦涩而剧烈，

它如这海风和海水般温和；

我将如疲倦的孩子般躺下，

再将这已忍受和必忍受的生活，

如同我的眼泪，付之东流，

直到死亡如睡眠般悄悄来临，

我将感到我的面颊在温暖的空气里冷却，

我将听到海的呼吸萦回在我渐渐死去的身体旁，

啊，我终将这厌倦摆脱。

摩尔：如果我们编出了诗集，那么它的价值在于开创了诗的新标准。当然，我们应该在前言中解释清楚我们为什么取此舍彼。

弗雷曼：舍弃这一首诗和保留另一首诗的原因几乎同样有趣。

德拉·梅尔：如果我们彻底搜索一下整个伊丽莎白一世时期的诗歌，我们可以找到多达150首这样的纯粹诗。弗莱彻写了很优美的抒情诗；他将占很大的篇幅。还有本·琼森和——

弗雷曼：我们不应追溯到比伊丽莎白时代更久远的年代吗？比如诗人斯宾塞——不过我恐怕他没有一首我们想要的诗。还有斯凯尔顿。

德拉·梅尔：我喜爱斯凯尔顿，他是一个真正的诗人，一个可爱的诗人；但我们切不可轻信我们的记忆。毕竟，读他的《棕褐色的女仆》已经是很久以前的事了。——再者，弗雷曼，凭着你对它的记忆,你能清楚地告诉我们,它不包含主观性的暗示吗?

弗雷曼:如果我们过于苛求,我怀疑我们是否能凑满100页纯诗。

德拉·梅尔:我们必须划出严格的界限,因为我们的书赖之以存在。

弗雷曼:摩尔遗憾的是华兹华斯不能坚持他的观点:无声的形式。

德拉·梅尔:这可以解释为,如果没有暗示说大自然有她的灵魂,那么他就不会去敬慕绿红雀了。

弗雷曼:弥尔顿的客观诗并不很多,蒲柏较之更少,但在《天真之歌》这本诗集中,我们可以找到几首符合我们定义的诗,而在《经验之歌》[1]这本诗集中,我恐怕将一无所获。另外,在雪莱那里,我们可以收集到几首这样的诗:《潘神颂》和《云》。你接受不接受《云》这首诗,德拉·梅尔?

德拉·梅尔:《云》写得不如《潘神颂》,但它是合乎我们要求的诗。

摩尔:这儿有一首《含羞草》,在描绘花园的诗中,再也没有比这首更美的了。

德拉·梅尔:但在第二部分他写了一个印第安少女,并且以一种道德教训作为诗的结尾:

---

[1] 威廉·布莱克(William Blake,1757—1827),英国浪漫主义代表诗人、版画画家。《天真之歌》和《经验之歌》都是其代表诗歌集。

> 这是谦逊的教义，
>
> 也是快乐的教义，
>
> 只要你去细细思量，
>
> 死亡本身，
>
> 就同这万物，
>
> 无非是场无谓的愚弄。

摩尔：我明白你的观点，但何不只选其中第一部分呢？

德拉·梅尔：如果你承认我们有权利去寻找客观诗，那我们的寻找将永不会终结。《古舟子咏》中最美的诗也是客观性的诗——

弗雷曼：但这些诗歌片段包含着一篇评论。

德拉·梅尔：当然，但我认为我们最好把诗集局限于完整的诗。

弗雷曼：恐怕这样一来，我们在济慈那里就不会有很大收获了。

德拉·梅尔：我怀疑我们是不是能找到一首。我们不能选入《希腊古瓮颂》，它受主观性所限，同样，《夜莺颂》也不能入选。《圣阿格尼丝前夜》是一首长篇叙事诗——

弗雷曼：如果我们一首济慈的诗都不引用——

德拉·梅尔：只有一种方式可以解决我们的分歧，就是通过投票决定选什么诗。得票数不超过两票的诗就抛弃不用。

摩尔：济慈从来没有吸引过我。我知道他很流行，但是我更对我自己的趣味感兴趣，而不是他人的。我常常认为他是在洒满阳光的草坪上的一只小猫。在坡——

德拉·梅尔：在坡的作品中我们可以找到许多诗，当然，其中就包括《致海伦》：

> 海伦，你的美属于我，
> 就像往昔那些，美丽的小船，
> 漂荡在温柔的洋溢着香味的海上，
> 疲倦的、为旅行所苦的厌倦的流浪者，
> 在返归自己的海岸。
>
> 已习惯徜徉在无望的海上，
> 你有风信子般的头发，古典的面庞，
> 你的气息把我带回了家，
> 荣誉属于希腊，
> 宏伟属于罗马。
>
> 瞧，在远处光辉灿烂的壁龛里，
> 你像塑像一样站立，
> 手执玛瑙之灯，
> 哦，来自神圣之地的灵魂。

《乌鸦》的最后几行要从我们的诗选里排除出去：

> 拿走，你啄在我心上的嘴，

让你的身形从我的门口走开！

走开，乌鸦，再也别来。

我们对坡不理解，所以不会给他过多的篇幅。我们必须得考虑一下《梦境》：

在模糊僻静的路上，

只有一个天使在徘徊，

一个叫黑夜的巨人，

坐在垂直的黑色王座上，

最近我才来到这片土地，

从一个遥远暗淡的神秘地方——

从一个荒凉神秘而又庄严的地方，

在空间之外——在时间之外。

毫无疑问，我们也必得将《海中之城》收录进去：

瞧！死神为自己修了一个宝座，

在一个偏僻奇异的城市里，

在遥远的西方。

我们都同意将《海中之城》收录进去吗？还有《厄拉利》：

> 我独自一个人居住，
> 在一个悲哀的世界里，
> 我的灵魂是浑浊的潮水，
> 直到美丽温柔的厄拉利
> 成了我羞涩的新娘——

弗雷曼：不！不！不！
摩尔：不！不！不！
德拉·梅尔：

> 啊，光芒四射的女孩的眼眸，
> 比夜晚的星光，
> 还要明亮。

摩尔与弗雷曼（齐声）：不！不！不！
德拉·梅尔：《厄拉利》没有找到自己的支持者。你们觉得《闹鬼的宫殿》怎么样？

> 在山谷最翠绿的地方，
> 美丽的天使经常降临，
> 在山谷的后边，
> 曾经有一座庄严美丽的宫殿——
> 光辉灿烂的宫殿。

摩尔：可以。

德拉·梅尔：你觉得呢，弗雷曼？

弗雷曼：可以。

德拉·梅尔：那《闹鬼的宫殿》就收进去了。在其后来的诗集《钟》里——

弗雷曼：一个骗局！一个骗局！

德拉·梅尔：其中最美的诗是《致海伦》，第二首包括一些主观性诗行，我认为你们会同意不收录进去。《黄金国》是一首很优美的诗，但是我们只同意收录一流的诗。然后是《尤娜路姆》：

> 天空灰白而又清爽；
>
> 树叶干脆而枯黄——

摩尔：我是满心喜欢《尤娜路姆》这首诗。

弗雷曼：我可不是满心喜欢《尤娜路姆》，但我喜欢它的内涵。

德拉·梅尔：我们现在开始挑选现代诗，我们应该确信，在我们这次的初步调查中，没有忽略任何重要人物。

摩尔：忽略了兰多！

德拉·梅尔：一个令人敬佩的灵魂，然而我们却忽略了他！

弗雷曼：兰多的散文模糊了其诗歌的美。

德拉·梅尔：我得坦白我的无知，说到这一点我脸都会红，但我必须毫不迟疑地这样说，我怀疑，弗雷曼，你对兰多的了解会比我多。但是摩尔读了点他的东西,他会告诉我们应该在兰多身上寻找什么。

摩尔:在《盖比尔》中,一个牧羊人告诉另一个牧羊人:一个海里的仙女在一个晚上来到他这里,又和他举行了一次摔跤比赛。这场比赛的条件是:如果他取胜,他将得到有皱纹的珍珠色贝壳,而如果仙女胜利了,她将从他手里得到一只羊:

> 现在,她疾步上前,急于开始,
> 但她先穿戴整齐,胸口下垂。
> 不知道自己是否可以骗他,她叹了口气。
> 她的胸脯若隐若现,如天堂般诱人:
> 为了不被触摸,她犹豫不决迈步向前。
> 她穿着简洁的及膝长袍,
> 在胸脯之上,双肩之下,
> 这使我虽浑身犹如捆绑,但尚能维持呼吸,
> 是否争斗和均衡的力应该如此压制?
> 因此,她说,请牢牢地把握它吧,
> 闭上眼睛扑向我:我浑身兴奋,
> 这似乎减轻了不少的寒冷。
> 一种强烈的冲动重新涌出了我的血液,
> 我已听不到外界的声音,
> 我就这样被牢牢吸引了。
> 我听见它奔腾在我的每一根混乱的静脉中。

在空气中，我感到头晕目眩；
虽然我的臂膀有所犹豫，但我仍不忍放弃。
我紧抓住她的脖颈；在背心下，
我们光滑的手足缠绕在一起，沙沙作响。
我不停地跳动，左躲右闪，竭力逃避，
直到四肢相互交替，我才停止了惊悸和战栗。
当我以为自己大功已告成，
我的心和喉咙感到紧紧绷绷，
生命几乎在我的唇边颤抖，
但没有丝毫的痛苦：这些都是
神秘技艺的标志，而非人类的标志。
我不清楚这是什么技艺；我只知道
自己眼冒金星，力量渐衰，
我确实失败了——带着怎样的遗憾，
更重要的是，带着怎样的心慌意乱，
当我放开双手，委屈地交出绵羊时，她喊道：
这是牧羊人付给征服者少女的代价。
她微笑着，在她的笑靥里和丰满的双唇边，
洋溢着愉悦而非鄙视。
她那疲倦但楚楚动人的眼睛，就是爱。
她走了；我独自倚在柳枝门边，
双眼注视着她离去的背影。
她就像抱着一件外衣一样轻松地抱着羊儿，

但我的的确确听到它咩咩的叫声，
并且看到她加快了脚步，而它在用力挣扎，
衣服从她雪白的肩膀上滑落，
它徒劳的努力使她一只肩膀裸露。
此时，我所有的激动化成了泪水，
我注视着她，感到极度不安。
她已远去，随着海潮远去了。
长长的月光照耀在潮湿的沙砾上，
就像半高举着的碧绿色的柱子。

德拉·梅尔：看这两行：

长长的月光照耀在潮湿的沙砾上，
就像半高举着的碧绿色的柱子。

写得真是太漂亮了。

摩尔：事件本身是完整的，但若你们不喜欢这首诗，我们还可以看看《树神》。然而，使我惊奇的是，我发现兰多写到了羊咩咩的叫声，然后略带轻视地提到了它的后脚，好像羊是无生命的物体。而且，他完全可以用"hoove"（蹄）这个词，我不知道他为什么用"hinder feet"（后脚）。

德拉·梅尔：一首数百行的诗会破坏我们诗集的均衡。我们精心挑选的任何一首诗都不能超过100行。

摩尔：我认为，正如坡所说，100行是一首诗永不应超越的长度。他之所以这么说，是因为阅读一首诗应该获得一种连续的、不断增长的狂喜情绪。和雪莱一样，他的作品很少，而我也从未读到过他所写的轻松作品。但他所写的的确都超越了感情的想象；他的诗歌几乎不受制于思想，这就是我们为什么能从他小小的花园里，收集这么多花放进我们的诗集里去的原因。另外，他是为数不多用眼睛和耳朵写诗的现代诗人之一。布朗宁什么也看不到，丁尼生只看到一点，而且还要尽力才能看到这一点。

弗雷曼：莫里斯。

德拉·梅尔：诗不是绘画。

摩尔：是的，同样也不是音乐。诗歌介于音乐和绘画之间，但又有音乐和绘画的特性。我们听到的文字的音乐就是诗歌，但是诗歌与音乐仅有的联系，在于诗歌和音乐都是通过节奏来使人喜悦的。音乐有音程，而且3重音乐记号、13种音乐符号和歌手的嗓音都限制住了音乐。如果他是一个优秀的歌手，有着两个八度的音域，我们便能听到远超出10个音节所能发出的最丰富的声音。然而，诗人是否应该如莫里斯那样睁开眼睛，告诉我们他的眼睛所看到的一切呢？这样墨尔波墨涅和埃拉托就不会被认为不如她们的姐妹美丽了。在读《金色的翅膀》时，我们的眼睛和耳朵同样得到了享受，我们获得的愉悦如此完整，致使我们边读边合掌（比喻的说法）感谢上帝让我们最终从灰色的思想中解脱出来，进入一

个充满万物的世界:

围墙围绕的花园中间,
在快乐的白杨林里,
耸立着一座古老的城堡,
一个年迈的骑士负责看守。

在围墙上和古老的灰色石块上,
有许多猩红色的砖石;
在合适的季节,
红红的苹果就会在上面闪耀。

砖块上生着绿色的青苔,
石块上长着黄色的青苔,
红红的苹果在上面闪耀;
城堡对战争所知甚少。

墨绿的水溢满了壕沟,
壕沟的每面都砌着红砖,
绿油油的,长满了青苔,还有雨露相伴。
那儿泊着一条船。

那是一条木雕的船,绿色的帷幕在船尾高悬,

> 和爱人坐在那儿亲吻多么幸福,
> 在无人看见的,
> 炎炎夏日的晌午。

这首诗名叫《金色的翅膀》,通过这首抒情诗,莫里斯讲述了一个故事:

> 金色的翅膀越过大海,
> 树叶间闪耀着美丽的月光,
> 金色的头发飘在我膝旁,
> 啊,甜蜜的骑士,快来到我身旁,
> 金色的翅膀越过大海。
>
> 难道我蓝色的双眸不甜美?
> 麦田里吹来的西风,
> 在我脚下吹过一丝凉气;
> 现在不该迎接
> 金色的翅膀越过大海?

我不敢保证引用的准确性。

德拉·梅尔: 我们可不可以收录《夏洛特夫人》?

摩尔: 当然可以,这是一首可怜的丁尼生用以证明自己存在价值的诗。骑士们早晨骑马穿过麦田——下面怎么说的,德拉·梅尔,下面怎么说的?

德拉·梅尔:

> 在蔚蓝的晴朗天气里,
> 马鞍上闪耀着厚重的珠宝,
> 头盔和头盔上的羽毛,
> 像燃烧的火焰熠熠燃烧,
> 当他骑马驶往加美勒。
> 还是常常出现的那种紫色夜晚,
> 明亮的满天星斗在头上高悬,
> 一些一闪而过的流星,发出釉彩一样的光,
> 在静默的夏洛特上空移动。

摩尔:多美呀!多像莫里斯呀!

德拉·梅尔:不是像莫里斯,简直就是莫里斯!

摩尔:这首诗可能写于莫里斯之前。我现在想起来了,名为《为圭尼维尔辩护》的诗集是1857年出版的。《夏洛特夫人》一定是40年代写的。但丁尼生的才华使他无法继续他偶然发现的风格,或者说他受骗了,在80岁之前一直屈服于道德,并且一直在为这种道德歌咏。

弗雷曼:《夏洛特夫人》非常符合我们的定义,但它够好吗?它比下面这首抒情诗好吗?

深红色的花瓣现在睡着了,成了白色;
宫殿两旁的柏树都不动;
斑岩表面的金色鳍状体眼都不眨,
萤火虫醒了:唤醒了你,也唤醒了我。

德拉·梅尔:我不赞成这些诗。在我看来,《吹,军号,吹》更好。

摩尔:你忘了最后一首诗:

噢,爱,它们慢慢消失在远处广袤的天空,
它们在山上、田野或河流里微弱地回响;
我们灵魂的呼声彼此传递,
永远永远在生长。
吹,军号,吹,让荒野将你的声音回响,
回答,回响,回答,逐渐消失、消失、消失。

维多利亚时代的人从来不会委屈自己完成一首不涉及灵魂的诗,每行诗都好像有特别的恨似的。德拉·梅尔,我真是无法忍受这首诗:

我们灵魂的呼声彼此传递,

还有更坏的:

永远永远在生长。

难道我们的灵魂是植物?

德拉·梅尔：我已忘了灵魂，还有什么彼此传递。而且，第一、第二节还没好到能使我们放松自己。关于斯温伯恩，我什么也想不起来了，只有《阿塔兰忒》中的《春天的合唱》。这首诗开头很好，但结尾却不好，其中有这样一行：

森林之神的脚后跟，

踩碎了栗子的外壳。

栗子没有外壳，外面的壳才叫壳。在下一节，我们读到：

中午的牧羊神和晚上的罗马酒神，

他们的脚比小孩的脚还快。

你，摩尔，不喜欢将脚（feet）用于有蹄子（hoof）的动物，但我认为我们在某些方面可以做些让步，因为虽然牧羊神有脚，但罗马酒神没有。

摩尔：我不明白他为什么不说"走路轻快的小孩"，但我知道我有点卖弄学问。"外壳"，就像你所说的，不如"壳"正确，但这些并不是忽略这首诗的理由，所以我给它投赞成票。

德拉·梅尔：我也是。

弗雷曼：我也是。

德拉·梅尔：现在，弗雷曼，我们必须得想一想到阿纳利的火车了。

摩尔：在开始这次荒野之行之前，请喝点什么东西再走。

德拉·梅尔：我什么也不喝了。

弗雷曼：我也一样。我们今天晚上工作得很好，奠定了一个基础——

摩尔：道德和诗歌的基础。

弗雷曼：道德的基础！我们的目的是忽略道德。

摩尔：无论我们建造的大厦多么坚固，道德总能找到一处毫无防备的漏洞，并且点燃年轻的男女诗人们倦怠的感情，使他们不得不走到结婚的道路上去。我曾听说他们常常为了一首诗而屈尊接受一种不正常的关系，但我们还是不谈这个吧。在玩了一个月或更多时间的爱情游戏后，诗歌开始在他们的大脑里凝结，当诗歌开始喷涌时，分手的时刻也就来到了。在我的思想里，我看到他们走进了乡村，走到十字路口时他们停下来说："我的路在左方，你的路在右方；我们曾一起希望和悲伤，将来——"等，我想你们俩都知道诗的其他部分。

德拉·梅尔：这种诗歌已经产生了很多。你认为我们应该通过建立一个标准来为它做一个总结吗？

弗雷曼：请原谅我打扰你，德拉·梅尔。但是我想问问摩尔，脑子里是否已有我们诗文选集的标题了？

摩尔：一个标题？当然！《纯诗》。

第十七章
安妮·勃朗特

戈斯（打开边门）：我们应该在公园的另一端找一个靠湖的好位置。

摩尔：还有什么能比在傍晚的湖边谈话,看着绕湖而行的最后一班船摇动桨更令人高兴的呢?

戈斯：船回到船坞,晚饭的想法令人兴奋,他们的这种想法和沿着对岸回家的人群一样。

摩尔：但是以前为何无人邀请我分享游逛这个美丽公园的快乐呢?草地如此美丽,如果湖边的座位旁没长着一棵圣栎的话,我会很失望的。

戈斯：刚开始时,这些公园是为汉诺威地区的居民保留的,但国家议会发布法令说,这种独占行为不符合当今的生活,这样,几个月后,人们就可以分享我们的快乐了。

摩尔：我们会痛苦,其他人也不会多高兴,因为没有人愿意去所有人都可去的地方。

戈斯：个人消亡了,世界则越来越发展了。但这里有个座位,虽然没有圣栎树枝覆盖其上,却有漂亮的山毛榉陪伴在旁,而且你也不是一个愿意从英格兰人变成西西里人的人。

摩尔：圣栎在英格兰和西西里都很常见。

戈斯：圣栎不是这里土生土长的树，我不知道如果我们碰到一棵圣栎树的话，我们的游兴会不会大增，实际上只会减少，因为关于圣栎树的经典联想会使我们的思绪脱离自己。人研究人是合法的，在这满溢的湖边谈话，我们可以学到一些我们以前对自己不了解的东西，还可以间接了解一些我们不知道的忒奥克里托斯的理论。我想说的是：我们与你相伴的快乐还没超过一个月，你的缺席现在只可用你一直在下的文学蛋来解释和弥补，其中的一些小鸡可能已经破壳而出，现在正到处跑着，贪婪地啄着。

摩尔：在我灵魂的花园里啄食，直到它们羽翼丰满飞到其他花园——多少有点剽窃的意思。

戈斯：我想起了一种报复的方法，这种想法一直在小小的嫉妒中酝酿，因为我在报纸上读到一篇文章，说你正忙着写一部以圣保罗为主人公的戏。我们一直是文学上的知己。

摩尔：别提这出戏了，因为它已经流产了。而且，为了先不谈忒奥克里托斯和兰多，我将谈一谈《伊丝特·沃特斯》的语言，同时还要告诉你们，我在离家50码远的地方摔倒了，但伤是在后腰还是在韧带我说不出来。

戈斯：把我看成你的医生，告诉我实际情况。是表面痛还是内部痛呢？

摩尔：我亲爱的戈斯，我不能仔仔细细告诉你我摔倒的事；我要告诉你，明天我还要往美国发两个电报，撤销该剧的出版和可能的演出活动。

戈斯：这确实是严厉的批评，而且没经过友好协商就付诸实施了。

摩尔：的确，我一直在听从各种各样的观点，但我只按照自己的意见行事，即使我没问你对我这出戏的看法，那也是因为我害怕打扰你。

戈斯：当你遇到困难有求于我的时候，我表现出丝毫的厌倦之色了吗？如果你曾问我对你剧本的看法，我会建议你将手稿放在抽屉里。但你只是口述，没有什么手稿。

摩尔：目前我已经撤回了剧本，我要进一步联系环境更仔细地了解保罗，因为在某种程度上，环境可以提升一个人，也可降低一个人。

戈斯：所以保罗已经变成了草地，而你可以隔着树篱观察他。

摩尔：绝不是这样。在叹了几声气、呻吟了一下、为人类命运的不幸哀悼一下之后，我向这个迄今为止对西方世界影响最大的人告别。拿破仑的影响，是什么？所有的英国诗人——有谁起的作用可与保罗相比？

戈斯：在叙事诗方面，他很在行，但在戏剧方面，事实证明他不行。你现在在想什么？

摩尔：在想正在美国准备出版的20卷本的编辑工作。

戈斯：我建议你不要将文学活动只局限于编辑自己的旧书。一想到你会改动与我谈话的一个字，我就发抖。

摩尔：我很高兴，戈斯，你很满意我对你观点的解释。但请你放心，我没想增加或减少任何东西。

戈斯：省略比增加更让我为难，但我的确十分为难。现在，你还要谈哪个新作家呢？我希望不是我们同时代的人！只要我不发表贬低……的观点——我不需要提他们的名字了。

摩尔：我所增加的不是同时代的作家。你应该记得，在原来的交谈中，我只简单地提到安妮·勃朗特，并将我的觉醒归功于她的小说《维尔德费尔庄园的女主人》，还是归功于雪莱在我梦幻般的青年时代将我唤醒？当然，精神的觉醒和生理的觉醒几乎一样多。在《一个青年的自白》中，可能这本书你从未读过，我告诉你，当我驾驶一辆家庭马车从梅奥到高尔韦时，一路上我听父母讨论《奥德利夫人的秘密》，这本书引我去读布拉登小姐的其他著作。读完《奥德利夫人的秘密》之后，我又读了一本，我想是《约翰·马奇蒙特的塔》，然后是改编的《包法利夫人》，一部图慕虚荣的书。但是我想如果我没读过这部虚荣之作，我将无法想象什么事情会发生在我身上，因为医生的妻子读拜伦、雪莱读得如痴如醉。我想这些故事我以前已经说过了，但在这里很难不再重复，因为当我读《维尔德费尔庄园的女主人》和《含羞草》时，我才不过十一二岁。雪莱的著作我是在图书馆里发现的；《维尔德费尔庄园的女主人》属于我的女主人，正是因为维尔德费尔这个美妙的名字，我才向她借了这本书。在我们已出版的谈话录中，戈斯，我承认（如果我没有承认，我也早该承认）安妮充满激情的失败爱情故事把我带到了有一点恐怖的卡拉城堡，使我觉得自己应该出生在一个无人受侵犯的世界。安妮使我联想起了我童年时期对一个没有罪孽的世界的恐惧，她还没有尝遍生活的滋味，就过早地离开了人世，因为一个少女的死亡是人们可以遇到的最悲惨的事了，是安妮将这种悲哀展露给我，而我也借此机会来感激她给我带来的一切。

戈斯：

> 我们都有自己的幻象，
> 啊！为什么我们要将其毁灭？

这是一个将自己的灵魂传递给我们的灵魂的诗人的话，我们应该倾听智慧，使我们不再返回到亚罗的智慧。

摩尔： 我很早以前就读过这首诗，我想问你，诗人是不是发现自己再次造访的亚罗只有灰烬与尘土？

戈斯： 你读《维尔德费尔庄园的女主人》已经有多长时间了？

摩尔： 半个多世纪了吧。但是在我们的谈话录出版后，我就将它送回了图书馆，那次发现令我受益无穷。

戈斯： 那么安妮·勃朗特是不是一个比巴尔扎克或屠格涅夫更伟大的作家呢？

摩尔： 尽管你的散文写得很美，你却没能正确地理解我。我从来没想到过巴尔扎克或屠格涅夫，但是我却常想：如果安妮·勃朗特再多活十年的话，她就可以取得和奥斯汀一样的地位，可能比奥斯汀的地位还要高。

戈斯：我想她是在7—20岁的时候过劳死的。

摩尔：安妮拥有简·奥斯汀所具有的一切能力，而且还有一些别的能力。她能够带着热度写作，这是最少有的能力。圣保罗将"热度"引入到文学——

戈斯：我宁愿听你讲安妮·勃朗特也不想听你说圣保罗。

摩尔：好的，戈斯，既然你坚持要指导我的谈话，那么我要说的是：一个年轻的农民出于激情，爱上了维尔德费尔庄园的女主人。

戈斯：请原谅我再一次打断你，但是上次我去埃伯利街时，你读了几行你写的关于奥斯汀小姐的文章，并且在谈到《理智与情感》时，你说在英国散文史上，就表现强烈的人性而言，玛丽安娜堪称前无古人后无来者。

摩尔：你的来访犹如天外来客，不是常有的事。但就是因为你上次的来访，使我重新读了一遍《维尔德费尔庄园的女主人》。安妮将故事叙述到一半就失败了，但她的失败不是因为她缺乏天才，而是在于缺乏经验。一个意外事件就可以挽救她。几乎任何一个作家都会将手放在安妮的胳膊上对她说："你绝不能让你的女主人公将自己的日记交给年轻的农民，并且说：'这是我的故事，回家读一读。'你的女主人公一定要将自己的故事亲口告诉年轻的农民，而且你可以将讲故事这一情节变成一个引人入胜的场景。另外，女主人公的出场、她的声音、可能提出的问题及对这些问题的解答，都会使这样一个富有激情和原始色彩的爱情故事得以持续。日记把这个故事分成了两部分——"戈斯，因为你已经很久没有读过这个故事了，请允许我唤起你对这个故事的记忆。维尔德费尔庄园的女主人年轻漂亮，她租下了庄园，并与世隔绝地生活在里面，不和任何人交往。除非她到外面去画画，否则人们看不到她。这个孤独的女人整天画着森林和田地，这成了一个谣言的主题。不久，人们发挥自己的想象力，把她想象成一个罪孽故事的女主角。我认为，正是这个发现，让年轻农民直接陷入了感情的折磨，一种很少有男人有能力承受的痛苦，也没有哪个男人有这种能力，我说的不是感情上的能力，而是将这种感情写成文字的能力。保罗就有这种能力，他第一个完整地将心灵的热度表现出来。主耶稣也是圣德肋撒的灵感；我们在她身上发现了只有在《使徒行传》中才会有的那种热度，在爱洛伊丝给阿伯拉尔的信中，连信纸上都强烈地透射出这种激情的热度，我不怕重复"热度"这个词，我必须重复它，因为我所想到的是"热度"而不是"激烈""华丽"或"热情"。刚才你善意地提醒我：我曾在报上读到你论奥斯汀小姐的文章，你称赞我，甚至说会永远记住我说的话：在《傲慢与偏见》中，我们在英国散文史上第一次也是最后一次发现人类燃烧的心灵。当我为你读那些文章时，勾起了我50多年前关于《维尔德费尔庄园的女主人》的模糊回忆——一个孩子对自己从女主人那里得到的一本书的欣赏。但当我再读时，我说："农民到庄园时吞噬他的那种动物般的激情，几乎和玛丽安娜到伦敦寻找威洛比时吞噬她的激情一样。"

戈斯：但你肯定在三姐妹的作品中，一定包含着更多你所说的那种热度吗？

摩尔：《呼啸山庄》的写作充满了激情与雄辩，但其中很少有热度，即使有，我也不认为其性质达到了很高的文学高度；这种热度在莎士比亚、但丁和荷马的作品中也不存在。但它是最珍贵的文学特质。

戈斯：这是一种精神或肉体之爱点燃的感情，我认为你说它稀世罕见是夸大了。其实你应该认识到，只要你在宗教改革者的作品中充分地探索一番，你肯定会发现很多有热度的作品。我不敢保证你不会将圣奥古斯丁的作品也归入这一类。在你的小说《湖》中，你摘录了几节爱尔兰诗。一个农民，我相信你说作者是一个农民，一个地道的庄稼汉，他痴狂地徘徊在乡村，不只在一首优美的诗中表达了他的哀愁，即使只是从片段中我也能看出这一点。

摩尔：那一定是一首非常美的诗，如果我们根据T. W. 罗尔斯顿的漂亮译文来判断的话。

戈斯：但关于圣奥古斯丁——你如何评价那段，即他和他母亲站在窗边，俯视着河流（我想是台伯河）？或者他到米兰看母亲那一段？如果是后者，那便是亚诺河。

摩尔：我依稀记得你说的这一段。我觉得你提到的场景发生在奥斯蒂亚，就是他母亲去世的地方。但我们能不能先把文学中的"热度"问题留待以后再说，重新回到安妮·勃朗特这里呢？她在《维尔德费尔庄园的女主人》前150页迂回曲折的叙述，表现出她是一个天生的讲故事者，就像《呼啸山庄》缠绵悱恻的故事表明作者是一个抒情诗人，在竭力构建一种散文叙述风格一样。我听说你曾说过：一个男人，除去他独特的天赋，便只是个苍白的生物了。而斯温伯恩尝试写散文故事则使我更加坚信了你的想法，他写的是贝多芬的故事，故事说贝多芬在一次争吵之后说：无论是谁，只要会谱交响曲，就都会做饭。他的朋友并不这样认为；我也不认为艾米莉——她的诗歌水平远在安妮之上，犹如星星高悬于地面之上——是依循自然创作散文小说的，而出于其他的原因，夏洛蒂也失败了。她写得很好，三部作品都很好，但好的作品也无助于她，因为她受制于先天的平庸。真正的艺术家既不卖弄玄虚，也不平庸。他凭借人性中深厚的同情心征服世界，并以自己的技巧赢得人们的认同。盖斯凯尔夫人是最平庸的英国作家——

戈斯：这听上去似乎很苛刻。

摩尔：我只读过她的一部作品，名叫《菲莉丝》，确实是一部毫无风格的小说，塑造了一个温顺的没有头脑的寡妇形象，坐在火炉边，锅架上的水壶在滋滋地唱着歌。

戈斯：我想，就像我以前告诉你的那样，你所谈到的作品的确值得一谈，但你常常因夸张而扭曲了它——我同意你所说的，即日记是个错误，如果女主角亲口叙述自己的故事会更好。但我认为安妮也许会这样答复那个把手搭在她胳膊上的文友：如果她让自己的女主角亲口叙述自己的故事，那么连两页都写不满。而对安妮而言，为了使自己的书能出版，她至少应填满200页甚至更多。

摩尔：任何一个拥有写作才能的人，都能在生活打动自己的时候进行创作。我毫不怀疑，安妮本应发现新的事物来填补她所需的长度，我更倾向于认为，她陷入了众多陷阱中的一个——我很清楚这些陷阱，我非常了解这些陷阱——它们满布于小说创作之中，但你也可能是对的。

戈斯：我希望我是不对的，因为你的想法是更高尚的解释。但在《维尔德费尔庄园的女主人》前半部，你能找到足够的证据来证明安妮的天赋超过了她的姐姐吗？ 正像你所说的。你还说什么，如果她再多活十年，人们会认为她将成为简·奥斯汀的最大竞争对手，你能证明这种说法吗？

摩尔：不，确实不能。如果安妮除了《维尔德费尔庄园的女主人》之外什么也没写，那我确实无法预言她将在英国文学中占据很高的地位；我所能说的只是：灵感来去如梦。但她的第一部小说《阿格尼丝·格雷》是英国文学中最完美的散文故事。

戈斯：英国文学中最完美的散文故事，却被整整忽视了50多年！

摩尔：像你这样了解文学批评史的人，应该不会对批评的这种盲目性感到吃惊。毫无疑问，你已经注意到，只要可能，我都尽量避免用"小说"(fiction)这个词,这个词由于与流通图书馆联系在一起,所以变得堕落了,这个词意味着一本小说只能卖半年,之后就再无人提及了。《阿格尼丝·格雷》简单美丽,如同一条纱裙。戈斯,你不需要我提醒也知道,写一篇简单的故事要比写一篇复杂的故事难得多。故事以阿格尼丝来到自己的雇主家为开端(她是刚被请来的新家庭女教师)。故事的开头部分——吃牛排就属于开头部分——使我们确信我们遇到的是一个敏捷、机智的灵魂,我们可以欣赏她的一切所见所闻。而当阿格尼丝开始向我们讲述她所教的孩子以及他们平庸的父母时,我们就知道,我们正在读一部杰作。因为任何缺少这方面天赋的人,都不可能将他们如此清楚但又有所保留地呈现在我们面前——其中甚至有这样的事:这家的小男孩从树丛中扯出了一个鸟窝,并把鱼钩固定在小鸟的喙中,这样他就可以拖着它们绕着马厩跑。虽然阿格尼丝仅仅是轻声责备了小男孩几句,然而这已足以使阿格尼丝与小男孩的母亲陷入矛盾的处境中,因为小男孩的母亲觉得她儿子的娱乐活动不应该受到干涉。这个故事可能是在安妮十七八岁时写的,而且它是一部风格、人物和主题都完好地保留着英国文化特色的故事。在写作的过程中,安妮总是更关注故事本身而非她的读者。她不会想到读者更喜欢多一点戏剧性,多一点喜剧味儿,甚至多一点能带来享受的野餐或者舞会。当写到阿格尼丝与学生的第一次见面时,她的脑海中已经有了阿格尼丝的第二个场景,并且很注意第一个场景应该逐渐过渡到第二个场景。据我所知,阿格尼丝没有被解雇,甚至她自己也没有任何离开的明确理由。但这个家庭已经使她不满意了,所以她离开了,在家里休息了一段日子,听说有这样一份工作,即她可以教两个未成年的女孩,她接受了这份工作。当读者发现自己开始欣赏的阿格尼丝,处于这样一个不那么艰苦的环境中时,都不由得松了口气。她的一个学生刚从学校毕业走上社会;另一个是那种男孩子气的女孩子,喜欢小猫和小狗,更喜欢待在马厩和马具房而不是客厅,她毕竟还是个小孩子。每一学期一般是六个月或者一年,一学期结束后,阿格尼丝·格雷回家了,在休了一个短假之后她又回到了学生中间,非常疲劳,因为旅程太长了。但当阿格尼丝在家休息的时候,默里小姐参加了她有生以来的第一次舞会,而阿格尼丝必须立刻赶回教室去打听关于这个舞会的一切情况。而默里小姐全神贯注于她自己、她的裙子、她的舞伴、所有给她的花、跳舞时舞伴对她说的话以及舞会结束时坐在安静角落的人,所以没有意识到,在这样的场合论及她的成功往事多么不合适。阿格尼丝·格雷把所有注意力都给了学生,但因为过于疲倦而没有精力应付默里小姐。毫无疑问,默里小姐觉得,阿格尼丝认为她在夸大自己的成功史,进而对阿格尼丝说:"对你而言,格雷小姐——我很遗憾,你没有看到我!我是那样迷人——不是吗,玛蒂尔达?"没有参加舞会的那个妹妹回答道:

　　　　　　　　普普通通。

　　这个词就像勒伊斯达尔[1]投射于风景画中的一束光,一下子点明了故事的主题。

戈斯:恐怕你们这些写散文故事的作家只有在别人的作品中找到自己的特质时才会欣赏其他人的作品。

摩尔:你说的并不正确。你读过大量的诗歌,但是你对诗歌的欣赏并不只局限于那些与你的风格完全一样的作品,因此,为什么你认为我不能欣赏与我风格不同的作品呢?

戈斯:我觉得这并不是一回事——那么告诉我这个家庭女教师后来怎么样了?

摩尔:她认识了一个牧师,并和他一起参观了一些贫民院。在这方面,安妮的语言比简·奥斯汀达到了一个更高的层面,因为简的语言是一种客厅语言,而安妮的语言是约克郡的大众语言。我不知道你是否默认乡村语言比城市语言更美丽,村舍小屋为写作提供的素材是不是比客厅还多。

戈斯:这两者都比不上宫廷语言。莎士比亚——

摩尔:在这个讨论中我们还是不要论及莎士比亚,好吗?

戈斯:你还没告诉我阿格尼丝后来怎么样了?

摩尔:她离开了,我想她是去海边疗养了。她在海滨大道遇上了

1　所罗门·范·勒伊斯达尔（Salomon van Ruysdael,1628—1682）,荷兰风景画画家,以擅长画树木著称,其画风精致浑厚,作品有《犹太人墓地》等。

和她一块参观贫民院的牧师,牧师是去那里度假的——

戈斯:散步的结果变成了一次约会!

摩尔:难道不可以吗?简单的从来不是平庸的。

戈斯:平庸已是昨日的技巧了。不过我承认,我经常疑惑为什么文学批评总是将夏洛蒂和艾米莉推上宝座而将安妮留在厨房。

摩尔:文学上的灰姑娘。

戈斯:既然时代要求你补上关于这个美丽的文学教母的部分,那么你就没有理由抱怨这50年对她的冷落了。

摩尔:评论家就像猎狗追寻气味一样搜寻着线索,我不能肯定第一个开始藐视安妮的是不是夏洛蒂。在这里我无法提供具体的章节,但在她的一篇引言里,她肯定表示为《维尔德费尔庄园的女主人》感到遗憾了,并请求大家考虑到环境的特殊而原谅她:安妮年轻,多病,没有生活经验。三个受到结核病打击的姐妹住在约克郡的荒野里,三个人都在写小说,都是一流的小说,夏洛蒂对死者的小小轻视对三人大有帮助,因为三个具有同样天才的姐妹可能会赢得晚报读者的信任。要从三者中选出正确的一个,需要选择者具有很大的洞察力,而这会对新闻业提出更多的挑战。

戈斯:你已经选出正确者了吗?

摩尔:不是在安妮的书出版发行的时候,而是需要50年漫长的等待。我对夏洛蒂的指控,不会以一个对她妹妹的含蓄中伤而结束,因为在她的小说《维莱特》里,她应该为最无耻的剽窃而受到指责。我们可以掠夺死者,但不应掠夺刚刚死去的人,她这个可怜的死去的妹妹在棺材里还尸骨未寒。就像她的姐妹一样，夏洛蒂的作品也写得很好，但是她不能超出自己的想象力去写作，并且《维莱特》的第一卷几乎就是一部自传，她的天才随处可见。但在第二卷中，这个故事需要一个可以代替她的女性特征的女孩子，某种超出夏洛蒂自己年轻时的特征的东西，因此，夏洛蒂最后发现，自己不得不从默里小姐身上借鉴一些东西，而对她来说这很容易，她只要把名字换一下就足以掩盖这种剽窃行为了，因为没有人读过《阿格尼丝·格雷》。

戈斯：爱情据说是盲目的，但如果你所说的都是真的，批评就更是盲目的，因为虽然对夏洛蒂有许多指控，但没有人指责她剽窃。

摩尔：勃朗特的批评家对夏洛蒂和校长在比利时的调情更感兴趣，如果确有此事，关系也不大；如果不是真的，那就根本没关系了。但是你，戈斯，不应该允许夏洛蒂踩着别人的梯子爬上墙，然后又一脚将梯子踢开。

戈斯：因为我还没有读过《阿格尼丝·格雷》，所以我必须相信你的话，但我要去读读这篇小说。

摩尔：我希望你去读一读，并且写一篇关于安妮的文章，因为到那时你就知道事情的真相了。

戈斯：你自己为什么不写？对你来说这个故事是真实的，对我而言仅仅是部分真实。

摩尔：如果我来写，就会被人看成是自相矛盾，或者说我渴望践踏别人的庄稼。但是只要你一开始读，这个故事就会吸引住你，并且将使你渴望去揭露夏洛蒂和她的庇护者的真面目。在出版商的晚宴上，在萨克雷的晚宴上，火炉前站着一打虚伪的男人，他们的燕尾服高高翘起，他们的目光盯着那个发现了重婚罪并且独自将之写出来的胆小女孩儿身上。20世纪的鼻孔不喜欢这些腐烂事物发出的味道。并且——

戈斯：然而湖水已经变黑，水边的流浪者已经消失。可能他已经回家吃晚饭了，每个人都是这样。

第十八章
三位女演员

摩尔(递给格兰维尔-巴克一支烟):读书后我很喜欢抽支烟;日冕的咒语禁止沉默。但是,如果这个评论受欢迎的话,我们就应洗耳恭听,而且不错过任何细节。我的观点肯定不会引起你的辩驳,那种一次又一次触动我的想法是:一个戏剧家的剧本,里面没有任何小说、诗歌或十四行诗的痕迹,听我这样说你一定很高兴。几乎没人会忠实于一种他一开始就选择的文学形式。甚至易卜生也是如此;他写过一些诗。佩特!当然,还有佩特——就像你一样,他是一个忠实于文学的典范,他的天才使《马里厄斯》一次又一次避免了成为小说的危险;在《想象的肖像》中,他同样忠实于自己的才智、温和、拘谨。

格兰维尔-巴克:那么,你喜欢这部你刚听说过的剧本远胜于——

摩尔:是的,远胜于《沃伊斯的遗产》,远胜于《马德拉斯之家》,远胜于——

格兰维尔-巴克:如果你对我的新剧本的喜爱,远胜于你一点都不喜欢的《瓦斯特》，我不会将这当作是一种称赞，当我因染上伤寒而发烧，卧床于都柏林的寓所时，我让你读了这部剧本。

摩尔：我每天晚上都读你的剧本，然后每天早上来告诉你我多么崇拜剧本的结构、对白、人物。

格兰维尔-巴克：但是你发现了错误。

摩尔：我不能接受剧本中的一个小插曲。

格兰维尔-巴克：你所反对的这个小插曲恰是这个剧本情节的跳跃之处。

摩尔：不，格兰维尔-巴克，我没有反对这个剧本中情节的跳跃，我只是反对发生这个情节的灌木丛。我能理解穿过花园、花坛或公园的追逐，但不能理解穿过那么幽暗的月桂树林和灌木丛，如果在梅内莱厄斯山谷有什么月桂树、灌木丛的话，潘的脚可能已经慢慢走过或转向一旁，并且他从野兽手里拯救出来的芦苇也不会被砍掉了。你的灌木丛，我承认，受到批评并不重要，对《瓦斯特》更加严厉的批评是说你的政客们缺乏诚意。

格兰维尔-巴克：我认为诚意不是政客们所要具有的特征。但如果你承认这种追求——

摩尔：承认这种追求，巴克！但谁能否认追求的权利？只要是充满爱的追求。

格兰维尔-巴克：我恐怕还没听懂你的意思，你能否再说清楚点？

摩尔：你在写一本详尽的著作时，有些东西是可以忽略的，很多东西也是不必要的。你在写《瓦斯特》这本书时，其实不必死搬教条。

格兰维尔-巴克：我的政治家的谋反几乎是不可能的，却一度是可能的。第二次亲吻可能是粗俗的。

摩尔：我认为，那些根植于人性本质中的一些东西，诸如本能的亲吻，像吻这种深植于人性的东西，我认为不应被认为是粗俗的。作为一个18世纪的人（18世纪在爱尔兰一直延续到1870年），我希望你在描写灌木丛时，要通过一座凉亭、一条小径，或一座阳台把你的特性向我们展示出来。

格兰维尔-巴克：威廉曾在肯特郡外海得到了伊丝特·沃特斯，但后来又抛弃了她，因此，你能不能告诉我，我的政治家与你的男仆有何区别？

摩尔：如果伊丝特与威廉没有重新走到一起，那错也并不在威廉，而在于伊丝特，她的脾气太坏了。

格兰维尔-巴克：摩尔先生，你的反应也真够快的。

摩尔：我刚才有一阵也很窘迫，你语言的攻击性也很迅猛啊，我只是及时想到了这一点而已。

格兰维尔-巴克：让我们忘掉这一段吧，这两者都很无谓的，请你谈一下你对这个新剧本的看法。

摩尔：我第一次听完这部剧本后的第一印象是：这个新剧本是有史以来最好的一部。这个剧本的写作技巧当然和你其他的作品差不多。这种写作技巧包括精致而错落有致的结构、重点突出的对话和简练的词语。

格兰维尔-巴克：但我认为你喜欢冗长而非精致简洁的句子，喜欢莎士比亚的写作方式。

摩尔：我从未思考过剧本的写作方法。当我在报纸上读到一篇技术处理不佳的文章时，我就会毫不犹豫地把它扔在一边。

格兰维尔-巴克：你说得完全正确。剧本的形式是多样的，而我们需要的是作者能创作出一部较好的剧本。

摩尔：你总是批判剧中的独白。

格兰维尔-巴克：我并不总是这样啊。我写信跟你说过，你在开始写《使徒》时，那三四行独白是不需要的，当然我也承认，你这样做或许会让我们的朋友阿彻不满。

摩尔：我已经把这部剧本献给你了。

格兰维尔-巴克：是的，我很荣幸。

摩尔：我希望那一两行的独白和那些无关紧要的东西，不至于使你忽略剧本中的其他精华。

格兰维尔-巴克：你现在对《使徒》是不是很满意了？因为你已完成了这部作品的最后一部分。

摩尔：但我还未与剧院经理联系，还没有彩排过，我也没反对彩排——这是一部很好的剧本！

格兰维尔-巴克：但是根据你所告诉我的，以及我从剧本的第一幕中所看到的，我认为这部剧本还是能推向舞台的。

摩尔：在我脑海里，舞台就如同端坐着写十四行诗的诗人脑海里的14行话。

戈斯：对耶稣及其使徒要满怀敬仰，副主教对待他们的态度也应如此；审查官的口气应该不会很强硬，或许应该叫一个负责此工作的人把剧本送到他的办公室去。

摩尔：这个剧本中没有一个不敬的词语，但是我怀疑审查官会不会放它一马，哪怕他想这样做。

格兰维尔-巴克：或许你是对的。以近代神学的观点来看，耶稣没有死在十字架上，这太大胆露骨了。

摩尔：这部戏有可能在美国上演，因为美国崇神，也可能在德国、在巴黎上演，甚至有可能在英国私下上演。如果我能成功地表现出圣保罗的所有本能和贡献，他不会放弃成为伟大演员的雄心壮志的。

格兰维尔-巴克：若不在剧中看到他，你就很难理解他，他的角色或许能通过他的天才展现出来，你愿意等待吗？

摩尔：我并不非常重视这次演出。

格兰维尔-巴克：你自己不重视，又希望演出能引起公众的关注，这是不大可能的。

摩尔：我想到一个方法，或许我们应该把《加布里埃尔来了》送到图书馆，而国家剧院的经理布拉格将从书架上挑出这个剧本，并且决定进行演出。

格兰维尔-巴克：我将出版我的剧本。

摩尔：我希望你如愿以偿，因为剧本的出版会吸引大众，并使他们为接受文学剧本做好准备。

格兰维尔-巴克：你住在伦敦（我住在德文郡和意大利），你或许能告诉我人们是否已对这种无聊的作品厌倦了。

摩尔：公众只接受剧院经理给他们的东西。如果一个作者写了一本书，尤其是一本写得很好的书，我的意思是说，如果他的名字和文学有关，经理就会觉得有危机感了，因为我们还没有一部很成功的文学剧本。我们当然没有；文学从来没成为文学。经理被所谓的趣味高雅的人欺骗了，而趣味高雅的人反过来又被令人不愉快的人欺骗了：否则，他说，我就会流于平庸。文学报刊尖叫起来：文学危在旦夕了！但公众对此毫不在意。经理上演了《椰子冰》，并且可以巡回演出300个晚上。随后又上演了《双人座》，又巡回演出了400个晚上。文学再次因那些"精通文学的人"而蒙受耻辱。

格兰维尔-巴克：因为剧院不会被取缔，一份议案将会被提交议会，并迟早会被通过，尽管会推托和延迟——

摩尔：的确如此，因为清教主义在英国根深蒂固，只要稍稍提及国家剧院，崇尚神学和道德的人就会集中起来反对我们。问题会在参众两院被提出：纳税人是否愿意为他不愿意的东西，实际上是他积极反对的东西掏钱包。

格兰维尔-巴克：你的话好像反对国家剧院。

摩尔：不，不是反对，只是怀疑艺术是否可以被召唤。艺术来到一个国家，并在那里繁荣了一阵，然后就离开了，并且永不返回。

格兰维尔-巴克：可能如此，就你的理解而言，的确如此。但明天会证明你的理论是错误的。你为什么要给反对派提供论据呢？

摩尔：我们的逻辑不会使我们更接近国家剧院的目标。我们必须得到它（如果我们能得到的话），因为人们渴望它出现，并且我认为反对方不会借我的形而上学理论来反驳我们。可能出现的反对我们的观点，将是那种连大街上的行人都能懂的观点。他会问，他议会中的发言人也会重复他的话问：戏剧写作的目的是什么？他会自己回答自己的问题说：为了取悦。剧作家是为了取悦谁呢？答案正好是：大众。那么，谁又比普通大众更有能力判断戏剧的优劣呢？如果承认普通大众有资格进行评判，那为什么又要建起另一个标准呢？普通大众一直推崇莎士比亚，莎翁也的确不错。如果可能，请你回答我这个问题。他坐下来，相信常识一定能战胜怪人的诡辩。

格兰维尔-巴克：你现在所代言的那些政客的声音一定会在议院反映出来，但我要你记住，有很多声音都会被听取。而没人听取骗子、傻瓜和群氓的声音。

摩尔：我知道，群氓会听夜莺歌唱，因为夜莺唱歌没有任何理由。

格兰维尔-巴克：我非常惊讶，你居然站在群氓一边。

摩尔：不是站在群氓一边，而是因为我目前就是他们的代言人，正如你刚才所说的。我在你的书中读到过，国家剧院的造价会是100万英镑。我一直认为所需不过50万英镑左右。

格兰维尔-巴克：那是在战前。现在的造价可是100万英镑。

摩尔：我理解，其中一半将用来造剧院。当议案提交到议院时，会有人这样问：为什么要建造新剧院？为什么不买一座现成的剧院而节约50万英镑呢？我不是在表达我自己的观点，巴克，而只是预言将有一场争论。

格兰维尔-巴克： 对这场即将到来的激烈争论，我的回答很简单：先生，你缺乏民间意识。国家剧院不是现代戏剧的唯一产物。我不愿意禁止现代戏剧——如果有好剧本，谁会呢？好剧本，我所说的好剧本不是指那些能和公共剧场一样经久不衰的剧本，而是那些会使在思想中寻求乐趣的人得到鼓舞和极大喜悦的剧本。在我向你此时所代表的吹毛求疵者发表的小小演说中，我会说：国家剧院之事关乎伦敦的荣耀。我刚才说你缺乏市民意识，先生，也许我应该换一种方式指责你，我应该说：你目前忘了你的市民意识，这种市民意识对你来说是财富，对我而言也一样。为了唤回你的市民意识，我要提醒你，我们可以毁坏伦敦的许多东西而不能毁了伦敦。把我们的建筑留给我们，伦敦还是伦敦。但是，想想吧，先生，如果你能的话，想想那个没有威斯敏斯特修道院和圣保罗大教堂的伦敦吧，这些以及那些遍布于整个街道的美丽教堂不可能像车库那样有用，正是因此，我们中的许多人要拆毁我们的教堂，借口说他们没有举行足够的圣会，大路需要拓宽，以便交通更自由，并为机动车提供快速通道。如果我们那些功利主义者没有发觉自己也许是少数派，他们可能早就把国家美术学院拆掉了（一种不可饶恕的罪孽），现在他们倾向于把国家剧院看成是一个供青年男女学习绘画艺术的好地方。

摩尔：同样，他们用报纸助理编辑的眼光来研究乔叟。只有伟大的艺术家才能研究过去而免受处罚；他一眼就能看明白，然后继续前行。我们只能生活于自己的时代。一个现代化的剧院比一个陈旧的剧院能更好地为我们服务。请让我们考虑一下你们想到的选址，巴克，看看它是否适合建国家剧院。

格兰维尔-巴克：我一直想请求国王承认圣詹姆斯公园的一角为——

摩尔：将剧院建在圣詹姆斯公园！太棒了！继续说，格兰维尔-巴克。我喜欢听你说话，继续说。

格兰维尔-巴克：但是让国王同意让出圣詹姆斯公园两到三英亩土地，就如同楔形物体的细窄尖端[1]。我很抱歉想不出更新颖的比喻。

摩尔：没人想出过比这更好的比喻。细窄尖端永远适用，就如同晨曦中的玫瑰色手指。但是你刚才在说什么？

格兰维尔-巴克：我刚才在说：如果国王同意让出圣詹姆斯公园的一块地建造国家剧院，那么其他的请求也会接踵而至——比如建造一所大学——

摩尔：或建造一所艺术学校，或建造一所博物馆，在那里向目瞪口呆的孩子们展示鸟标本。你做得很好，格兰维尔-巴克，但你最好不要考虑将圣詹姆斯公园作为建造国家剧院的便利场所。

---

[1] 比喻可能引起重大后果的小事，类似于"千里之堤，毁于蚁穴"。

格兰维尔-巴克：在我脑子里，威斯敏斯特宫一直是我们想要的地方。威斯敏斯特宫建于威廉·鲁弗斯当政时期——你说你喜欢听我说话，但我看得出你走神了。

摩尔：我承认我的思绪从你身上转移到了你的书上，《模范剧院》，因为我突然想起来了，在你与教育部长的一次长谈中，你说自己之所以要求建立一个国家剧院，是因为它有自己的教育优势。

格兰维尔-巴克：我的书除了包括与教育部长的长谈外，还有其他许多东西，而我承认那次长谈是个错误。

摩尔：那就是你为什么总是获胜的原因，巴克。你总是时刻准备着去承认错误，从而削弱了你对手的防御。在《泰晤士报》办事处收到你的书的那天，我正在写一篇文章，指出20世纪已开始相信：借助于一种例行程序，可以达到一种几乎完美的智力一致化。我一打开你的书，首先映入我眼帘的，就是你和费希尔先生之间的长谈。我怎么能为这本书写评论呢？我这样问自己。格兰维尔-巴克将自己建立国家剧院的要求置于一个完全错误的基础上了。

格兰维尔-巴克：你不会说听一场翻译得很出色的莎士比亚剧本毫无用处吧？

摩尔：在某种情况下这也许会引起回应。但我对读莎士比亚的男孩子信心不大，而对另一种男孩子的文学前景更有信心，在5月时节，这种男孩子喜欢在一片充满阳光和林荫的牧场前的门上摇荡，他们的灵魂在初生的落叶松之间和飘荡的柳鹟鹈的歌声中轻快地飞行，欢欣鼓舞。

格兰维尔-巴克：你一直反对教育。我记得你在许多年前写过一本小书《一个青年的自白》，其中有这样一句话：我们永远学不会过去我们未知的事。

摩尔：这意味着人是不能被教育的。虽然他不能被教育，但他可以学习，从而表明他可能发现他的自我。我正在思考人带到这个世界上的天赋，因为那才是人真正的自我，而且，如果他拥有真正的天赋，这种天赋也只能被他自己所发现，甚至可以说这种天赋会突然在他体内觉醒，并使他自己大吃一惊。

格兰维尔-巴克：但是一个人如何学习一门手艺，比如做一个木匠呢？他也不可能独立地或根据自己的想象发明楔形接榫。你知道楔形接榫是什么吗？

摩尔：实际上我知道，而且还做过。一个人是在工厂里学习一门手艺的，而不是在学校里。今天早上我听说了一个男孩的故事，他一直接受金属方面的教育，还通过了所有伦敦郡议会的考试，他向一个银匠申请职位，在他铺子里做一个比学徒高一级的见习工，但银匠发现他和这个男孩一起工作时什么事也做不了。他试了郡议会给他送来的所有男孩，都是如此，所以他最终宁愿找一个一无所知的男孩，从头教起。这还不是唯一的例子，我可以举出很多这样的例子支持我的信念，即我们从来不学我们以前不知道的任何东西。今天早晨我还听说，有一个男孩5岁时被一辆四轮运货马车挤在墙上，孩子的父母和医生就一个问题进行了争辩，即男孩的腿是否要从大腿根部起切除。孩子的父母决定：宁愿让孩子死也不愿让他失去腿。五年内，他在地板上爬来爬去，自学了一点点读写技能。10岁时，他开始恢复运用他的四肢，然后医生给他治疗，治疗非常成功，使他14岁时就能够选择学习一门手艺。他说：我将成为一个铁匠。没有人能够说出他为什么这么说，他自己也不知道，或许固定在墙上的马蹄铁激发了他的想象力。一切都听其自然，他活到82岁，并留下了4000英镑财产，分给了亲戚们。殉道者开始出现：不久前一个母亲说她宁愿去监狱，也不愿在她儿子14岁后还把他送到学校，她向地方法官陈学习手艺的最佳时机就在14岁与16岁之间。虽然地方法官承认她的说法有道理，但仍不得不把她送进监狱，因为这是法律规定。她去了监狱，真是一个勇敢的女人，正是她这种英雄主义，才能最终把我们从一个阻碍人类发挥自己本能的体制中解放出来。但教育正在被探究：某一天，一个建筑师发表了一封令人钦佩的信，信中述说时间是怎样被浪费在考试上的，并说教师对更高工资的要求清楚地表明，除了教师和需要流浪汉的工党之外，教育对任何人都没有任何帮助。但我们正在浪费时间，巴克。

格兰维尔-巴克：如果向改变信仰的人讲道，那就是浪费时间，你一定在浪费时间，因为我愿意，不仅仅是愿意，而且是急切地承认，我试图促成国家剧院与费希尔先生的课程教育合作的努力完全是一种错误。

摩尔：你发现费希尔先生有一点愚钝吗？

格兰维尔-巴克：他有点心不在焉，或更不如说，他的心思已经集中到一门新课程上了。

摩尔：我们就让他自己在那儿去想吧，我们现在讨论一下国家剧院最先上演的剧目。

格兰维尔-巴克：我认为《哈姆雷特》无可挑剔。

摩尔：我也如此。最好一开始就演出一部杰作，而不是努力去迎合多愁善感的观众，我们还要声明国家剧院将首演莎士比亚在历史剧中讲述的英格兰故事。

格兰维尔-巴克：你不喜欢英格兰故事吗？

摩尔：如果人们不再将莎士比亚写来写去，我会更喜欢莎士比亚。你的广告将受到欢迎，然后就会公布资产负债表，随后你的赞扬者将开始谈论经济学。国家剧院不一定会得到这两种结局，但其缺陷一定只上万个。如果我们有了国家剧院，你就需要鼓起所有的勇气和坚毅。教师只会要莎士比亚，莎士比亚的全部，却忽略了这样一个事实，即人的头脑不可能吸收超过三小时的文本。我曾听说《哈姆雷特》剧长达五个半小时。第一幕持续两小时，而且非常精彩，就像《戒指》一样精彩，但当我们进入第四幕和第五幕时，我发现自己已不可能将注意力集中到舞台上了，我的脑子太疲倦了，我脑子里什么也没有，我也不敢发誓说《每日电讯报》会进行推介。《纽伦堡的名歌手》的演出用了五个半小时，而且中间没有停顿，当我们到达光荣的纽伦堡时，我们不知道自己正在听什么；我们心不在焉，直到聪明的我们按习惯把剧目一分为二时，我们才开始欣赏瓦格纳歌剧的结尾。另一个需要解决的困难是：莎士比亚是什么？我想，人们普遍相信《泰特斯·安特尼格斯》非莎士比亚所写，这个事实会对你有利，你可以从自己的储备剧目中删除它。《伯里克利》也肯定不是莎士比亚所写，你也可以将其删除。另一件事是：国家剧院不会完全局限于上演莎士比亚的剧目，如果教育家允许你这么做，你可在其同时代人中寻找，并且会发现琼森倒可以为你换个好口味，不幸的是，琼森剧本的情节并不总是非常明确，再没有比一部你不知所云的剧本更让人厌倦的了。能理解《人人都幽默》中的滑稽故事的人是否很多，我非常怀疑，但《福尔蓬奈》前三幕非常让人钦佩。你不得不决定最后两幕是否该被缩减。福特的剧本《可怜的妓女》在凤凰剧社演出时大受欢迎。你的作品肯定比凤凰剧社的任何作品都好，而且只需花少许时间和金钱就能做到这一点。我非常遗憾你不是第一个在现代舞台上表现伊丽莎白时代的人——马娄，琼森，弗莱彻——因为已经欣赏过伊丽莎白时代戏剧的人会回避现代剧，用英语最丰富的时代写成的伊丽莎白时代的谋杀和乱伦故事，让已厌倦了习以为常的通奸故事的伦敦大吃一惊，这很有意思。但没谁可以得到他所需要的一切，你不会嫉妒一个时髦的小团体，因为它的目的只是将戏剧演出作为权宜之计，最终是想某个保守党政府或自由党政府批准给它一个地点和一份津贴。如果你能给我们带来建立国家剧院的希望,丘纳德女士会毫不犹豫地建议解散这个团体。

格兰维尔-巴克:丘纳德女士在你的计划中占有重要地位。

摩尔:她是我们的主席。凤凰剧社欠债300英镑,但在其最后一次演出中,该剧社声明,一个不愿透露姓名的男捐助人或女捐助人已经偿还了债务。我急着要说的是:我不认为偿还这笔债务是丘纳德女士的功劳,我也不认识凤凰剧社的其他成员,我不是这个圈子里的人。我所能说的就是:几乎人人皆知,在筹钱挽救老维克戏院[1]中,她的影响力发挥了很大作用。在诸多不确定之事中,似乎非常肯定的是:如果没有丘纳德女士,我们就不可能有1921年的伦敦歌剧节。我们最后一次歌剧节是不是要追溯到1920年?我不知道。我对这个热心肠、有勇气的女人充满钦佩,无论什么时候,只要提到她的名字,我都会赞扬她,而且会让每个人都回忆起她是伦敦上流社会的女人,她对艺术的理解超越了某些狭窄的范围:如订购一幅画像,并图谋将其悬挂在国家美术馆里。我不说了,尽管还没说完,巴克,因为我将告诉你,凤凰剧社演出的《为爱而爱》为精选的伦敦观众揭示了一个不容置疑的事实:我们中间又出现了一个伟大的喜剧演员——雅典娜·赛勒。

格兰维尔-巴克:一个非常出众的女演员——

---

[1] 伦敦的一家著名剧院,以演莎士比亚戏剧著称。

摩尔：你看过她参加演出的无聊喜剧，她在其中也非常出众，但在一部杰作中，她是我所看到过的最伟大的喜剧女演员。

格兰维尔-巴克：我很遗憾你没有写写她和康格里夫[1]。

摩尔：除你之外，所有能够欣赏这部或那部剧目的人都到剧院去了。

格兰维尔-巴克：我已不再是一个伦敦人，这是事实。你写关于凤凰剧社的文章，理由是什么？

摩尔：我的文章不必送到德文郡让你读读吧？只要你愿意，在这间房里你就能听。你的雪茄还没抽完吧？

格兰维尔-巴克：你给我的这支上好的雪茄我刚抽到一半，但我不指望它的美妙感觉会因沉默而加强。然而，接着读吧，我正听着呢。

摩尔：我已经让我的记忆涌进了一个充满想象力的记者耳中。

格兰维尔-巴克：读吧。我的雪茄燃得正旺。

摩尔（读）：

> **女仆**：先生，一个从《观察者》来的绅士想见你，你愿意见他吗？
>
> **摩尔**：好，我愿意见见他。
>
> **女仆**：迪肯先生！

---

1 威廉·康格里夫（William Congreve，1670—1729），英国王政复辟时期的风俗喜剧作家，擅长使用喜剧对话和讽刺手法，刻画并讽刺英国当时的上流社会，主要剧作有《老光棍》《世道如此》等。

摩尔：哦，迪肯先生，我并不忙。我从不会忙得无法谈论艺术。请坐，坐下就可以向我提问。但在开始提问前，请允许我跟你谈谈英国的九位缪斯女神神秘失踪的事。事实上，我只能从我们居住的这个星球说起。我们在海上到处寻找她们，但既没找到卡利俄伯和墨尔波墨涅，也没找到埃拉托——

迪肯：我们确实失去了很多缪斯女神，但忒耳普西科瑞——

摩尔：迪肯先生，你提到了一个我最不感兴趣的缪斯女神。我承认忒耳普西科瑞在伦敦并不鲜见，我们无法不让耳朵听到她赐予的音乐，这使得我们难以安宁。但是她伟大的姐妹们却踪迹难觅，许多人认为她们已追随上帝而去，而上帝，海涅告诉我们，在3世纪就被放逐了。还有一些人认为，她们藏身于科学家的实验室里，正低声谈论着毒气的秘密，并且变得越来越像魔鬼，就像瓦格纳的维纳斯一样。这些想法我借自波德莱尔，他表示，随着时代的变迁，艾瑞辛数世纪以来日益魔鬼化，人们已不再把她视作圣人。还有什么会比八位缪斯女神（忒耳普西科瑞仍与我们同在）合谋起来摧毁一个不再追求美的世界更自然呢？迪肯先生，我希望你能记录下我刚才为了说明八位缪斯女神的失踪而举出的有价值的线索，也希望你的编辑就缪斯女神在当今的地位这一主题保留一些报纸专栏，不论她们是否已离开了这个星球或者正约定摧毁一个只关心真理和知识的文明社会——亲爱的先生，我知道你会说，由于缺乏充足的时间，所以编辑不会非常详细地思考我刚刚提出的有趣问题。我经常和编辑们打交道，知道他们（对我的看法）持肯定态度而非否定态度。现在，如果我所提议的专栏能够关注缪斯女神的回归问题，事情就会变得不同，编辑就会十分乐意刊登关于这个主题的文字。你可以告诉他，尽管我不能预见八位失踪女神何时回归，但我愿意在他宝贵的报纸上指出：五年前第十位缪斯已经来到，并且立刻献身于英格兰古代音乐艺术的复兴中去了。而且，当她的英国歌剧计划破产时，她马上投身于凤凰剧社，并在一系列的成功中发现了她自身的价值。我知道你想说什么，你会对我说凤凰从其死灰中再生了。我记得艺术亦总是从自身的死灰中重生。因此，为什么伊丽莎白时代的复兴不会促使戏剧新形式的诞生呢？除非你坚持相信：在一段很长的时间里，我们必须先没有文化才能拥有文化，这是一种很难反驳的理念，因为世界从6世纪到13世纪都不曾有文化，每个严肃对待艺术的人都这样想，这是事实。迪肯先生，你的表情很容易让人理解，根据你的表情，我可以推测，你将问我是否已经观看了所有的演出，我深感遗憾地回答：我错过了两三场。而在我错过的演出中，我最不遗憾的是约翰·德莱顿的某部戏，虽然有人告诉我雅典娜·西勒的天赋在《时髦婚礼》中比在《为爱而爱》中表现得更耀眼，这种欣赏表明，人们的眼睛和耳朵对好韵文与坏韵文之间的细微差别不敏感。因为在阅读伊丽莎白时代的作品时，我们总是像浸泡在盐水里。诗歌是浮动的，德莱顿的诗也许可以比作盐水湖，无精打采、泥泞不堪。

迪肯：那么，以你的观点，德莱顿是最后一个伊丽莎白时代的人了？

摩尔：我不相信雅典娜·西勒演出德莱顿的作品，会比演出康格里夫的作品出色。我在尽力集中思想准备你善意提出的这次访谈时，突然从椅子上站起来说：在一部戏剧中，一个女演员的魅力不能通过台词来表现，至少我不会这样做。接着我停下来补充说：在我想就此写篇文章前，这一点已经非常清楚了；明天，平凡的事物在等着我。我走上楼，穿戴整齐去参加晚宴，我要和阿诺德·本纳特先生一起进餐。晚餐后有一个女士演奏了莫扎特的D大调奏鸣曲，这种快乐以及音乐本身的雅致，唤起了我对雅典娜在康格里夫戏剧作品中表演的回忆，我对自己说：她属于戏剧，就像莫扎特的音乐属于它的作者一样，都是连续的、始终如一的。她就像一只鸟，落在树上，突然开始歌唱。她唱着，我们坐在那儿，她机智诙谐的眼睛里透出的俏皮，以及她用脚打出的拍子把我们逗笑了、吸引住了。她的服装获得了灵感，她的步态适应自己所扮演的人物和人物的每一个姿势，她的每一种姿势都增添了一个重音。任何省略都是一种损失，任何添加都是一种多余。

迪肯：如果雅典娜的确是你记忆中的雅典娜，那么她是一个堪与萨拉或艾梅·德斯利（我认为她的名字叫艾米）媲美的女演员。

摩尔：我很高兴听你称她为雅典娜。我们所知道的蕾切尔就只是蕾切尔，萨拉·伯恩哈特一生中大部分时间也只是萨拉而已。她的死才使她变得真实。我想告诉你的是，那个曾经看过这三位法国女演员的哈莱维认为萨拉是三者中最差的，在悲剧领域，她比蕾切尔落后至少一大截，而在喜剧方面又远远不如艾梅·德斯利。

迪肯：他这样说有什么理由吗？

摩尔：我并没有让他说出理由，他的理由在我看来十分明显。正如我所想的，萨拉对自己要出演的剧目表现出一贯的冷漠，这使她总是超出了戏剧，只是将戏剧作为一种巧妙表现自己的技巧以及个人独特风格的手段，而戏剧的这些时刻都是为了表现戏剧化的热情，每当这个时候，手绢都会被哭湿，戏剧本身也会被分割，就像一块块抹布一样。哈莱维不可能同意这种解释，作者也不会同意。我和哈莱维不一样，当我看到萨拉表演完《泡泡纱》的前两幕以及第三幕的一部分时，我的感觉和哈莱维一样，我认为他的感觉是对的，因为剧目没有给我留下任何印象，甚至她本人也没有，她看起来就像剧中扮演她姐姐的女演员那样，只是一个平庸的女演员；拙劣的演技破坏了这两幕，因此到了第三幕，当萨拉出场时，她也许会像一只暴怒的雌老虎一样在舞台上跳来跳去，直到房子就要倒塌为止。当然，从比喻的意义上说房子倒塌了，每个人都十分兴奋；但是，我在70年代看过她在《法国人》中的表演，我认为这就是她演技差的原因。当我穿过拥挤的斯特兰德大街时，我自言自语地说：这是她周游那些非法语国家的后果。

迪肯：如果我对你的理解是正确的，摩尔先生，你所欣赏的萨拉的表演只是某些神奇的时刻，而她为了这些时刻则牺牲了大部分剧情，是这样吗？

摩尔：是的，大部分被牺牲掉了，但这些时刻并未让我兴奋，同样也没让哈维感到高兴，他看过最早由艾梅·德斯利出演的《泡泡纱》。在70年代的战争之前或战争期间，她住在伦敦，我看过她出演的小仲马的道德剧《茶花女》，但我那时并不懂法语，也太年轻了，还欣赏不了那种朦胧的艺术，但我能肯定，她从戏剧开始一直表演到了结束。战争期间她死了。在70年代初期，整个巴黎的客厅和播音室都在讨论有关她的事情。播音室曾播送过一篇"全景描述文章"，作者是朱莉安，其中有一段对德斯利的描写使我年轻的耳朵感到非常愉悦，文中是这样描述的：她就像在图书馆里搜寻那些女人写给情人，或者情人写给她们的情书的戴安娜·德丽丝；在我曾跳过舞的客厅中，过去常常会走过来一个肥胖、严肃、笨重的男子，他少言寡语，人们都深信他十分愚蠢。但在他面前，人人都让路了，甚至当他穿过房间时，连正在跳舞的人都聚成一堆低声耳语说：刚才走过去的那个人是德斯利的情人……

格兰维尔-巴克：我们知道这个绅士的名字吗？

摩尔：这在法国已是众所周知，如果你愿意，我可以——

格兰维尔-巴克：我不想陷你于困境。对我来说，我更感兴趣的是听你谈一谈，你从一支乐曲中获得的帮助是不是一种文学创作，或者将雅典娜·西勒就像在康格里夫的戏剧中那样带到我们面前，结果只感到绝望之后，你是不是真的觉得——

摩尔：是的，格兰维尔-巴克先生。我在阿诺德·本纳特的休息室里听过D大调奏鸣曲，并且因此想起雅典娜·西勒在《为爱而爱》中的表演。但你还没有告诉我，你对我刚刚读给你听的那篇访谈有何看法。

格兰维尔-巴克：我想，如果雅典娜是幸运的，并且将大部分精力投入于戏剧演出，而且她的名字能够世代相传的话，你的描述将有助于后世认识到她的魅力。我不知道我们已经对蕾切尔的表演进行了充分描述，虽然我的笔一直忙于记录对这三位伟大女演员的描述。戈蒂耶是过去一个描述性写作的大师，他文采飞扬，可以毫不费力地描述演员的服装，可以从脖子一直写到衣摆。

摩尔：女演员的名气都是短暂的。

格兰维尔-巴克：但并不像她们所表演作品的作者那样昙花一现，他们的作品至今还在贬低着她们。女演员还算是比较幸运的，她只留下了一个名字和一部传奇。

摩尔：你说得对，格兰维尔-巴克。演员比诗人、音乐家、画家以及雕刻家都要幸运，而雅典娜在她的姐妹们中又是幸运的，因为我常常忍住不去看那些她赖以赚取面包的剧目。

格兰维尔-巴克：你生活在对凤凰剧社独一无二的演出的回忆之中，这是你告诉我的，但是在哪个剧院？

摩尔：在哈默史密斯的利里克剧院。

格兰维尔-巴克：我现在开始明白了，你为什么认为花50万英镑在威斯敏斯特宫建造国家剧院是明智之举了。过去的大师在位于贫民窟的剧院受到礼赞，这让你忘了瓦格纳和俯视着大平原的树木葱茏的山坡。

摩尔：你是对的，格兰维尔-巴克。我已经忘了，选择树木葱茏的山坡，目的就是为了延续在剧院中制造出来的欣喜，从一幕到另一幕，而且还要延续到午夜，在餐馆里一直欢呼到午夜之后的很长时间。如果我们不能有一个树木葱茏的山坡来俯视圆剧场式的风景，那就让我们有条河，并在那里延续我们的欣喜。卑俗的街道和乱七八糟的索道让我们不得不像猫一样，为生活而奔波在人行道上的溜冰者之前，这些都粉碎了我们的梦想。当奔跑在他们之前时，很多次我都为一家餐馆感到遗憾，很多时候我都在想，为什么一群热情洋溢的年轻人，受到博物馆半身像记忆的启发，没有聚集在总经理的汽车旁大喊大叫。

现在我知道了，卑俗的街道时刻挂在他们唇边。在英国剧院里，我们就像在瓦格纳的剧院里，但剧院外的景象和声音谋杀了狂喜和一部"有教育影响"的戏剧的价值。

第十九章
环法旅行计划

伦敦西南1区，埃伯利街121号
1923年8月15日

我亲爱的戈斯，你在信中询问我的近况，我在回信中说《星期日泰晤士报》明天就会到，但没有发表你的散文。留给我们的只有18世纪，这一世纪在英格兰一直到1850年才结束，即在你出生后一年，因为你出生在40年代，在1849年，我想是这样，并且希望这样。我一直认为，你的散文是这个时代的最后一声回响，而在这个时代，风格是一种传统而非对文字的巧妙操纵——将普通的语言转变为一种个人化的专用术语，一种由卡莱尔发起的写作方法，这种写作方法后来为梅瑞狄斯、史蒂文森等加以实施——我是不是在强抢杰出的托马斯·布朗的应得之物——他是不是洛可可文学的创立者？尽管我想继续写下去，但我的文字已经完全结束了，我开始想，如果我出生在1849年而不是1852年，我应该写得更好一些，也更容易一些，会比以前更能取悦你。有一件事是肯定的：如果不是因为这不幸的三年，我应能更快达到目的，同时忘掉我的理论，即你是如何形成自己的风格的，卡莱尔是如何被梅瑞狄斯和史蒂文森超越的——但请停一下！18世纪不像19世纪和20世纪那样只是一个完整的片段，它产生了最初的漫游者，斯特恩——上帝啊！我是否曾经提到过我自己的消息，提到我在构思《使徒行传》一文时所犯的巨大错误——尤妮斯，这个人物可能不应该出现在剧中，我想让你想一想，为什么要将他介绍到剧中。既然你在喝水，我就想让你考虑一下，因为喝水的男人需要有一个思考的主题，我想问你，除了一个失去的机会，他还会有什么更好的东西呢？

解放你的思想，亲爱的戈斯，洗好澡后好好想一想亚利马太的约瑟[1]，此时在你的想象中，在艾赛尼派信徒[2]的大洞穴里，开始我的戏剧。第一幕根本不需要改变，第二幕也基本上不需要变动，但有几行要变动一下，就是讲保罗过桥后摔倒在小路上，被年轻的牧羊人雅各带回家这些细节。聚集在阳台上的艾赛尼派信徒喊叫着，想得到更多升天的消息。最后一幕。当第三幕的幕布拉起时，一个信使从阳台上来到耶稣和哈薛面前，告诉他们保罗不能升天，所以哈薛命令准备一副担架，并选了四个抬担架者把保罗抬到阳台上。耶稣反对在争论中与保罗见面，但他屈服于哈薛的恳求，即为了拯救艾赛尼派信徒，上帝将把保罗重新

---

[1] 《圣经》故事中人物，耶稣的门徒、身居高位的财主，把耶稣遗体安葬在自己的新墓中。
[2] 公元前2—3世纪之间盛行于巴勒斯坦的一个犹太教派别，严守律法和教规，过严格禁欲生活。

还给他们。上帝的目的是让兄弟同胞都来听听这个故事,保罗也应该听一听。抬担架者把保罗抬了进来,兄弟们聚集起来,听他们的兄弟在亚利马太的约瑟的墓里觉醒的故事。耶稣在开始自己的故事之前,先提醒兄弟们记住,就是为了回答浸礼宗教友的布道,他才离开他们来到加利利布道;他抵制着哈薛,因为后者试图劝阻他,但他内心的呼喊声音响亮,使他除了遵从内心的呼唤外别无他法。在加利利布道一年之后,他来到了耶路撒冷,并在客西马尼[1]被捕,他和自己的信徒一起到那里,祈祷自己能获得力量以服从于上帝的意愿:上帝的意愿必须实现,虽然这种意愿只不过就是我的十字架。在这个地方,耶稣会突然停下来说:当他从克里思回来时,他向他们保留了一部分故事,因为这故事违背了上帝的法则,即不允许哥哥讲自己过去的生活,这时就引入了哈薛,他会说,前天晚上耶稣曾希望向他吐露整个故事,因为他已经永远离开那个山区,和他们生活在一起了,可是后来被打断了。哈薛请耶稣继续说下去,而已被艾赛尼派信徒忘记的保罗坐在一旁,在故事的叙述中恢复了神志。在故事结束时,两个主人公面对面地站着,圣保罗相信:这个苦难的故事,坟墓中的苏醒,和耶稣在亚利马太的约瑟家伤口的复原,都是真实的故事,而自己在过去20年间一直宣讲的就是这个人的复活。但保罗不得不准备抵抗,他开始问耶稣在亚利马太的约瑟家度过的几周的情况,并问他为什么以及如何离开了那里。他的问题将引入一个驼

---

[1] 耶路撒冷附近的一个园子,《圣经》中耶稣蒙难的地方。

背车夫的故事，而这个故事耶稣讲得非常简单。他本来希望上帝能派天使将他从十字架上拯救下来，但上帝却选择了亚利马太的约瑟来代替天使，因为上帝希望他多活几年。为什么上帝希望要这种他所不知道的东西呢？因为他离开十字架后，他就发现自己的使命就要结束了，但通往上帝的道路是无法探究的。保罗接着还会问：你对自己的传道结果，即将你自己带到十字架上的传道结果，是否感到很满意。耶稣的回答会很简单：在他看来，他已经完成了上帝要求他的一切，他感到自己已经不想再布道了。如此一来，他只有回到朋友中去了。然后，萨多克将宣称，耶稣不允许保罗继续散布谎言，必须去耶路撒冷揭发他。对此指责，保罗的回答是：如果耶稣去耶路撒冷，世界皈依上帝的进程将会无限期推迟，并且艾赛尼派信徒将对异教的产生负责。耶稣的耶路撒冷之行将引起一场争论，在争吵即将结束时，有人问耶稣是否准备去耶路撒冷，耶稣将回答：他已经告诉哈薛他必须去，但他现在开始了解到在耶路撒冷揭发保罗只是一时而起的想法，不可能来自上帝的意图，因为它只会使人们互相仇视，自己的这次干涉肯定会引发骚动和争吵。上帝曾让耶稣在加利利布道，在此之后，他的灵感就从身上消逝了。在过去的20年里，他一直在山坡上牧羊，从来也没怀疑他在山坡上的生活，每天赶着羊群从一块草地到另一块草地都会取悦上帝，就如他在加利利的弥赛亚生活的那一年那样。当他完成了上帝交给他的所有使命后，以利亚乘着燃烧的马车上了天堂。"而我，"耶稣也会说，"在加利利传道时，也是一个受到神的感召的预言者。我认为，当我体内的预言家死去时，我就该去天堂了。"这就会使保罗想起一个他可以利用的想法：渴望将世界从罪孽中拯救出来的上帝已经干预他很多次了。摩西和以利亚都是上帝的信使，毕达哥拉斯和苏格拉底也都是先知。我一直在讲的耶稣是精神上的耶稣，是死在十字架上的耶稣，我一直在讲的故事是真实的故事，我将要到罗马传布的故事也是真实的，比我所知道的还要真实，因为我是从耶稣那里亲耳听到的。耶稣提出要和保罗一起去凯撒利亚，但保罗说他一个人去。艾赛尼派信徒又从阳台上看，当保罗走出他们的视线时，他们又回到哈薛身边，在争论中他们忘了他。生命已经离他而去；他被放到担架上抬走了，戏剧以一段玛蒂亚斯关于灵魂的独白结束，这段独白摘自《克里思溪》。

　　我觉得奇怪的是，我没有看出我已经发现了与《俄狄浦斯》一样的证据，我本该遵守《俄狄浦斯》的形式，而不是漂泊到凯撒利亚，我不得不承认我的盲目，而承认这一点的诱惑我是觉察不到的——啊！如果我能觉察到，那我本是可以抵制的。由邪恶的魔鬼激起的某种想法一定已滑入到我的心里，即我应通过表现保罗在凯撒利亚向提摩太的妈妈、尤妮斯和保罗的情人告别，从而回报读者因第一幕、第二幕的枯燥乏味所带来的痛苦，或许——还要记住情欲的苦恼。换句话说，我误将这种诱惑当作了神的召唤。某种诱惑驱使着我带着一篮子食物到普罗布斯，在我看来，我需要一面镜子，用这面镜子我可以表现罗马人如何蔑视犹太人。尽管叔本华有句至理名言：在伟大的艺术中永远不能发现纯粹的美，但我还是利用了普罗布斯。现在我所怀疑的，是自己是否有勇气按照本来的样子写出第三幕。如果我能按照我在这封信里的构思写出第三幕，一定会有不少批评家对我说：保罗在凯撒利亚与尤妮斯及其门徒的告别是我最好的作品之一，这种想法对我来说只是一种可怜的安慰。我敢说就是这样；实际上也的确如此。但在艺术方面我们常常牺牲好东西。这真是好东西的灾难！因为它们最终对我们毫无用处。

我请你思考我已经失去的以希腊为原型创作一部戏剧的机会，我开始想到自己有两条路可走，一条通向银行，另一条通向圣坛，我们每个人一开始都有在两条路中进行选择的机会。布朗选择走通向银行的路，并且他是一个聪明人，他考虑了出版商或经理从银行的角度为他准备的每一种计划。他谈论着食物、饮料和高尔夫球，想着正在标准剧院上演的戏和正在巡回演出的戏，或者想着在每磅纸4便士的情况下一版书能值多少钱。鲁滨孙，那个选择了通往圣殿道路的人，坚信形式的完美是美德，并且继续创作着自己的剧本和诗歌，而对经理和出版商们的话充耳不闻；将近十年后，他拥有了一批自己戏剧的读者，或者说有一部分公众去购买他的书。当他和布朗在俱乐部相遇时，他们相互了解了，模糊地、不确定地了解了，但他们理解了他们一直生活得相当明智，他们时刻遵循着他们所追求的道路的准则。对两条道路来说，准则都是一样的。布朗不会再说：我已经按照订单写了很多东西了，现在我可能要为我自己写一些小东西了；而鲁滨孙也不会说：我已经写了三部好剧本，或是三部好书，我现在应该写一部畅销书了，其中会包括一些能保持住我已经拥有的公众，或再赢得一些新的支持者的作品。我确信这是正确的，戈斯，而我们做过的最好的事，就是那些我们没有寻求任何妥协的事。我对将银行与圣地区别开的重要性很感兴趣，所以我可以轻易地填满另一页纸，但是一辆出租车却又刚好停在门口，给我带来了一个访客，我必须请求你代我向戈斯太太表达我的敬意，匆匆再叙——

女仆：奥布里先生来了，先生。你要见他吗？

摩尔：见。

女仆：奥布里先生到。

摩尔：又回来了，奥布里，是不是来休息几周，之后又离开，去到巴黎和比利牛斯山脉之间教文学、绘画和音乐？

奥布里：上一次巡回演讲期间，我已从巴黎漫游到比利牛斯山脉，当我再出发时——

摩尔：你要朝着东方走，去南希？

奥布里：我希望有一天能去南希演讲，但旅途太远了，而且东部的城镇没有西部的城镇多。但你说我去教学，对吗？我外出不是为了教学，而是为了唤醒那里沉睡的、令人同情的艺术。

摩尔：一个真正的保罗！你心爱的加拉太人又在法国的哪个角落呢？

奥布里：我的加拉太不是由纬度或经度限定的，无论在哪里，只要有人急切地想聆听美，那就是我的加拉太。

摩尔：从一个城镇到另一个城镇，每到之处都会受到狂热的欢迎，从那些你再也不会见到的建筑、山和花园中品尝着快乐。

奥布里：你永远不会忘记像戈蒂耶一样谈话。

摩尔：我总是尽可能不忘记戈蒂耶。

奥布里：你本可以忘记波德莱尔，但你不能。

摩尔：对我来说这就像埃伯利街一样，所以我想听听你的生活。每到一座新城镇，你做的第一件事是不是准备演讲稿？

奥布里：我的演讲内容全都在脑子里，而且我都是即兴发挥。

摩尔：你的勇气真令我害怕！

奥布里：我不知道为什么会这样；你的朋友们都愿意接受瞬时的灵感。说500个字和说5个字并没太大的区别。

摩尔：你躺在一张你以前从未躺过的床上，而你的视线则望向你从没见过的庭院。

奥布里：你对埃伯利街不厌倦吗？

摩尔：啊！不，当然不，而且我已开始把埃伯利街当作我的全部。

奥布里：我在巴黎听说过你，我在枫丹白露听说过你，听说你有一次沿卢瓦河而下，因此你能写出《爱洛伊丝和阿伯拉尔》，你在图尔、布卢瓦和新奥尔良停留过。这大概就是你对法国的全部了解——五个城市！

摩尔：这五个城市使我想起阿诺德·本纳特。

奥布里：而你认识的所有法国人中只有几个是巴黎人。

摩尔：而且我所知道的法国文学只不过是一小部分，所会的法语也不多。

奥布里：我希望我能说服你——

摩尔：和你一起在法国旅行，跟着你在各个城镇间旅行。啊！那会是个冒险。在我完成——

奥布里：你总是要尽快完成什么事情。

摩尔：我会在几周内获得自由，我们会有几个愉快的上午，一起在一个又一个城镇中旅行。

我真被吸引住了，你猜不出是什么吸引了我。你说并不在早晨准备演讲时，法国之行的想法就偷偷占据了我的心。一离开我们下榻的酒店或客栈，我们的双眼就会被教堂的尖塔，18世纪房子的高房顶所吸引。而在一年中的秋天，还有什么能比绕着大树流淌而过的宽阔的、波光粼粼的水面更能吸引人呢？是的，我能看到这一切。不过我们需要认识一些新朋友吗？

奥布里：认识一些新朋友，是的。我们将认识一些新朋友，我可以向你保证，在这些人的家里，你会见到一些你想带走的家具、一些古老的瓷器以及一些画；不过你别想买下那些东西，我警告你。

摩尔：是的，这我都知道。

奥布里：你读过巴尔扎克的小说，虽然他笔下的巴黎人已经消失或已被转变，但他的外省人却仍没有任何变化地生活着。如果我再次出去演讲，你和我一道去，我们会发现自己在——我无法告诉你是在哪个城市；一切都取决于偶然；在我们被邀请参加的晚宴聚会上，你会突然意识到法国文化的充分和谐，这种文化存在于各省之内，早在巴尔扎克之前就已存在了，而且我希望它永远存在下去。我所到各处的游览都是成功的，但除了我在谈论以前和现在的艺术、文学和音乐时，观众所表现出的聆听的意愿与关注带给我的欢乐外，我的旅行留给我的最美好的回忆是我所结识的人：和蔼可亲并且聪明的农民，他们拥有真正的、真诚的文化，与巴黎或伦敦那种人为的文化不同的文化。如果你想嘲笑这种文化，你可以称之为习俗与偏见；如果你想赞扬这种文化，你可称之为真正的、谨慎的、被尊重的文化。在法国的外省，你将听到比巴黎听到的更好的法语，吃到你从未享受过的美味。餐饮艺术仍在外省中延续；各省一致反对自己的敌人：国际客饭，它与真正饮食的关系一如报纸与文学的关系。除了贝桑松这个名字外，你还知道它的什么？维克多·雨果就出生在那儿，你知道那句诗：

在贝桑松，古老的西班牙城市——

事实上，贝桑松不能说是一座西班牙式的城市，倒不如说是一座罗马式的城市，它是16世纪的小城镇，几乎可以说是一个小岛，周围环绕着美丽的杜布斯河，毗邻库尔贝。如果我说这座城镇遍布美丽的房子，我一点也没夸张。不幸的是，其中许多美丽的房子都被改造成了公共场所，一个主教的宫殿被改造成了邮局，一个伟大的18世纪贵族的居住地被改造成了银行——所有房屋的木制部分均保存良好，穿衣镜也完整无缺，而这所房子正是巴尔扎克在他的小说《阿尔伯特·萨瓦鲁斯》中描述过的。你知道，他并未到过贝桑松，但一听查尔斯·德伯纳德描述这所房子，他便立刻知道阿尔伯特·萨瓦鲁斯曾经在这里生活过。一天晚上，在邀请我做讲座的一个委员会为我举办的晚宴上，我告诉我的邻座——一个友善而博学的考古学家——不论我身处这个小镇的什么地方，我总无法摆脱巴尔扎克情结，然而我一直听人说巴尔扎克并未到过贝桑松。他提议带我去参观阿尔伯特·萨瓦鲁斯曾经住过的房子。在欣赏这所房子时，我向他提到一个英国作家，这个作家读过巴尔扎克的所有作品，并以欣赏的笔调评论过巴尔扎克，我还告诉他我很遗憾这个作家没和我们在一起，如果他来的话，这所房子一定可以点燃他的思想之火，他将会发现巴尔扎克坚信阿尔伯特·萨瓦鲁斯曾在这所房子生活过的理由。当我们徜徉于房子的各个房间时，我经常驻足窗边，欣赏风景，在深绿与白色之间，不时可以瞥见这里或那里有一道使人想起库尔贝的杜布斯河岸，这一切都是那么自然，因为巴尔扎克曾一次又一次地描述过杜布斯河岸。

摩尔：再多给我谈一些，你说得非常动人，奥布里。请继续，我求你，因为如果你继续讲下去，我一定要去贝桑松，甚至可能就住在那里。在我做出决定之前，我还想听你谈谈其他城市。

奥布里：我在里昂度过一段快乐的时光，但我想你会更喜欢贝桑松。里昂的秋天多雾，就像伦敦。如果你要去那里，我希望你一定要到那个著名的菲卢老妈餐馆吃顿晚饭，并且千万别忘点一道鸡。甚至你在作家餐厅吃过的美味鸡——你在作品中描述过——也敌不过你将在菲卢老妈餐馆享受到的简单、原味的鸡肉。菲卢老妈餐馆的鸡太好吃了，好吃到都想舔地板上投射的鸡影，就如拉福格谈到他在德累斯顿看到伦勃朗时所说的话。她的餐馆只有一个缺陷：菜价都一样，而且没有谁能每天晚上都吃到鱼丸蛋。如果你到里昂，一定不要错过菲卢老妈餐馆。

摩尔：我不会错过菲卢老妈餐馆，我一礼拜去一次。

奥布里：我不知道你会怎么看普伊，一个隐藏在奥韦涅群山中的寂静小镇，它建在一座山顶上，其中有一座为圣迈克尔而建的小教堂，人们很难到达这座小城，我猜想小城的冬天一定非常难熬；山民们安静而害羞——

摩尔：我并不喜欢普伊，给我谈谈其他小镇。你从哪儿来，奥布里？

奥布里：你说的好像是《圣经》里的话。

摩尔：你已经开始了解我们的语言了，是的，这些词是《圣经》里的，有个人对亚伯拉罕说的，辞藻很美。你从哪儿来？第二人称单数是我们语言中无法挽回的损失，如果我们对所写所说的语言有什么想法，它都可以很容易被恢复。但你曾听到我以前谈过这个问题。

第十九章　环法旅行计划

奥布里：你们的《圣经》一定很美，因为除了莎士比亚，没有一个英国作家可以摆脱它的影响。

摩尔：我可不会这样说，斯宾塞受到《圣经》的影响，即使有，也很少；雪莱的习语纯粹是18世纪的。但回到你的旅行上来。你从哪儿来，奥布里？

奥布里：我从尼姆来，一个你应该看看的城市，因为你会在那儿欣赏到罗马遗迹，还有马戏团、竞技场、方形神殿。我自己欣赏这些时，我在内心里常常听到你对那些比例均衡、具有18世纪建筑风格的门廊与窗户爆发出的赞叹。如果你开始实施环法旅行计划，你一定不能忽略尼姆。

摩尔：实际上，返回18世纪是不可避免的，除非"在拥有文明之前我们必须经历很长一段时间的不文明时期"这一理论确有道理。

奥布里：还有一种东西。尼姆的花园会使你快乐起来，那是拉封丹的公园，使人想起华托和魏尔伦的花园，那种庚斯博罗了解并且神化了的花园，而他之所以神化这座花园，可能是因为这座花园是18世纪思想的一部分。在每一个路口，我都会遇到葱郁的大树，每次我都会联想到树下有一个女士和一个绅士正踏着孔雀舞步前进，并向齐聚在树下的人们表示敬意。

摩尔：这座美丽的花园对现代爵士乐来讲有什么用处？

奥布里：这个城镇的杂货商和烛台制作者都去那儿听军乐。

摩尔：其他城镇呢？

奥布里：如果我没弄错的话，你也会喜欢蒙彼利埃，会迷醉于那里自在、富裕的生活，而且那里没有地方口音；在喜剧院旁边的街道上，到处都是咖啡馆，吃过早饭后，你会非常高兴地看到美惠三女神的雕像；而当你疲乏厌烦了——

摩尔：请原谅，我亲爱的朋友，除了你以外，我还需要找别人谈一谈吗？

奥布里：在南方，每个人都爱闲聊，而在这些咖啡馆里，你会遇到一些歌剧演员，他们将说服你相信音乐只存在于图卢兹和贝塞尔之间，而所有值得一听的音乐都是由威尔第和哈莱维创作的。当你对这些感到厌倦时，你还会遇到一些酒商和来自英国、瑞典、西班牙的学生，他们是来蒙彼利埃学习医术的。蒙彼利埃的蚂蟥与气候是很有名的——

摩尔：你是说蚂蟥？

奥布里：是的，蚂蟥是医生，不是吗？

摩尔：啊，是的，这是一句老话。奥布里，继续说，继续给我说说南方，你似乎非常了解南方。给我谈谈图卢兹。

奥布里：我从未去过图卢兹，但我去过塔布，两地相隔不远。你可能会喜欢那儿，但并非因为塔布本身，而是因为它是戈蒂耶和朱尔·拉福格的出生地。它地处比利牛斯山脉之下，森林里有狼和熊，但你不再是猎人了。

摩尔：我早已不残杀野生动物了，而且早已认识到因为只有我们掌握着世界的租赁权，所以我们应该将世界完好无损地交给下一代。奥布里，这个城市怎么样？

奥布里：如果受人之请描写一下自己的家乡，即使西奥也会感到尴尬。他写到：塔布有一座公共花园，在公共花园里有一个池塘，在池塘里有一只黑天鹅，当孩子们忘了给它带面包时，它只能急切地寻找着草籽。当他写到这里时，他会停下笔。尽管如此，在我印象中塔布有一个地方是西奥的笔无法描写出来的。我耳边仍回响着屋顶的雨声，眼前仍浮现出一群阴沉着脸的镇民围着一张台球桌，看着一个玩家用弹子棒推着乳白色的球在绿色桌布上前前后后地滚动。

摩尔：我认为，应该把塔布从我的旅行计划中除去。

奥布里：如果你把塔布从旅程中划去，那你也不得不除去你的好朋友泰奥多尔·德·邦维尔的出生地穆兰。

摩尔：我想你是对的。不管怎样，我必须看一看我最爱的作家和诗人的出生地。

奥布里：如果他们住在另一个世界，并且还未失去对这个世界的记忆，当看见你从塔布旁边掉头而去时，戈蒂耶和拉福格会很失望的，而当邦维尔坐在他们身边，特别是拉福格身边时，他们会极其厌恶面前的美味佳肴。我敢肯定，邦维尔一直渴望看到你边读着他的诗边在河边漫步。他喜欢看到你目不转睛地读着他的押韵诗，但我必须坚持让你不时抬起眼睛，因为我会让你看到，穆兰是个美丽的地方，周围到处坐落着花园别墅和林荫道，有雕刻石柱的铁门，以及一些被墙围绕着的公园，这些公园会唤醒你无法抵挡的渴望，使你走到门边按响门铃说：我是巴尔扎克的学生，而你那么像巴尔扎克，所以我觉得必须认识你。穆兰的乡绅可能对巴尔扎克一无所知，但他们都听说过邦维尔，因此要注意提及他的名字，否则就没人邀请我们吃饭了。

摩尔：恐怕我们相互搞混了意图，因为当你给我提供有价值的信息时，你不失时机地把我要在一座法国城市结束我的生活这个计划看作了一个精彩的玩笑。

奥布里：我确实把你对法国城镇的兴趣误解成一种文学兴趣了。你并不是真的想——

摩尔：我是真想找一个安静的角落和墓地。

奥布里：无论到哪里，朝圣者——

摩尔：我明白，奥布里，你仍认为我是在同你开玩笑——因为谁也不会嘲笑死人。当不祥的征兆出现在地平线上时，轻浮便会停止。

奥布里：不管如何，谁也不会认为你快死了。

摩尔：没有人会真的认为谁快死了，因为死和生都一样难以置信。

奥布里：但文学是可信的，我从未想到过你临死所卧之床，但我常常想到，在卡拉湖岛上，你正躺在用500棵（或者1000棵？）落叶松搭成的墓台上供人凭吊。

摩尔：但你已经听说过摩尔府发生火灾的事了。自那之后你就不该再想那堆燃烧的松树了。

奥布里：为什么他们要烧掉你的房子？就不怕卡拉湖再次被异教徒的葬礼玷污吗？

摩尔：这样或那样的原因同样都是愚蠢的。当然，乡绅与你只会是萍水相逢。

奥布里：但你为什么要离开巴黎？

摩尔：我所认识的巴黎是一个早已死去的巴黎人的巴黎，而且这么多年来，我所见到的巴黎跟记忆中的巴黎一直发生着冲突。是的，我不能生活在巴黎。但我的巴黎仍可在外省发现，而且我希望，奥布里，你会告诉我你对自己所访问过的不同城镇所知的一切，以及结交好友的可能性。

奥布里：你在巴黎仍有朋友，你可以问他们要介绍信。

摩尔：是的，我想我能。我们将把第一步归功于一次偶然的事件，一种肯定会在六个月内发生的某种事。

奥布里：但你不会在穆兰住六个月，对吗？

摩尔：好了，在穆兰或在其他地方。埃伯利街是一条长长的、贫困的、毫无风格的街，近来我一直在想可以让我度过生命中的最后几年的地方，因为我不想在埃伯利街死去；埃伯利街并不是一个结束生命的地方。我将会死在我出生的地方——法国。

奥布里：啊！我现在开始明白你为什么那么关心我的漫游生活了。但是你的画、你的家具——你要把它们全部卖掉，开始在穆兰装修一间房子吗？

摩尔：所有这些东西我都已经考虑过了，我害怕再次改变生活方式。

奥布里：你离开法国是因为你的房客不交房租，而当他们再开始交房租时，你又已经萌生了住在伦敦的念头。你离开伦敦是因为你不喜欢布尔人战争，而你从爱尔兰回来是因为爱尔兰人不愿意学习爱尔兰语。而现在——好了，艾利尔是一条美丽的河，而每条美丽的河里都有鱼。你还钓鱼吗？

摩尔：我喜欢钓鱼，但很少钓。

奥布里：你是一个园丁吗？

摩尔：不，我在爱尔兰尝试过园艺，因为我有一个朋友，她在走进花园之前，能凭知觉感知花和菜需要些什么，虽然所需要的似乎总是不包括蜗牛；我也已经毫无目的地杀掉了许多蜗牛。

奥布里：那么，你打算怎样度过余生？

摩尔：我曾非常认真地考虑过这最后一次的转变，如果我还没有计划的话，我是不会想到在法国结束生命的。

奥布里：你的这个计划是怎样的？

摩尔：我在考虑学习法语。

奥布里：但是，我亲爱的朋友，你一生中一直在说法语！你现在还在说着法语！你过去常常用法语写作，写散文和诗。

摩尔：是的；但我对这种语言没有任何确切的了解。

奥布里：如果你研究这门语言，你就会迷失在这门语言之中，我敢说在很长时间内你会变成一幅符合语法的漫画。当你研究了我们的语法之后，我们就不会从与你的对话中得到快乐了。我们对你所说的很感兴趣，但对你想掌握我们在学校中学习的知识却感到厌倦：时态的一致，其中最烦人的是虚拟语气，而这本应该留给教授们去研究。在《宣言》中，你讲了一个教授的故事，说他全身英国人的装备使他的妻子大为惊讶。他的妻子在穿衣服时说："真不知道你是谁了"，而那个丈夫则咕哝道："我还是我"。到年底你就会成为那个丈夫，虽然你没有一个跟得上你的反应速度的妻子，因为听到那个男人咕哝的一定是妻子。当然，很会说笑话的他应得到很大的宽恕，但你所写的英国情人所犯的错误，在我看来似乎有点牵强。

摩尔：但是，奥布里，他当时正急着找硬衬，情绪激动——

奥布里：你并不打算用法语写一本书，对吗？

摩尔：是的，不想写一本书。我关于莎士比亚和巴尔扎克的演讲并没超过一万字，写最后三千字时我已变得很厌倦。用外语写一两页纸或几首诗歌是可能的，但是写一本书却不可能。用外文写的书可能会写得正确，但是语法上的正确只能满足农村学校校长和记者。一本书必须遵循一种节奏，而一个外国人怎么能抓住我们语言的节奏呢？英语的节奏千变万化，只有那些愿意去倾听的人才能识别出来。我在梅瑞狄斯和莫里斯的作品中听到过这种节奏；这种语言统一了这样两种极端；这种语言同样也把斯蒂文森和佩特统一起来了。在这两者的作品中都能听到英语的节奏，但两者却迥然不同！以前没有一个外国人曾抓住过这种节奏，将来也没有一个外国人会抓住，甚至那些出生在伦敦的人也不能。这是种族原因还是气候原因？我们犹太人通过对艺术的爱焕发出聪慧和生气,但他们并没有对英国文学做出过什么贡献。

奥布里: 康拉德先生并不是犹太人,但是——

摩尔: 康拉德先生通过正确学习用英语写作而对我们赞誉有加,记者们高兴极了,甚至在我们的文学中都为他安排了一席之地,却忘了这个人之所以能在英国文学中占有一席之地,是因为他为我们的语言带进了一些前所未有的东西,或者可以说是以前不太明显的东西。我们语言中的某些潜在的东西必须被提升至表面,而一个外国人怎么能做到这一点?你在想汉密尔顿吧,奥布里,你认为他是法国作家。简直不足挂齿!此刻,我请求你不要催迫我更清晰直白地讲述康拉德先生的作品。我应该觉得自己对客人缺乏礼数了。而且,我还急于想听听你对波尔多和图卢兹的看法。

奥布里: 我从没去过图卢兹,但我总是听人说它是法国最美的城镇之一,而且那里的大学能和巴黎的大学相媲美。我知道曾有伟大的画家和雕刻家居住在图卢兹,我认为你在图卢兹会找到一个团体,这个团体一定比你在波尔多可能找到的团体更适合你,因为我非常了解波尔多。波尔多的大学都是法国首屈一指的学校——当然,这要把巴黎的大学排除在外。然而你一定听说过图卢兹的剧院吧,图卢兹没有波尔多那样的剧院,波尔多的剧院堪称法国最好的剧院之一,所有受人关注的剧本都汇总到波尔多上演。在波尔多,你会发现许多非常讨人喜欢的高卢人式的英国人和英国人式的法国人,都是很可爱的人,虽然你也许认为你更喜欢居住在一个纯粹法国味的城镇里，但你永远都不能忘记英格兰的。在波尔多有许多漂亮的女人。

摩尔：我亲爱的朋友啊，我不要再听到什么漂亮的女人了！她们永远不再和我有任何牵连。

奥布里：一个人不会一直沉迷于一种或另一种漂亮的女人吗？一个人不会一直沉醉于美酒吗？我记得，你不太喜欢酒，但既然你已对女人没有了胃口，那就对酒有兴趣吧。波尔多正是以其饮食闻名的。而饮食中若没有酒就——

摩尔：就像没有了粗鄙的爱情。我想，奥布里，我或许愿意随同你在各个城镇之间巡回演讲。

奥布里：这倒正好提醒了我，有个消息我要告诉你。在许多城镇，人们都问我知不知道有愿意做法语演讲的英格兰人。你脸上的表情告诉我你很乐意。我将考虑考虑，十天内就可以给你答复了。然后我要知道我的行程安排，并且把一切都确定下来：火车何时到、何时出发等等。而现在我必须和你说再见了，我真的必须走了，现在已比我想象的要晚了。我在奥利雷演讲过，住的是你在《我的死了的生活的回忆》中描写过的酒店。你在自己的伟大冒险中穿过的刺绣衬衣，我展示给了前来观光的美国游客，他们目睹了战争遗址后，带着一种近乎虔诚的敬仰心情离开了。

摩尔：我想起了大教堂，一幢黝黑雄壮的纪念碑，在黑暗中响着赞美诗的声音。哦，我想是晚祷曲。

奥布里：无疑是准确而印象深刻的记忆。但我没有参观过大教堂。那天下午，我本想专门去证实一下你对大教堂的感受，结果我却去了一间古老的中世纪的大屋子，坐在暖炉旁，听人讲述一些在奥利雷度过一生，或生活过一段时间的伟人的故事，结果把时间消磨殆尽。给我讲故事的是个图书管理员，她的先祖曾是普罗旺斯的一个诗人。她给我讲的斯图尔特·米尔的悲伤故事打动了我。她告诉我，米尔是一个热衷于政治的经济学家，妻子死在了奥利雷。斯图尔特很爱他的妻子，这种爱看起来已远远超越了爱情本身，他有时一连很长时间，或者是数周，也可能是数月，坐在窗前，看着妻子的墓。坡本应该写写这个故事的，只要有两个这样的故事，就可以使奥利雷和特洛伊一样令人铭记于心。

摩尔：当我们遭受到巨大的无法弥补的损失时，这个世界看上去是如此渺小和无关紧要，我们的悲伤则是其中唯一真实的东西。

第二十章
祖父的肖像

儿时,记得有一天,我被带到摩尔府的图书室里,看到一张我祖父在西班牙时的肖像,那时他和我一般大。我的父母将我和我的祖父进行了仔细的比较,从鼻子、眼睛到嘴。我和祖父的外表竟出奇地相似。"若乔治穿上他祖父的衣服,"我父亲说,"谁都不会怀疑他就是画中的人。"不顾我的抗议,威廉·马洛尼受命将我这个穿绿衣服的男孩送回到图书室上面的房间。我泪眼婆娑地看着他,因为我一直渴望穿西班牙衣服,让我们的客人看看酷似祖父的我。但是,那些西班牙衣服!它们在哪儿?当我已基本上忘记了自己的痛苦之时,我拽着贝蒂·麦克唐纳的手,喊道:"来,贝蒂,帮我找找那些衣服。""乔治少爷,衣服不在家里。""不,它们在,贝蒂。它们要么在储藏室,要么在旧家具室。"我父母嘲笑我的一时冲动。而我听说,祖父直到20岁才离开西班牙。"但他绝不会不把衣服留下来。"我回答道,这又成为他们的笑柄。为了证实我是正确的,我哄着贝蒂做了许多徒劳的搜查。后来我长大了,已穿不上西班牙制服或宫廷衣服了,直到此时,那种渴望夸耀自己酷似祖父的想法才离我远去。而我的兴趣也已从那个穿绿衣服的小男孩，转到了那个面对着壁炉、穿着白背心的伤感老人身上了，他是我60岁的祖父——一个作家，他写了许多书，都是在图书室里写的，贝蒂就是这样告诉我的。

听说我有一个聪明的祖父，我很高兴，我比以前加倍关心祖父的巧克力色大衣，大衣的一只肩膀靠在晦暗的金色扶手椅上，宽大的围巾高高地围住了他的下巴。但除了外貌描写外，他那慈祥、平静的面容也诱惑着我，使我开始喜欢上了他曾经生活过、写过历史书的图书室，读这本书犹如读了一部比其他类似的书都好得多的旅游手册。而至于祖父为什么喜欢阅读有关智利、秘鲁和巴拉圭的事，贝蒂解释道：早年祖父得了一次小儿麻痹症，这使他无法远行旅游。而我则更喜欢这些地名：叙利亚、波斯和埃及。因为我父亲曾去过这些国家，并带回许多金字塔和骆驼的图片。每逢饭后我总是在客厅里让他给我讲小船穿越山林，从乔帕穿过山谷到死海的历险故事。可以肯定的是：智利这个国家没有死海，我会转到桌边去读《天方夜谭》里关于剑和弯刀的故事，或者让贝蒂给我讲古代海盗的故事，他们从我们这个湖边小岛出发，去袭击卡拉湖岸的村子。从她那里，我听说建造海湾边那座城堡的，是最大的海盗"公平菲翁"。但她对那座布朗斯敦海岸左边的城堡却一无所知，这真可惜，因为鸬鹚每晚都栖息在那里；但她说，菲翁会划着木船，带走一切他可以带走的东西、牛呀、绵羊呀，包括那些他答应拿赎金才释放的罪犯。我问她，我祖父的书中有没有一些关于菲翁的描写。"我认为没有，乔治大人。你祖父出生在西班牙，从来就没听说过菲翁。""为什么你没告诉他呢？""他从来就没问过我。""那我祖父都写些什么呢？""我也从来没读过他的书，它们太深奥了，我根本就没办法读懂。""等我长大了，我一定要读一读。"我得意扬扬地说。而当贝蒂开始告诉我有个戈尔韦的历史学家，叫奥弗莱厄蒂或奥弗拉纳根，已经超过了我祖父时，我对祖父作品的兴趣开始有些减弱了。贝蒂的话或许意味着奥弗莱厄蒂知道一些我祖父不知道的事，或者说他的作品比我祖父的好，或者说奥弗莱厄蒂听说我祖父在写一本历史书，就整夜不睡先把自己的书写出来，并抢先出版了。

实际上，我祖父作为一个史学家失败了，我很难过，因为贝蒂讲的许多故事我都相信，但关于奥弗莱厄蒂的部分，我却不相信。戈尔韦和梅奥是敌对的两个村，戈尔韦在打猎和射击方面领先梅奥一点，但直到听说奥弗莱厄蒂这个名字后，我才知道戈尔韦还是有些文学方面的优势的。贝蒂把我的想法转告了父亲，我开始问自己是否有勇气和他谈一谈他的父亲。父亲禁止我和母亲提到他兄弟奥古斯塔斯的名字，或者提到他的祖母，她在我的记忆中已经死了；但看上去我似乎可以问问父亲，祖父为什么没写金字塔、短弯刀，还有死海（父亲总是不厌其烦地谈他在叙利亚的旅行）。他写什么呢？我父亲说："你的祖父乔治写了一些历史书，特别是一本关于英联邦的书，这些书都在图书室里。"我还想问人们为什么不买祖父写的书，但话到嘴边就咽回去了，因为父亲的态度和举止大有拒人于千里之外的架势。我想不起来父亲拒绝我的话了，他也不会发明一个故事来填补这一空白。我记得我接着便是站在祖父的肖像前为他难过，第一次意识到他生活在有意疏远他的妻儿中间。我不敢再问父亲什么问题，就去找母亲，虽然她从未见过她公公，关于祖父的情况她也只是从我祖母那里听说的，她告诉我，祖父留下了500英镑，用来出版他关于法国革命的历史书。而母亲不知道为什么遗嘱执行者一直没有出版这部历史书，也不知道500英镑后来被用在了何处。我从来就没有摆脱那个疑问，而我直到看了哥哥给我看的那本关于法国革命的历史书的"序言"，我才明白父亲为什么如此行事不体面。在"序言"里，我祖父说他不想结束这本书。他说："在几次出版都不成功之后，我一生已厌倦出版了。"于是他不再求生前在自己的房间里展览自己的这本书，而是选择赢得身后名。我转向哥哥，问他是否应尽责完成并修订祖父的作品；他反过来说我才是编订此书的人选，我对此沉默不语，只是静立注视着祖父的肖像，想着他开始有点像我了——我是说我正变成老年祖父的肖像。他死时67岁，我脑中不时闪过这样的想法：如果我活到那个年纪，我们会极其相似，而如果我活到70岁，我们的相似性又会开始减弱，有些相似性则可保持至我生命结束——高而圆的额头、大鼻子、小而真诚的眼睛。"因为我的眼睛是真挚的，"我对自己说，"如果不真诚，它们就会使我失望。"我陷入了沉思：虽然我的眼睛是真挚的，但它们并不能说明我有一颗和祖父一样美好的灵魂。我说："祖父将一个美好的灵魂带入了人世间，却又悄悄地将它带走了，只给他的儿子留下了一点，而到我这儿恐怕一点都没有了。但是，我不后悔，因为如果大自然赋予了我祖

第二十章　祖父的肖像　　343

父美好的灵魂——一颗几乎可以说是维吉尔忧郁诗歌中的那种灵魂——我应该留在摩尔府，重温我祖父的一生。"

自然界中没有两片相同的树叶。我需要祖父，而我祖父也需要我，因为没有其他人像我那样赞美他的肖像，能够理解画家在他前额的灰色卷发中捕捉到的所有和谐的韵律；也没有其他人会重视那真实而简单刻画的眼睛；也无法证实这幅画是劳伦斯的某个学生所作，其作品中包含了更多模特的独特个性。由于这幅肖像创作于19世纪初期，大约为1830—1833年间，因而它缺少伟大时代的艺术特色。然而，伟大的时代是不是就比怀亚特讲的故事更简洁，或者稍微简洁点，仍值得怀疑，但读者没有看到画，他们怎么判断真实不真实，因为我祖父自然的陈述就是怀亚特作品的真实写照。

今天，我过完了生命的第64个年头。有一段时间，我曾从事法国历史研究。我年轻时就开始收集这方面的著作，在这个环境优美的漂亮图书室里，这些书现在已经完全占据了整整一面。从风格上说，这些书大多很糟糕，精神和情操方面都更糟。如果我不是给自己定下任务，其中没有几本是我能勉强耐着性子读下去的。这个任务使我对这些最枯燥的作品也产生了兴趣。任何能够给我提供发现新事实的机会，或能帮助我解决旧问题的书都能够吸引我，而且翻查这些书使我体味到无穷的乐趣。我的主要目的是娱乐，是摆脱那些法国人厌倦的东西。这个地方有多漂亮我就有多爱它，我承认，我并不能一直摆脱厌倦，有时一连几小时我都不得不生活在厌倦之中；没有任何明确目的的粗略阅读并不能给我提供任何帮助，但自从我给自己定下任务后，我就几乎不知道任务是什么了。我有一本笔记本，几乎一直到现在都还在写。每写满一页，我都留下一张空白页，在里面写下一些新发现的事实，或是思考或是新闻。我希望能继续保持这个习惯。但是，正如我在这篇文章中提到的，我的年龄提醒我：假如我希望公众了解我的历史，我已经没有多少时间可以浪费了。我这本有规律出现空白页的笔记本没有谁能弄明白，而且我不希望我的历史在我死后，以笔记本的形式出现在世人面前。

我曾出版过几次，但从来没有成功过，因此我厌倦了在我有生之年再出什么书。此外，由于我预见到我的历史将会有相当大的容量，所以我不愿意劳神提供材料证明。因为我是一个有钱人，我在遗嘱中划出了500英镑去支付出版费用。因为我以这种形式在遗嘱中规定了作品的出版方式，所以我身后的人没有谁可以回答它所包含的内容。我预见到许多事情，说出来将会冒犯某些人，但我追求的是真理和祖国。因为我从事这项工作的最大目的是娱乐，所以可以说从一开始我就达到了目的，即从来不知道什么是厌倦。但是在完成了这部充满了一个英国人的感情和所理解的法国大革命史之后，我希望它是一部以一种完全、彻底、纯粹的英语风格来写的，并雄心勃勃地认为在我之后应该有人读它。在我的生命中没有什么可以为人称道，但此时一想到有望赢得这种身后名我就感到很愉快。我像伊拉斯谟一样说："我可以预言，无论我经历了什么，后人都会更坦率地进行判断，虽然我不能和他一起补充：虽然我也不能抱怨我的年龄。"错过了我所属时代的掌声甚至关注，以我这样的年纪，我或许应该对那些后来者的观点持冷漠态度。当墓室大门为我关上的时候，即使我能得到他们的掌声，我也已经听不到了。这是真的。但我们人就是这样，一想到自己死后还会有人想着自己就感到高兴。菲尔丁在一篇文章中完整地阐述了这种感情的实质，而吉本以他自己的一生为例解释了这一说法。我相信，任何法国人对法国大革命历史事件的描述都不会公正，肯定没有一个人不对我的祖国怀有偏见，这更坚定了我希望身后有人阅读我的历史的意愿。我非常渴望拥有威灵顿公爵的美德，人们赞美他，因为他在战争中比任何一个人都做得多。正如历史中所叙述的那样，在己方非常不利的情况下，他仍坚持战斗。他要克服巨大的困难，但也得到了很多荣誉。尽管我不是一个法国人，但我完全熟悉法语，几乎没有法国人会比我更知道尊重历史、文学，但那种法国式的统计材料不属于我，因此我相信自己比任何法国人都更适合承担这个任务。在我正在抄写的这篇修改本中，我把历史分为不同的篇章，并对每一章所包含的事件进行评述。正是这种我称为分类的方法将历史学家与注释家的工作区别开来，而且没有其他形式可以比运用分类法获得更大的历史意义。我们可以注意到一些著名的历史学家在这方面存在着缺憾……

在阅读这一部分时，如果读者有一双能听懂英语节奏的耳朵，他就会想起哥尔德斯密斯，因为从上世纪末直至很久很久以后，这个英国作家在爱尔兰的影响几乎随处可见。他的评价会是：一篇无名的散文，仍是作者思想的反映，完全摆脱了从卡莱尔开始，由梅瑞狄斯和斯蒂文森所延续的那种写作的愉悦和骄傲。对于像我祖父一样写得很好却不受读者欢迎的人，需要一种比贝蒂·麦克唐纳的阐释更透彻的解释，而我认为，我们可以在"序言"中找到我们需要的答案。因为他从不把自己说成一个业余写作爱好者，文学史上只有少数人有幸成为文豪，而没有一个人，我认为，有幸被放逐生活于一群异族人之中。爱尔兰的天主教徒知道爱尔兰和英格兰多么不同。天主教徒和新教徒水火不相容，而阿什布鲁克的摩尔家族的人和摩尔府的摩尔家族的人以前一直是坚定的天主教徒；一个祖先曾在博伊恩战役中为威廉效力。两个世纪的时间尽管也许偶尔能成功地同化英格兰人，却不能造就一个爱尔兰人。在下一代，对祖先的记忆爆发出来；任何不肯屈从于这记忆的人都迷失了自己，就像我认为我祖父在俯瞰着卡拉湖的房子时所做的那样，而如果我继续留在那里，我也会这样。如果他离开自己的房子，到一个他可以吸收其传统的村庄，而同时将摩尔府当作梦想之屋，每天工作结束后让自己的灵魂游荡于荒弃的长廊，进出于在他面前敞开大门的空无一物的房间，随处愉快地驻足流连；在这儿发现了一幅几乎被人遗忘的水彩画，在那儿又发现一张依稀还可以记起样式的褪色窗帘，还有棋盘。我们在印度有亲戚，他们往家里寄来了象牙、瓷器和稀有的地毯，但他自己的书最终使他离开了这些东西。一本没放在原处的书引起了他的注意，他自问：是哪位粗心大意的读者没把书放回指定书架，并给贝蒂·麦克唐纳写便条，要她更好地照管他的图书室，却忘记让她送来他需要的书。他认为摩尔府的任何东西都不能被人夺走，而我也一向认为如此。我不认为祖父不喜欢俯瞰着卡拉湖的房子，也不认为祖父没有我会完整地享受这所房子。无论是可能剥夺他的梦想之屋的土地法，还是可能会将他的房子付之一炬的爱尔兰的叛乱，这些恐惧都不会打扰他了。一天晚上，他去拿灯，摔倒在地，从此再也没从床上醒来，就像我一样，我在穿过壁炉前的地毯时摔倒，折断了手腕。

汤克斯说是骨折，于是就去找外科医生。一个小时后，他带回了医生。医生一边固定我的手腕，一边询问有关情况。但是我只能告诉他，我是在一场梦中摔倒的：我在梦中看见火光窜起，于是就冲上去扑灭一栋燃烧的房子。一栋燃烧的房子！他们问："是什么房子？"我回答说不知道。直到两年前我们在爱尔兰的房子着火，我才将自己的梦与摩尔府的火灾联系起来。但思绪的火花一旦燃起，一个个历历在目的日子就开始一一而过。在我的想象中，摩尔府的木制部分在熊熊燃烧，连安静的湖水都被映红了，并照亮了岛屿上古老的废墟。我所说的湖，离摩尔府有几百码远，从湖中汲来的水不足以扑灭大火。我的房子将像火炬一样燃烧殆尽。而且，即使村民们来帮忙灭火，共和军也不会允许他们这样做。一切都会失去，而我不怀疑这个梦境将变为现实。我的思绪开始转向18世纪德累斯顿的茶和咖啡，我的心开始疼痛，一想到它可能消失就再也忍受不了，于是我离开圈手椅，来到写字台写信，要求把祖父的肖像寄给我。但只写了几行字，一想到寄东西需要一系列的包装以确保运送安全我就停了笔。我想，搬空房子的消息可能是房子被烧毁的信号；我回到椅子上，想着我祖父的肖像：汤姆·拉特利奇就要来伦敦，我的管家可以把肖像从画框中取出来，用报纸包好让他捎来。我刚把信寄出去没几天，一份电报就送到我手里：摩尔府昨晚被烧了。

按常例，人一生中只有一死，但实际上，我们的生活被或大或小的死亡包围着。我失去了父母兄弟，却没有意识到致命的灾难已经降临到自己头上，我这种表白会被解释成一种十足的自我主义，是铁石心肠；但这种判断会被维吉尔的诗句推翻。维吉尔的话像音乐一样浮现在我的脑海里。在岁月的长河里，它们已经变成了音乐，而且已经变成了戏剧，当剧中的女人说她不思念自己死去的孩子，而只想她的五个漂亮的洋娃娃时，就是这样。我们离开剧院，认为那是胡说八道，但甚至在那时，或从那时起，我们之中只有最愚钝的人才不承认失去小东西比失去大东西更令人悲哀。洋娃娃是那个不算聪明的女人的梦，而今天，我的处境就与她非常接近，因为我的梦想之屋消失了，只留下一幅肖像，挂在埃伯利街一间大厅的第一个楼梯平台上，每当我走下楼梯，它都会吸引我的注意，某种光亮或者说磷火提醒我：我的家族已经没落，已被被叛，已经消散，已被放逐。它说，每个种族都有自己的末路，每种信念、每种悲伤、每种欢乐终究都会灭亡。记忆比死亡长久；它也死了，但我们没有能力把它粉碎或埋葬。如果我把肖像画移到顶楼，翻扣到墙上，我祖父的眼睛仍会注视着我，迫使我重新把它挂到大厅里，因为我总是缺乏勇气写信给公共美术馆的馆长，请求他使我摆脱这幅肖像。

图书在版编目（CIP）数据

埃伯利街谈话录：乔治·摩尔谈文学与艺术 /（爱尔兰）乔治·摩尔著；孙宜学译. — 北京：商务印书馆，2025

（涵芬书坊：新版）

ISBN 978 - 7 - 100 - 21905 - 1

Ⅰ. ①埃… Ⅱ. ①乔… ②孙… Ⅲ. ①随笔 — 作品集 — 爱尔兰 — 现代 Ⅳ. ①I562.65

中国版本图书馆 CIP 数据核字（2022）第245234号

权利保留，侵权必究。

埃伯利街谈话录
乔治·摩尔谈文学与艺术

〔爱尔兰〕乔治·摩尔 著

孙宜学 译

商 务 印 书 馆 出 版
（北京王府井大街36号 邮政编码 100710）
商 务 印 书 馆 发 行
山西人民印刷有限责任公司印刷
ISBN 978 - 7 - 100 - 21905 - 1

2025年1月第1版	开本 889×1194 1/32
2025年1月第1次印刷	印张 11¼ 插页 2

定价：68.00元